늑대의 제국 1
L'Empire des Loups

L'Empire des Loups

By Jean-Christophe GRANGÉ
Copyright ⓒ 2003 Éditions Albin Michel S. A.
Korean Translation ⓒ 2005 Sodam & Taeil Publishing House

This Korean edition is Published by arrangement with Éditions Albin Michel S. A.
through Bookmaru Korea Literary Agency.
All rights reserved.

이 책의 한국어판 저작권은 북마루 코리아를 통한 Éditions Albin Michel S. A.와의 독점 계약으로 도서출판 소담이 소유합니다. 신저작권법에 의하여 한국 내에서 보호를 받는 저작물이므로 무단 전재와 복제를 금합니다.

늑대의 제국

L'Empire des Loups

장·크리스토프 그랑제 지음 | 이세욱 옮김

1

소담출판사

늑대의 제국 1
L'Empire des Loups

펴낸날 | 2005년 7월 25일 초판 1쇄
　　　　2005년 9월 9일 초판 3쇄

지은이 | 장·크리스토프 그랑제
옮긴이 | 이세욱
그린이 | 김영상
펴낸이 | 이태권
펴낸곳 | 소담출판사
　　　　서울시 성북구 성북동 178-2 (우)136-020
　　　　전화 | 745-8566~7 팩스 | 747-3238
　　　　e-mail | sodam@dreamsodam.co.kr
　　　　등록번호 | 제2-42호(1979년 11월 14일)
기획 편집 | 이장선 김윤정 방세화 심지연
미　　술 | 이성희 김지혜
본부장　 | 홍순형
영　　업 | 박종천 장순찬 이도림
관　　리 | 이영욱 안찬숙 장명자 윤은정

ISBN 89-7381-851-1 04860
　　　89-7381-850-3 (전2권)

●책 가격은 뒤표지에 있습니다

www.dreamsodam.co.kr

프리실라를 위해

*이 소설에 등장하는 터키어는 현지 발음대로 표기하였고, '아나톨리아'나 '보스포루스' 같이 이미 우리 독자들에게 익숙해진 표현들은 기존 관행에 따라 표기하였다.

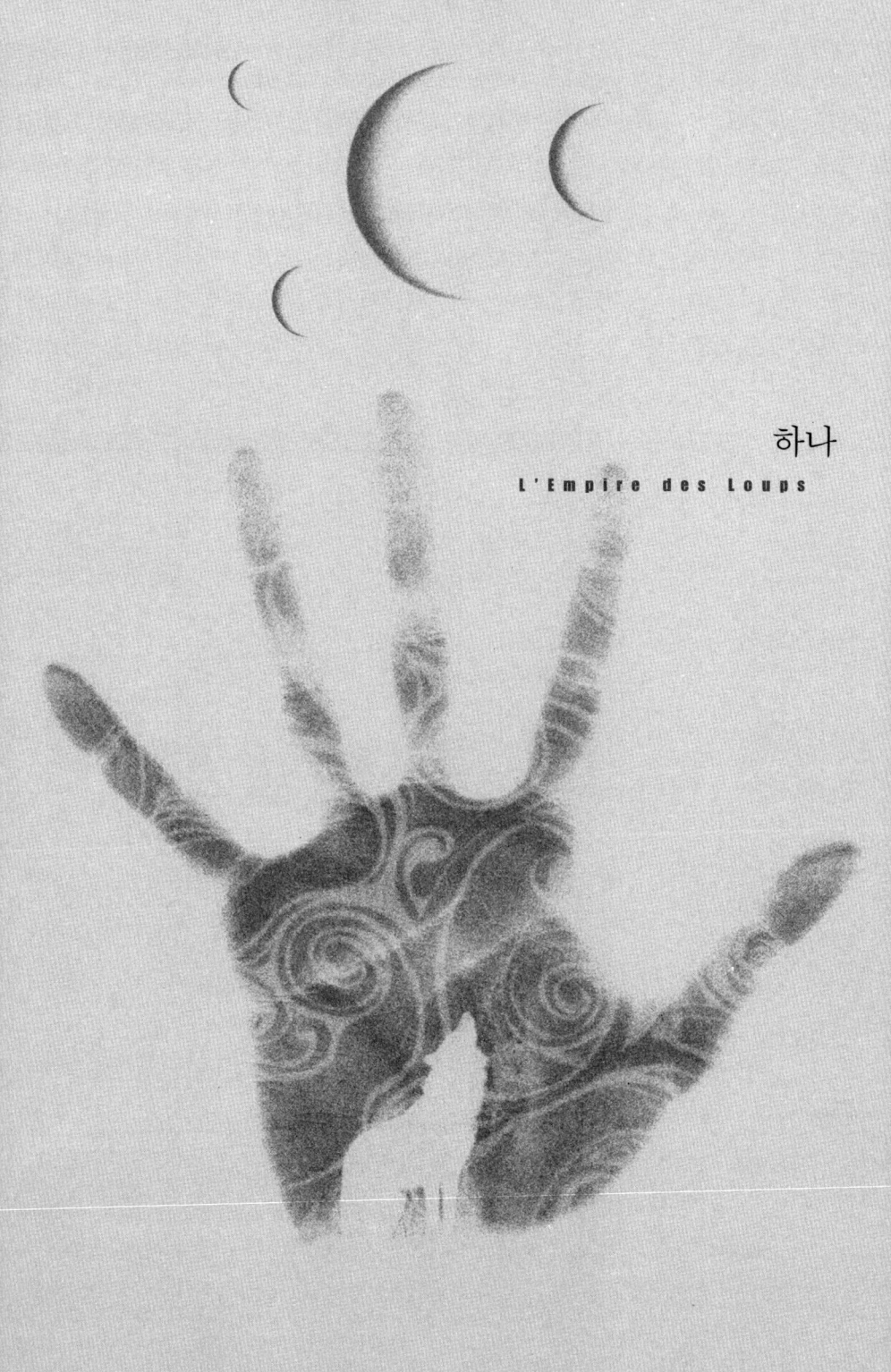

하나
L'Empire des Loups

1

"빨강."

안나 에메스는 갈수록 거북스러움을 느끼고 있었다. 검사는 전혀 위험해 보이지 않았지만, 이 순간 누가 자신의 뇌 속을 읽고 있을지도 모른다는 생각에 은근히 불안한 기분이 들었다.

"파랑."

어슴푸레한 빛에 잠긴 방. 안나는 방 한복판에 놓인 스테인리스 탁자 위에 누워 있었다. 둥글게 생긴 하얀 기계의 가운데 구멍에 머리를 들이밀고 있는 상태였다. 얼굴 바로 위에는 거울이 비스듬하게 고정되어 있었고, 여기에 작은 정사각형들이 투영되고 있었다. 그녀가 할 일은 그저 거울에 나타나는 정사각형의 색깔을 큰 소리로 말하는 것이었다.

"노랑."

어떤 점적주사 약물이 왼팔의 혈관 속으로 천천히 흘러들고 있었다. 에릭 아케르만 박사가 간단히 설명해 준 바에 따르면, 이 약물은 뇌 속에서 피가 어디로 몰리는지를 알게 해 주는 트레이서 용액이었다.

다른 색깔들이 잇달아 나타났다. 초록, 주황, 분홍……. 그런 다음 거울이 캄캄해졌다.

안나는 석관 속의 주검처럼 두 팔을 몸에 붙인 채 꼼짝 않고 있었다. 왼쪽으로 몇 미터 떨어진 작은 방에서 마치 물속으로 비쳐드는 것과 같은 희미한 빛이 새어나오는 게 보였다. 유리 칸막이를 둘러친 이 방에는 에릭 아케르만과 그녀의 남편 로랑이 있었다. 안나는 두 남자가 모니터 앞에 앉아서 자신의 뉴런들을 관찰하고 있으리라 생각했다. 그들이 자신을 염탐하고 약탈하고 있다는 느낌이 들었다. 자신의 가장 내밀한 곳을 침해당하는 듯한 기분이었다.

그녀의 귀에 고정된 이어폰에서 아케르만의 목소리가 울렸다.

"아주 좋아요, 안나 씨. 이제 정사각형들이 움직일 거예요. 그것들이 어느 쪽으로 움직이는지 그냥 방향만 말하면 돼요. 오른쪽, 왼쪽, 위, 아래 하는 식으로 한 단어로 대답하세요."

말이 끝나기가 무섭게 기하학적 도형들이 알록달록한 모자이크를 이루면서 움직였다. 마치 작은 물고기들이 떼를 지어 이동하는 것처럼 움직임이 매끄럽고 유연했다. 안나는 이어폰에 연결된 마이크에 대고 말했다.

"오른쪽."

정사각형들이 틀의 위쪽 가장자리로 올라갔다.

"위."

이 테스트는 몇 분 동안 계속되었다. 안나는 혼곤한 기분을 느끼면서 느리고 단조로운 목소리로 말하고 있었다. 거울에서 나오는 열기가 심신을 더욱 무력하게 만들었다. 그녀가 막 잠에 빠져들려고 하는데 아케르만이 말했다.

"좋아요. 이번에는 어떤 이야기를 들려줄 거예요. 같은 이야기가 각기 다른 방식으로 여러 차례 되풀이돼요. 각각의 버전을 아주 주의 깊게 들어봐요."

"내가 무슨 말을 해야 하는 거죠?"

"아무 말도 하지 말고 그냥 듣기만 해요."

잠시 후 이어폰을 타고 한 여자의 목소리가 들려왔다. 어떤 외국어로 된 이야기였다. 아마도 아시아나 오리엔트 지역의 언어인 듯했다.

짧은 침묵이 있은 뒤에 이야기가 다시 시작되었다. 이번엔 프랑스어로 들려주는 이야기였다. 하지만 화자는 구문의 규칙을 제대로 지키지 않고 있었다. 동사의 어미를 주어의 인칭이나 시제에 맞게 변화시키지도 않았고 관사를 명사의 성이나 수에 일치시키지도 않았으며 연음 규칙도 지키지 않았다.

안나는 이 엉터리 프랑스어를 해독하려고 애썼다. 하지만 벌써 또 다른 버전이 시작되고 있었다. 이번에는 문장 속에 엉뚱한 말들이 자꾸 끼어들었다. 도대체 무슨 말을 하고 있는 거지? 그런 생각을 하고 있는데, 그녀가 머리를 들이밀고 있는 원통이 갑자기 어두워지면서 정적이 그녀의 고실(鼓室)을 가득 채웠다.

잠시 후 의사가 다시 말했다.

"다음 테스트로 넘어갑시다. 내가 나라 이름을 하나씩 말할 테니, 그 나라의 수도 이름을 대 보세요."

안나가 알았다고 말할 새도 없이 첫 번째 나라 이름이 귓전을 울렸다.

"스웨덴."

대답은 곧바로 튀어나왔다.

"스톡홀름."

"베네수엘라."

"카라카스."

"뉴질랜드."

"오클랜드. 아니, 웰링턴."
"세네갈."
"다카르."

각 나라의 수도 이름이 자연스럽게 그녀의 머릿속에 떠올랐다. 반사의 성격을 띤 대답이었지만, 안나는 이 결과에 만족했다. 결국 그녀의 기억이 완전히 상실된 것은 아닌 셈이었다. 아케르만과 로랑은 모니터에서 무얼 보고 있을까? 지금 내 뇌의 어떤 부분이 활발하게 움직이고 있을까?

신경학자 아케르만의 목소리가 다시 들려왔다.

"마지막 테스트입니다. 이제 곧 얼굴들이 나타날 거예요. 누구의 얼굴인지 큰 소리로 말씀해 보세요. 가능한 한 빨리 대답하셔야 합니다."

안나는 전에 어디선가 이런 것을 읽은 적이 있었다. 어떤 간단한 기호―단어, 몸짓, 사소한 시각적 요소―가 공포증의 기제를 작동시킬 수 있다. 정신과 의사들은 그런 기호를 불안의 신호라고 부른다. 신호. 딱 어울리는 말이었다. 안나의 경우에는 '얼굴'이라는 단어가 불안감을 불러일으키는 신호였다. 그 단어만 들어도 숨이 가빠지고 속이 거북해지고 사지가 뻣뻣해지곤 했다. 목에 뜨거운 조약돌이 걸려 있는 듯한 이상한 느낌까지 들었다…….

한 여자의 흑백 사진이 거울에 나타났다. 금발머리, 쏙 내민 입술, 입 위쪽에 난 까만 점. 쉽게 알아볼 수 있는 얼굴이었다.

"마릴린 먼로."

판화 한 점이 그 뒤를 이었다. 그늘진 눈매, 네모난 턱, 구불구불한 머리.

"베토벤."

사탕 그릇처럼 동그랗고 매끄러운 얼굴, 가느다란 눈.

"마오쩌뚱."

안나는 자신이 그 얼굴들을 그토록 쉽게 알아보고 있다는 사실에 스스로 놀랐다. 다른 얼굴들이 뒤를 이었다. 마이클 잭슨, 모나리자, 알버트 아인슈타인……. 환등기로 슬라이드를 한 장 한 장 비춰보고 있는 듯한 기분이 들었다. 안나는 머뭇거리지 않고 제꺽제꺽 대답했다. 어느새 불안감이 수그러들고 있었다.

그러다가 한 얼굴을 대하고 안나는 갑자기 대답이 막혔다. 퉁방울눈에 앳된 표정이 아직 남아 있는 사십 줄의 남자. 그러잖아도 나이에 어울리지 않는 표정을 더욱 묘해 보이게 하는 노란 머리와 노란 눈썹.

두려움이 전류처럼 온몸을 훑고 지나갔다. 통증이 가슴을 짓눌렀다. 그 얼굴은 안나의 내면에 있는 어떤 어렴풋한 기억을 일깨우고 있었다. 하지만 그 얼굴과 관련된 이름이나 구체적인 추억이 전혀 떠오르지 않았다. 그녀의 기억은 캄캄한 터널이었다. 이 얼굴을 어디에서 봤지? 영화배우인가? 가수인가? 먼 지인인가?

그 사진이 사라지고 대신 동그란 안경을 쓴 기다란 얼굴이 나타났다. 안나는 마른침을 삼키며 말했다.

"존 레논."

그러자 이번엔 체 게바라가 나타났다. 하지만 안나는 대답 대신 의사를 불렀다.

"에릭, 잠깐만요!"

얼굴이 다시 바뀌었다. 색깔의 대비가 선명한 반 고흐의 자화상이 번쩍였다. 안나는 마이크의 손잡이를 잡았다.

"에릭, 부탁이에요."

의사는 반 고흐의 자화상을 계속 보여주며 뜸을 들였다. 안나는 그림의 색깔과 열기가 자신의 살갗으로 옮겨오고 있다고 느꼈다. 이윽고 아케르만이 물었다.

"뭐죠?"

"제가 알아보지 못한 남자 말이에요. 그 사람 누구였죠?"

대답이 없었다. 눈조리개의 색깔이 서로 다른 데이비드 보위의 두 눈이, 기울어진 거울에 나타났다. 안나는 고개를 들어 더욱 큰 소리로 말했다.

"에릭, 제가 물었잖아요. 그 사람 누구였어요?"

거울이 캄캄해졌다. 안나의 눈은 금세 어둠에 익숙해졌다. 기울어진 사각형에 창백하고 뼈가 앙상하게 드러난 그녀의 얼굴이 비쳤다. 죽은 사람의 얼굴이었다.

마침내 의사의 대답이 들려왔다.

"로랑이었어요, 로랑 에메스. 남편을 못 알아보는군요, 안나 씨."

2

"기억상실 증상이 나타난 지 얼마나 됐죠?"

안나는 대답하지 않았다. 정오가 다 되어가고 있었다. 이러저러한 검사를 받느라고 오전 한나절을 다 보낸 셈이었다. 엑스선 검사에다 컴퓨터 단층촬영, 자기공명 영상법(MRI), 그리고 둥글게 생긴 기계 속에 머리를 들이밀고 하는 테스트까지 거치고 나니, 넋도 진도 다 빠진 느낌이 들었다. 진료실의 분위기마저 그녀를 심란하게 만들었다. 방은 좁다랗고 창문 하나 나 있지 않았다. 게다가 조명은 너무나 강하고 철제 집기 속이며 바닥에 서류가 뒤죽박죽으로 쌓여 있었다. 벽에 걸린 사진들은 두개골에서 빠져나온 뇌와 두개골을 절개하기 위해 미리 재단해 놓은 듯 점선이 이리저리 그어져 있는 까까머리들을 보여주고 있었다. 모두 그녀의 뇌가 겪게 될지도 모를 일을 보여주는 사진들이었다.

에릭 아케르만이 다시 물었다.

"안나 씨, 얼마나 됐어요?"

"한 달이 넘었어요."

"정확하게 말씀해 보세요. 증상이 처음 나타난 게 언제인지 기억나요?"

안나는 물론 기억하고 있었다. 어떻게 그 일을 잊을 수 있겠는가?

"지난 2월 4일이었어요. 아침에 욕실에서 나오다가 복도에서 로랑과 마주쳤어요. 그이는 출근할 준비를 하고 있었지요. 그이가 나에게 미소를 짓더군요. 저는 소스라치게 놀랐어요. 그이가 누군지 모르겠더라고요."

"전혀 모르겠던가요?"

"그 순간에는 그랬어요. 하지만 이내 기억이 다시 돌아왔죠."

"그 순간에 무엇을 느꼈는지 구체적으로 말해 보겠어요?"

안나는 어깨를 으쓱 추켜올렸다. 검은색과 금갈색이 어우러진 숄이 흔들렸다. 망설임의 몸짓이었다.

"묘한 느낌이었어요. 무언가를 이미 경험한 적이 있다고 느낄 때의 기분과 비슷했어요. 불안감이 스치고 지나갔죠. 하지만 번개가 한 차례 번쩍(안나는 손가락으로 딱 하는 소리를 냈다)할 정도의 짧은 순간에 벌어진 일이었어요. 그러고 나서는 모든 게 다시 정상으로 돌아왔죠."

"기억이 돌아오니까 어떤 생각이 들던가요?"

"피곤해서 그랬나 보다 하고 생각했죠."

아케르만은 자기 앞에 놓인 메모지에 무언가를 적고 나서 다시 물었다.

"그 날 아침에 로랑에게 그 일에 관해서 얘기했나요?"

"아뇨. 대수롭지 않은 일로 생각했거든요."

"증상이 두 번째로 나타난 건 언제죠?"

"그 다음 주요. 여러 차례에 걸쳐 잇달아 증상이 나타났어요."

"첫 번째와 마찬가지로 로랑과 마주쳤을 때의 일인가요?"

"네, 그래요."

"매번 조금 뒤에는 그를 다시 알아보았나요?"

"네. 하지만 날이 갈수록 그이를 알아보는 데 걸리는 시간이…… 이상하게도 점점 길어지는 듯했어요."

"그래서 로랑에게 얘기했나요?"

"아뇨."

"왜죠?"

안나는 다리를 포개고 검은 비단 치마에 두 손을 올려놓았다. 깃털이 하얀 두 마리 새처럼 가냘픈 손이었다.

"얘기하면 문제가 더 심각해질 거라고 생각했어요. 게다가……."

신경과 의사가 눈을 들었다. 그의 적갈색 머리카락이 안경에 비쳐 보였다.

"게다가 뭐죠?"

"누군들 자기 남편에게 그런 이야기를 쉽게 털어놓을 수 있겠어요? 그이가……."

안나는 로랑이 자기 뒤에 있음을 의식했다. 그는 철제 집기에 등을 대고 서 있었다.

"로랑이 나에게 낯선 사람으로 변해가고 있다는 얘기를 할 수는 없었어요."

의사는 그녀의 마음에 동요가 일고 있음을 알아차린 듯, 이야기를 다른 쪽으로 돌렸다.

"사람을 알아보지 못하는 문제가 다른 얼굴들을 마주할 때도 생겼나요?"

안나는 대답에 잠시 뜸을 들였다.

"어쩌다 아주 드물게 있긴 했어요."

"예를 들어 누구를 마주할 때 그런 일이 생기죠?"

"동네 가게에 갔다가 그런 일을 겪은 적이 있어요. 제가 일하는 곳에서도 어떤 고객들을 알아보지 못하는 경우가 있죠. 단골손님들인데도 말이에요."

"친구들을 만날 때는 어떤가요?"

안나는 뜻이 분명치 않은 몸짓을 했다.

"저는 친구가 없어요."

"친정 식구들은요?"

"부모님은 돌아가셨고, 남서 지방에 사는 삼촌 몇 분과 사촌들이 있을 뿐이에요. 그들과는 전혀 왕래가 없어요."

아케르만은 다시 무언가를 적었다. 그의 얼굴에는 어떤 반응도 드러나 있지 않았다. 송진 속에서 굳어 버린 듯 아무 표정이 없는 얼굴이었다.

안나는 남편 집안의 가까운 친구라는 이 남자를 좋아하지 않았다. 그는 이따금 안나 부부의 집으로 저녁을 먹으러 왔다. 하지만 저녁 식사 내내 서릿발이 돋은 표정을 짓고 있다가 돌아가기가 일쑤였다. 물론 그의 연구 분야인 뇌, 뇌의 지도, 인간의 인지 체계 등이 화제에 오를 때는 사정이 달랐다. 그는 완전히 딴사람으로 돌변하여 적갈색 털로 덮인 기다란 팔을 휘저으며 흥분한 어조로 이야기에 열을 올렸다.

"요컨대 크게 문제가 되는 것은 로랑의 얼굴뿐이군요?"

"그래요. 하지만 가장 가깝고 가장 자주 대하는 얼굴이 문제가 되고 있는 거죠."

"다른 기억장애도 겪고 있나요?"

안나는 아랫입술을 깨물며 또 다시 망설였다.

"아뇨."

"방향지각장애는 없나요?"

"없어요."

"언어장애는요?"

"없어요."

"어떤 동작을 하는 데에 어려움을 느끼는 경우가 있나요?"

안나는 대답 대신 희미한 미소를 지어 보였다.

"알츠하이머병을 생각하시나 보죠?"

"그냥 확인하는 겁니다. 다른 뜻은 없어요."

사실 안나가 가장 먼저 떠올렸던 것이 바로 알츠하이머병이었다. 여기저기 문의해 보고 의학사전들을 뒤져본 바에 따르면, 사람의 얼굴을 알아보지 못하는 것은 알츠하이머병의 한 징후였다.

아케르만은 어린아이를 구슬리는 듯한 어조로 말을 이었다.

"그런 병을 생각할 나이는 아니시죠. 처음 검사할 때부터 그 점은 분명했어요. 신경퇴행성 질병에 걸린 뇌는 매우 특별한 형태를 보이니까요. 하지만 완전한 진단을 내리기 위해서는 이런 식으로 갖가지 질문을 해봐야 합니다. 이해하시죠?"

그는 대답을 기다리지 않고 다시 물었다.

"어떤 동작을 하는 데에 어려움을 느끼는 경우가 있나요?"

"아뇨."

"수면장애는 없으세요?"

"없어요."

"까닭 없이 무기력한 경우는 없나요?"

"없어요."

"편두통은요?"

"전혀 없어요."

의사는 메모지철을 덮고 일어섰다. 그가 서 있는 모습은 매번 그녀를 놀라게 했다. 그는 60킬로그램 가량의 몸무게에 키가 1미터 90 가까이 나 되었다. 그 몸에 하얀 가운을 걸치고 있으니, 빨래를 말리기 위해 세워놓은 바지랑대가 따로 없었다.

게다가 그는 머리며 피부가 불타는 듯한 적갈색을 띠고 있었다. 숱이 많고 덥수룩한 곱슬머리는 불꽃같은 꿀빛이었고, 살갗에는 황토색 주근깨가 눈꺼풀에까지 깨알같이 박혀 있었다. 온통 각이 진 얼굴은 칼날처럼 얇은 금속테 안경 때문에 더욱 날카로워 보였다.

이런 용모는 세월을 타지 않는 모양이었다. 그는 로랑보다 나이가 많았다. 하지만 오십 줄에 접어든 나이가 무색할 정도로 무척 젊어 보였다. 얼굴에 새겨진 주름조차도 나이를 가늠할 수 없는 날카로운 독수리 상호를 달라보이게 하지는 못했다. 그저 두 뺨에 패인 여드름 자국만이 그에게도 살이 있고 과거가 있음을 말해 주고 있었다.

그는 진료실의 좁은 공간에서 묵묵히 몇 걸음을 걸었다. 일 초 일 초가 마냥 더디게 흘렀다. 안나는 더 이상 참지 못하고 물었다.

"젠장, 저한테 무슨 문제가 있는 거죠?"

신경과 의사는 가운 호주머니 속에 든 금속제 물건을 흔들어댔다. 열쇠 꾸러미인 듯했다. 그 소리가 무슨 신호이기라도 한 듯 그의 이야기가 다시 시작되었다.

"먼저 우리가 방금 실시한 테스트에 관해서 설명할게요."

"그게 순서죠. 좋아요."

"우리가 사용한 기계는 양전자 촬영기예요. 우리는 보통 페트 스캐너라고 부르죠. 이 기계는 페트(PET), 즉 양전자 방출 단층촬영이라는 기술에 근거하고 있어요. 뇌 속에서 피가 몰리는 양상을 측정함으로써 뇌의 활동 영역들을 실시간으로 관찰할 수 있게 해주는 기계입니다. 나는 안나 씨의 뇌를 전체적으로 검사해 보고 싶었습니다. 위치가 잘 알려져 있는 뇌의 주요 부위들이 어떻게 기능하는지 확인해 보자는 것이었지요. 시각, 언어, 기억 등을 관장하는 부위들 말입니다."

안나는 자기가 받은 여러 테스트를 떠올렸다. 색깔이 있는 사각형, 서로 다른 몇 가지 방식으로 되풀이되는 이야기, 수도 이름. 각 테스트를 그런 맥락에서 이해하는 데에는 어려움이 없었다. 하지만 아케르만의 설명은 장황하게 계속되었다.

"언어를 예로 들어보죠. 언어활동은 전두엽에서 이루어집니다. 뇌의 이 부위는(그는 손가락으로 자기 이마 쪽을 가리켰다) 다시 하위 영역들로 세분되어 있고, 이 영역들은 각기 청각, 어휘, 구문, 의미 작용, 운율 등을 관장합니다. 이 영역들이 연계함으로써 우리는 말을 이해하고 사용할 수 있는 것이지요. 전 짤막한 이야기를 여러 가지 버전으로 들려주는 방법을 이용해서 안나 씨 머릿속의 각 영역에 자극을 가했어요."

그는 좁은 방 안을 계속 오갔다. 벽에 걸린 판화들이 그의 걸음에 따라서 보이다 안 보이다 했다. 이상한 그림 한 점이 안나의 눈에 띄었다. 원숭이를 그린 원색의 그림이었다. 원숭이의 커다란 입과 북두갈고리 같은 손이 흉측했다. 네온등들이 열을 뿜고 있었음에도 등골이 서늘했다.

그녀가 한숨을 토하며 말했다.

"그런데요?"

그는 그녀를 안심시키려는 듯 두 손을 펼쳐 보이며 말을 이었다.

"그런데, 모든 게 정상입니다. 언어, 시각, 기억, 어느 것도 문제가 없어요. 각 영역이 정상적으로 움직였어요."

"로랑의 사진을 제시했을 때만 빼고요."

아케르만은 책상 위로 몸을 숙이더니 컴퓨터 모니터를 그녀 쪽으로 돌려놓았다. 안나는 번호가 매겨진 뇌 사진을 보았다. 뇌의 한 단면이 초록색으로 빛나고 있었다. 내부는 온통 검은색이었다.

"로랑의 사진을 보고 있을 때 안나 씨의 뇌가 이러했어요. 아무 반응도 없었지요. 보다시피 자극과 연관된 활동이 전혀 일어나지 않았을 때의 사진입니다."

"그게 무엇을 뜻하는 거죠?"

의사는 몸을 바로 세우고 호주머니 속에 다시 손을 쑤셔 넣었다. 그러고는 연극적인 몸짓으로 가슴을 쑥 내밀었다. 마침내 평결의 순간이 온 것이었다.

"내가 보기에는 어떤 손상을 입은 듯합니다."

"손상이라뇨?"

"유독 얼굴의 인지를 관장하는 영역에만 타격을 주는 상해를 입었다는 거죠."

안나는 아연실색했다.

"그런 영역도 있나요? 얼굴과 관련된……."

"그럼요. 그런 기능을 전문으로 하는 일종의 신경회로 장치가 우반구에 있습니다. 뇌 뒤쪽의 관자엽 중간 부분에 자리하고 있지요. 이 영역은 1950년대에 위치가 알려졌습니다. 이 부위의 혈관에 이상이 생기면 얼굴을 알아보지 못하게 된다는 것을 알아낸 것이지요. 그 뒤로 우리는 페트 스캐너를 이용해서 이 영역의 위치를 훨씬 더 정확하게 측정해 냈습니다. 우리가 알기로 나이트클럽이나 카지노의 입구를 감시하는 이른바 '관상쟁이'들은 이 영역이 특별하게 발달한 사람들이죠."

"하지만 저는 전에 본 적이 있는 얼굴들을 대부분 알아봐요."

안나는 반박을 시도했다.

"테스트를 받을 때도 사진의 인물들을 다 알아맞혔어요."

"안나 씨 남편의 사진은 예외죠. 이건 심각한 징후예요."

아케르만은 두 손의 집게손가락을 모아 자기 입술에 갖다댔다. 자신이 심사숙고하고 있음을 짐짓 과시하는 몸짓이었다. 얼음처럼 차갑지 않을 때의 그는 과장된 언행을 보이기가 일쑤였다.

"우리의 기억에는 두 가지 유형이 있습니다. 하나는 학교에서 배우는 것이고 다른 하나는 개인적인 삶에서 익힌 것이지요. 이 두 가지 기억은 뇌 속에서 같은 길을 가지 않습니다. 우리가 어떤 얼굴을 알아보려면 그 얼굴을 즉각 분석한 다음 우리의 개인적인 기억과 비교해 보아야 합니다. 내가 보기에 안나 씨는 그 분석과 비교의 연결에 어떤 결함이 있어요. 일종의 손상이 그 메커니즘을 가로막고 있다는 것이죠. 아인슈타인은 알아보지만 개인적인 기억에 속하는 로랑은 알아보지 못해요."

"그럼……, 치료는 되는 건가요?"

"물론이죠. 우리는 그 기능을 안나 씨 머릿속의 온전한 부분으로 옮길 것입니다. 가소성(可塑性), 그게 바로 뇌가 지닌 장점 가운데 하나죠. 하지만 그게 그냥 되는 것은 아니고 재활 교육을 받아야 합니다. 일종의 기억 훈련이고 규칙적인 연습이에요. 적당한 약물 치료도 병행하게 되죠."

의사의 말투가 심각한 것으로 보아 이건 좋은 소식이 아니었다.

안나가 물었다.

"어디에 문제가 있는 거죠?"

"손상의 원인에 대해서는 솔직히 말해서 나 역시 알 길이 없어요. 종양의 징후라든가 신경학적인 이상 따위는 전혀 보이지 않아요. 안나 씨는 두개골에 외상을 입은 적도 없고, 혈관에 문제가 생겨 뇌의 그 부위에 피가 공급되지 않은 적도 없어요."

그는 혀를 한 번 차고 나서 덧붙였다.

"더 정확한 진단을 내리기 위해서는 한층 심도 높은 검사를 해 봐야 겠어요."

"어떤 검사요?"

의사는 책상 맞은편에 가서 앉더니 그녀에게 번들거리는 눈길을 보냈다.

"생체검사요. 대뇌 피질의 조직을 아주 조금 추출하는 거죠."

안나는 몇 초가 지나서야 말귀를 알아들었다. 그러자 공포의 격한 기운이 한소끔 그녀의 얼굴로 치밀어 올라왔다. 남편을 돌아보았지만, 그는 이미 아케르만에게 동의한다는 뜻이 담긴 눈길을 보내고 있었다. 그녀의 공포는 분노로 바뀌었다. 이들은 한통속이었다. 그녀의 운명은 이미 결정되어 있었다. 아마도 병원에 오기 전부터 이미 결정되어 있었을 터였다.

그녀의 입술 사이로 말들이 바들바들 떨리며 새어나왔다.

"이건 말도 안 돼요."

의사가 처음으로 미소를 지었다. 자기 깐에는 그녀를 안심시키려고 짓는 미소였지만 어색하기 짝이 없었다.

"조금도 겁낼 거 없어요. 우리가 하려는 건 정위(定位) 방식의 생체검사예요. 말하자면 간단한 내시경을……."

"누구도 내 뇌를 건드리지 못해요!"

안나는 벌떡 일어나서 숄을 둘렀다. 금빛 천을 안에 댄 까마귀 날개 같은 숄이었다. 남편 로랑이 말문을 열었다.

"그런 식으로 받아들이면 안 돼. 에릭이 나에게 장담하기를……."

"당신 누구 편이에요?"

남편 대신 의사가 잘라 말했다.

"우린 둘 다 안나 씨 편입니다."

안나는 두 위선자가 한눈에 보이도록 뒤로 물러서서 분명한 목소리로 되뇌었다.
"누구도 내 뇌를 건드리지 못해요. 기억을 완전히 잃어버리거나 이 병 때문에 죽는 한이 있어도 그건 허락할 수가 없어요. 다시는 여기에 오지 않겠어요!"
안나는 공포에 사로잡혀 돌연 울부짖었다.
"다시는 안 와요, 알겠어요?"

3

그녀는 텅 빈 복도를 내달아 계단을 급히 내려가더니 건물 입구에서 딱 멈춰 섰다. 찬 바람을 맞으니 살갗 밑으로 피가 다시 도는 느낌이 들었다. 병원 뜰에는 햇살이 가득했다. 여름날의 햇살처럼 눈이 부셨다. 하지만 온기도 없었고 나무에 잎들도 달려 있지 않았다. 마치 잘 보관하기 위해 차게 얼려 놓은 햇살 같았다.

뜰 건너편에서 운전기사 니콜라가 그녀를 보더니 차문을 열어주기 위해 세단에서 튀어나왔다. 안나는 고개를 저어 아니라는 뜻의 신호를 보냈다. 그러고는 떨리는 손으로 가방에서 담배를 찾아내어 불을 붙였다. 담배 연기가 목을 가득 채웠다. 안나는 그 매캐한 맛을 즐겼다.

앙리 베크렐 의료원에는 5층짜리 건물 여러 동이 한데 모여 있었다. 건물들로 둘러싸인 안뜰 여기저기에는 나무와 관목 덤불이 무성했다. 잿빛 또는 분홍빛의 윤기 없는 건물들 정면에는 '허가 없이는 들어올 수 없습니다' 라든가 '의료진 외 출입금지', '주의: 위험' 따위의 오금 저리게 하는 경고문들이 나붙어 있었다. 이 빌어먹을 병원에서는 아주 사소한 것들마저 그녀에게 적의를 품고 있는 것처럼 보였다.

안나는 다시 목 안이 그득하도록 담배를 한 모금 빨아들였다. 마치 자신의 분노를 그 작은 불덩이에 던져 태워 버리기라도 한 듯 불탄 담배의 맛이 마음을 가라앉혔다. 안나는 눈을 감고 정신을 몽롱하게 하는 향기에 빠져들었다.

그녀의 뒤에서 발소리가 들렸다.

로랑은 눈길 한 번 주지 않고 그녀를 에돌아 뜰을 가로질러 가더니 자동차의 뒷문을 열었다. 그는 얼굴을 찡그린 채 왁스칠한 구두로 아스팔트 바닥을 툭툭 차면서 그녀를 기다리고 있었다. 안나는 피우던 말보로를 내던지고 그를 따라갔다. 그녀가 가죽 시트 위로 미끄러져 들어가자, 로랑은 자동차를 끼고 돌아가서 그녀의 옆자리에 앉았다. 그렇게 말없는 승차의 절차가 끝나자 운전기사는 시동을 걸고 마치 별들 사이로 우주선을 몰고 가듯 주차장의 비탈길을 느릿느릿 내려갔다.

정문의 희고 빨간 차단기 앞에는 보초병 몇 명이 서 있었다.

"맡겨 놓은 신분증 찾아올게."

그러면서 로랑은 차에서 내렸다. 안나는 자기 손을 내려다보았다. 손이 여전히 떨리고 있었다. 그녀는 가방에서 콤팩트를 꺼내어 타원형 거울에 얼굴을 비춰 보았다. 내면의 동요가 주먹질을 해대어 피부에 자국을 남겼을 것만 같았다. 하지만 아니었다. 그녀의 얼굴은 여느 때와 다름없이 매끈하고 반듯했다. 클레오파트라식으로 자른 갈색머리며 그 때문에 더욱 두드러져 보이는 눈빛의 창백함도 여전했다. 관자놀이 쪽으로 길게 째진 암청색 눈도 평소와 다르지 않은 모습으로 고양이처럼 느리게 눈꺼풀을 깜박이고 있었다.

안나는 신분증을 찾아 돌아오고 있는 로랑을 보았다. 그는 바람 속에서 몸을 숙이며 검은 외투의 깃을 올리고 있었다. 안나는 어떤 뜨거운 기운이 파동처럼 끼쳐 오는 것을 느꼈다. 성욕이었다. 그녀는 다시 그를 바라보았다. 구불거리는 금발, 두두룩한 눈, 고뇌가 엿보이는 주름진 이마. 그는 불안한 손놀림으로 외투의 앞섶을 바짝 추슬렀다. 겁 많고 조심스러운 사내아이의 몸짓이라서 그가 지닌 고급 공무원의 위세와는 어울리지 않았다. 그는 이따금 그런 모습을 보이곤 했다. 칵테일을 주문하면서 손가락 끄트머리를 조금조금 놀려 자기가 원하는 배합을 일러줄 때. 또는 추위나 어색함을 표시하기 위해 어깨를 움츠린 채 두 손을 넓적다리 사이에 찔러 넣을 때. 그녀의 마음을 사로잡았던 것은 바로 그런 섬약함이었고, 그의 실제적인 권력과 대비되는 그 허술함과 만만함이었다. 하지만 나는 이제 저 사람에게 있는 것 중에서 무엇을 사랑하는 것일까? 저 사람과 관련된 일 중에서 나는 무엇을 기억하고 있는가?

로랑이 다시 그녀의 옆자리에 앉았다. 차단기가 올라갔다. 정문을 통과할 때 그는 무장한 남자들에게 깍듯한 인사를 보냈다. 그 정중한 동작이 다시 안나의 신경을 거슬렀다. 그녀가 퉁명스럽게 물었다.

"무엇 때문에 경관들이 저러고 있는 거죠?"

"군인이야. 저들은 군인이라고."

로랑이 바로잡았다.

그들은 다른 자동차들 사이로 미끄러져 들어갔다. 오르세의 르클레르 장군 광장은 자그마하고 정성스럽게 정돈되어 있었다. 성당, 시청, 꽃가게 등 각각의 요소가 뚜렷하게 부각되는 풍경이었다.

"군인들이 왜 거기에 있어요?"

그녀가 다시 묻자 로랑은 딴 데 마음을 팔고 있는 듯한 어조로 대답했다.

"산소-15 때문이야."

"뭐 때문이라고요?"

"산소-15. 검사를 위해 당신 혈액에 주입한 트레이서 말이야. 방사성 의약품이지."

"세상에."

로랑은 그녀 쪽으로 고개를 돌렸다. 애써 그녀를 안심시키려는 표정을 짓고 있었지만, 그의 눈동자에는 짜증난 기색이 역력했다.

"위험하지 않아."

"위험하지 않아서 군인들이 그렇게 경비를 서고 있나 보죠?"

"바보처럼 굴지 마. 프랑스에서는 핵물질과 연관된 일은 모두 원자 에너지 위원회의 감독을 받게 되어 있어. 원자 에너지 위원회의 감독을 받는다는 건 곧 군인들의 감독을 받는다는 뜻이야. 그뿐이라고. 에릭은 군과 함께 일을 하지 않으면 안 돼."

안나는 비웃음을 흘렸다. 로랑은 더욱 뻣뻣하게 나왔다.

"왜 그래?"

"아무것도 아니에요. 그런데 당신은 수도권에서 하나밖에 없는 병원을 찾아낸 게 틀림없어요. 하얀 가운보다 군복이 더 많은 병원 말이에요."

그는 어깨를 으쓱해 보이고는 풍경으로 눈을 돌렸다. 자동차는 벌써 고속도로로 접어들어 비에브르 강 유역으로 내리닫고 있었다. 갈색과 붉은색이 어우러진 숲 사이로 내리막과 오르막이 계속 갈마들었다.

하늘엔 구름이 돌아와 있었다. 멀리서 한 줄기 하얀 빛이 낮게 걸린 구름을 비집고 나오려 애쓰고 있었다. 하지만 구름이 해를 완전히 가린 것은 아니고 글라시[1]처럼 덮고 있는 것이라서 언제라도 햇살이 우세해져서 풍광을 빛나게 할 듯했다.

---

[1] 밑그림이 마른 뒤 투명물감을 엷게 칠하여 화면에 윤기와 깊이를 주는 유화 기법.

그들은 15분 동안 더 달렸다. 그제야 로랑이 다시 말문을 열었다.

"에릭을 믿어야 해."

"누구도 내 뇌를 건드리지 못해요."

"에릭이 잘 알아서 할 거야. 그는 유럽에서 가장 뛰어난 신경의학자 가운데 하나야……."

"당신의 죽마고우이기도 하죠. 당신에게서 골백번 들은 얘기예요."

"그에게 치료를 받는 건 행운이야. 당신은……."

"나는 그의 기니피그가 되고 싶지 않아요."

"그의 기니피그라고? (그는 음절을 하나하나 끊어서 되풀이했다.) 기-니-피-그? 아니 무슨 소리를 하는 거야?"

"아케르만은 나를 관찰하고 있어요. 내 병에 흥미를 느끼고 있을 뿐이라고요. 그 사람은 연구자이지 의사가 아니에요."

로랑은 한숨을 쉬었다.

"당신은 완전히 망상에 빠져 있어. 당신 정말……."

"미쳤다고요? (안나는 자신이 철제 셔터처럼 무너져 내리는 것을 느끼면서 쓴웃음을 지었다.) 그거 별로 놀라운 소식도 아니네요."

명랑을 가장한 음산한 웃음이 남편의 화를 돋우었다.

"도대체 뭐야? 병이 깊어지도록 팔짱끼고 기다리겠다는 거야?"

"아무도 내 병이 심해질 거라고 말하지 않았어요."

그는 좌석에서 몸을 들썩였다.

"그건 사실이야. 미안해. 내가 허튼소리를 했어."

차내에 다시 침묵이 감돌았다.

풍경은 점점 들불이 타는 듯한 모습으로 변해 갔다. 물기를 머금은 시든 풀들이 불타는 것처럼 보였다. 잿빛 안개가 뒤섞인 불그죽죽하고 험상궂은 풍경이었다. 나무숲들이 지평선을 가리며 스쳐 지나가고 있었다. 처음엔 형체가 불분명하던 나무숲이 자동차가 다가감에 따라 피 묻은 발톱이나 섬세한 조각물이나 검은 아라베스크 따위의 형태로 뚜렷하게 모습을 드러내곤 했다.

이따금 뾰족한 시골 종탑과 함께 마을이 나타났다. 그러고 나면 순백의 저수탑이 떨리는 빛 속에서 흔들렸다. 파리에서 불과 몇 킬로미터 떨어진 곳에서 이런 풍광을 볼 수 있다는 게 믿어지지 않았다.

로랑은 마지막으로 한 번 더 자신의 걱정을 드러냈다.

"생체검사는 그만두더라도 다른 검사들은 받겠다고 약속해 줘. 며칠밖에 안 걸릴 거야."

"글쎄요."

"내가 같이 갈게. 며칠이 걸리든 시간을 내겠어. 당신은 혼자가 아냐. 우리가 당신과 함께 있어. 알지?"

안나는 '우리'라는 말이 마음에 들지 않았다. 남편은 아직도 아케르만의 호의를 믿고 있었다. 그녀는 이미 아내라기보다 환자였다.

뫼동 언덕의 꼭대기에 다다르자 갑자기 환한 빛 속에서 파리가 나타났다. 하얀 지붕들을 끝없이 펼쳐 보이며 온 도시가 얼어붙은 호수처럼 빛나기 시작했다. 수정과 서릿발과 눈덩이가 삐죽삐죽 솟아 있는 호수 같았다. 라 데팡스의 거대한 건물들이 마치 높다란 빙산처럼 보였다. 온 도시가 빛을 줄줄 흘리며 햇살에 불타고 있었다.

그 눈부신 풍광에 그들은 할 말을 잊고 마비 상태에 빠져들었다. 그들은 그렇게 아무 말 없이 세브르 다리를 건너고 불로뉴 비양쿠르를 가로질렀다.

생클루 시문(市門) 어름에서 로랑이 물었다.

"집에 내려줄까?"

"아뇨. 일하러 갈 거예요."

"하루 휴가 내겠다고 했잖아."

그의 목소리가 비난조를 띠었다. 안나는 거짓말을 했다.

늑대의 제국 29

"생각했던 것보다 피곤하지 않아요. 클로틸드에게 고생을 시키고 싶지도 않고요. 토요일에는 가게에 손님들이 많아요."

"클로틸드, 가게……."

그가 비꼬는 어조로 그렇게 되뇌었다.

"그게 어때서요?"

"그 일은 정말이지…… 당신에게 어울리지 않아."

"나에게가 아니라 당신에게 안 어울린다는 얘기겠죠."

로랑은 대답하지 않았다. 어쩌면 이 마지막 말을 알아듣지도 못했을 터였다. 그는 목을 빼어 앞쪽의 도로 사정을 살폈다. 파리 외곽순환도로의 교통이 정체되어 있었다.

그는 운전기사에게 '여기에서 빠져 나가라'고 명령했다. 니콜라는 말귀를 알아듣고, 글러브 박스에서 자기(磁氣) 회전경보등을 꺼내어 자동차 지붕 위에 붙였다. 그들의 푀조 607은 사이렌을 요란하게 울리며 교통 혼잡에서 벗어나 다시 속도를 내기 시작했다.

니콜라는 가속 페달을 계속 밟아댔다. 로랑은 앞좌석의 등받이를 움켜잡은 채 니콜라가 운전대를 이리저리 돌려 추돌을 피해 나가는 것을 줄곧 지켜보고 있었다. 마치 비디오 게임에 몰두해 있는 아이 같았다. 그는 높은 교육 수준과 내무부 정책연구·종합평가 센터의 소장이라는 지위에도 불구하고 싸움터의 흥분, 길을 지배하려는 욕구를 결코 잊지 않고 있었다. 안나는 그 점을 확인할 때마다 놀라움을 느끼곤 했다. '가엾은 경찰관' 하고 그녀는 생각했다.

마요 시문에서 그들은 외곽순환도로를 벗어나 테른 대로로 접어들었다. 운전기사는 그제야 사이렌을 껐다. 안나는 자신의 일상적인 세계로 들어서고 있었다. 진열창들이 영롱한 광채를 발하는 포부르 생토노레 거리. 기다란 통유리창이 있고 2층에서 다리 곧은 여자 무용수들이 분주하게 움직이는 플레엘 홀. 그녀가 희귀한 차(茶)를 사러 들르곤 하는 마리아주 프레르라는 가게의 마호가니로 된 아케이드.

차문을 열기 전에 안나는 사이렌 소리 때문에 중단되었던 대화를 다시 시작했다.

"당신도 알다시피, 이건 그냥 일이 아니에요. 바깥 세계와 접촉을 유지하는 나 나름의 방식이에요. 우리 아파트에 틀어박혀서 완전히 미쳐 버리지 않기 위한 거라고요."

그녀는 차에서 내려 다시 남편 쪽으로 몸을 기울였다.

"이 일을 안 하면 난 정신병원에 가야 해요, 알겠어요?"

그들은 마지막으로 한 번 더 눈길을 주고받았다. 눈을 한 번 깜박일 동안의 짧은 순간이나마 그들은 다시 서로의 지지자가 되었다. 안나는 남편과의 관계를 가리키기 위해 '사랑'이라는 말을 사용한 적이 없었다. 그들의 관계는 일종의 묵계나 분담이었다. 욕망이나 열정처럼 날에 따라 기분에 따라 달라지는 성질의 것이 아니라, 잔잔한 물, 깊은 곳에서 한데 뒤섞이는 지하수 같은 것이었다. 그래서 그들은 말로 다 표현하지 않아도 서로를 이해하곤 했다.

안나는 갑자기 다시 희망을 가졌다. 남편이 자기를 도와주고 사랑하고 지지하리라는 생각이 들었다. 그녀에게 드리운 어두운 그림자는 오히려 그녀가 편하게 쉴 수 있는 그늘이 될 것 같았다. 그가 물었다.

"저녁에 데리러 올까?"

안나는 그러라는 뜻으로 고갯짓을 하고 자기 손에 입을 맞춰 남편에게 혹 불어 날리는 시늉을 했다. 그런 다음 '초콜릿의 집'을 향해 걸어갔다.

4

그녀가 문을 밀자 여느 손님이 왔을 때처럼 차임벨이 울렸다. 귀에 익은 소리를 들은 것만으로도 다시 힘이 솟았다. 지난 달, 진열창에 붙은 구인광고를 보고 안나는 이 일자리에 지원했다. 단지 마음을 딴 데로 돌려 자신의 강박관념으로부터 벗어나겠다는 심산이었다. 하지만 안나는 이곳에서 훨씬 더 좋은 것을 찾아냈다.

이곳은 하나의 피난처였다.

불안이 엄습하지 않도록 그녀를 에워싸 주는 동그라미였다.

오후 2시. 가게는 텅 비어 있었다. 클로틸드는 손님들의 발길이 뜸해진 틈을 타서 창고에라도 간 모양이었다.

안나는 홀을 가로질렀다. 가게는 전체적으로 보아 갈색과 금색이 어우러진 초콜릿 상자와 비슷했다. 한복판에는 주 판매대가 가지런하게 정렬해 있는 오케스트라처럼 버티고 있었다. 네모꼴이나 원반 모양이나 한입에 넣을 만한 조각으로 된 검은색 또는 크림색의 고전적인 제품들이 진열되어 있는 판매대였다. 그 왼쪽으로 계산대의 대리석 판 위에는 손님들이 초콜릿 값을 치르다가 마지막 순간에 충동이 일어 '가외'로 집어가는 잗다란 주전부리들이 놓여 있었다. 오른쪽에는 과일 파이, 사탕, 누가 같은 파생 제품들이 마치 동일한 주제를 변주한 것처럼 진열되어 있었다. 위쪽의 선반에는 다른 과자들이 오팔지 봉지에 싸여 빛나고 있었다. 그 굴절된 반사광 때문에 과자들이 더욱 먹음직스러워 보였다.

안나는 클로틸드가 부활절 대목을 위한 진열을 다 끝내 놓았음을 알아차렸다. 몇 개의 바구니에 달걀과 크고 작은 암탉 모양의 초콜릿들이 담겨 있었다. 캐러멜 지붕을 얹은 초콜릿 집들은 아몬드 반죽으로 만든 돼지들이 지키고 있었다. 종이로 만든 황수선화들 사이의 허공에서는 병아리들이 그네를 타고 있었다.

"왔네? 잘 됐다. 입고할 제품들이 방금 도착했거든."

홀 안쪽의 화물 승강기에서 클로틸드가 갑자기 나타났다. 도르래와 구식 권양기로 움직이는 이 승강기를 이용하면 룰 공원의 주차장으로부터 상자들을 직접 끌어올릴 수 있었다. 클로틸드는 승강기에서 펄쩍 뛰어내리더니 쌓여 있는 상자들을 성큼성큼 넘어와 숨을 헐떡이며 안나 앞에 섰다. 그녀의 표정이 환했다.

사귄 지 몇 주일밖에 되지 않았지만 그녀는 이제 안나를 지켜주는 지표 중의 하나가 되었다. 그녀는 스물여덟 살이었다. 자그마한 코에는 늘 발그레한 기운이 돌았고 금발에 가까운 연한 갈색 머리카락이 이마에서 나붓거렸다. 그녀에게는 두 아이와 '은행에 다니는' 남편과 융자를 얻어 장만한 집과 자를 대고 그린 듯한 인생 설계가 있었다. 그녀는 행복에 대한 확신 속에서 살아가는 듯했다. 그 확신은 안나를 어리둥절하게 만들곤 했다. 그녀와 얼굴을 맞대고 지내는 것은 안심이 되면서도 약이 오르는 일이었다. 그녀는 결함도 없고 뜻밖의 일도 없는 인생의 그림에 대해 단 한 순간도 회의를 품지 않았다. 그녀의 신념에는 일종의 고집 아니면 스스로 받아들인 거짓이 있었다. 어쨌거나 그런 신기루는 안나가 접근할 수 없는 것이었다. 서른한 살의 안나는 아이가 없었고 줄곧 불안과 불확실성과 미래에 대한 두려움 속에서 살아왔다.

"오늘은 지독한 날이야. 일이 끊이질 않아."

클로틸드는 종이상자 하나를 집어들고 가게 안쪽의 창고로 향했다. 안나는 숄을 어깨에 두르고 그녀를 따라했다. 토요일은 손님들이 몰리는 날이라서 짬이 날 때마다 진열대의 빈 자리를 새로 채워 놓지 않으면 안 되었다.

그들은 창고로 들어갔다. 넓이가 10제곱미터쯤 되고 창문이 나 있지 않은 방이었다. 포장상자 더미와 판자처럼 널따란 기포 포장지들 때문에 이미 공간이 옹색해져 있었다.

클로틸드는 상자를 내려놓고, 아랫입술을 내밀며 머리카락이 나풀거리도록 입김을 불어 올렸다.

"아참, 그것도 안 물어봤네. 병원에 간다더니 어떻게 됐어?"

"오전 내내 검사를 받았어. 의사 말이 손상을 입었대."

"손상?"

"내 뇌에 죽어버린 부위가 있나 봐. 그래서 사람의 얼굴을 알아보는 기능에 이상이 생겼대."

"세상에. 치료는 할 수 있는 거지?"

안나는 짐을 내려놓고 아케르만의 말을 기계적으로 되풀이했다.

"그래. 치료를 받게 될 거야. 일종의 기억 훈련에다 약물 치료를 병행해서 그 기능을 내 뇌의 다른 부분으로 옮기는 거지. 온전한 부분으로 말이야."

"굉장하다!"

클로틸드는 마치 안나의 증상이 완전히 사라졌다는 소식을 듣기라도 한 것처럼 기쁨에 찬 미소를 짓고 있었다. 그녀는 대화에 맞지 않는 표정을 짓기가 일쑤였다. 그런 표정 때문에 그녀가 남의 일에 철저히 무관심하다는 사실이 드러나곤 했다. 사실 클로틸드는 남의 불행에 둔감했다. 슬픔과 고뇌와 불안은 마치 방수포에 떨어진 기름방울처럼 그녀의 내부로 스며들지 못하고 미끄러져 내렸다. 하지만 그 순간에는 그녀도 자신의 실수를 알아차린 듯했다.

마침 초인종이 울려 열없어 하는 그녀를 구해 주었다. 그녀는 얼른 발길을 돌리며 말했다.

"내가 갈게. 앉아 있어, 갔다 올게."

안나는 종이상자 몇 개를 치우고 등받이 없는 의자에 앉았다. 그러고는 쟁반에 로미오—신선한 커피가 들어간 네모꼴 무스—를 담기 시작했다. 방 안은 벌써 머리를 어질어질하게 하는 초콜릿 향기로 가득 차 있었다. 하루 일과가 끝날 때쯤이면 그들의 옷에서는 물론이고 땀에서도 그 냄새가 났다. 그들의 침마저도 설탕처럼 달작지근했다. 술집 종업원들은 알코올의 증기를 들이마시기 때문에 술을 마시지 않아도 취한다고 한다. 그렇다면 초콜릿 장수들은 늘 단내를 맡으니 초콜릿을 먹지 않아도 뚱뚱해지지 않을까?

안나는 몸무게가 단 1그램도 늘지 않았다. 사실 그녀처럼 먹어서는 몸무게가 늘 턱이 없었다. 그녀는 마치 속을 비워야 하는 환자처럼 최소한으로만 먹었다. 음식 자체가 그녀를 피하는 듯했다. 탄수화물과 지방질과 섬유질이 그녀를 만나면 그냥 지나쳐 가기가 일쑤였다.

초콜릿을 가지런히 늘어놓고 있는데, 아케르만의 말이 다시 뇌리에 떠올랐다. 손상, 질병, 생체검사. 안 돼, 내 뇌에 함부로 칼질을 하게 할 수는 없어. 그 사람에게는 절대로 못 맡겨. 차가운 몸짓과 곤충의 시선을 지닌 그런 작자에게는 안 돼.

하긴 안나는 그의 진단을 믿지 않고 있었다.

도저히 믿을 수가 없었다.

이유는 간단했다. 그녀가 그에게 말한 것은 진실의 3분의 1도 되지 않기 때문이었다.

사람의 얼굴을 알아보지 못하는 증상은 지난 2월부터 그녀가 고백한 것보다 훨씬 빈번하게 나타났다. 그런 기억상실은 이제 아무 때나 아무 계제에서나 그녀를 급습하고 있었다. 친구들 집에서 저녁 식사를 할 때도 미용실에 갔을 때도 가게에서 물건을 살 때도 그런 일이 생겼다. 가장 친숙한 환경의 한복판에서 갑자기 모르는 사람들, 이름 없는 얼굴들에 둘러싸이곤 했다.

그런 이상 증세의 특성에도 변화가 있었다.

처음엔 기억의 일부에 공백이나 불투명한 부분이 생기는 것에 그쳤지만, 이젠 무시무시한 환각이 겹쳐지고 있었다. 얼굴들이 흐릿해지거나 떨리거나 일그러진 모습으로 보였다. 물 속에 있는 사물을 들여다볼 때처럼 사람들의 표정과 시선이 흔들리기 시작했다.

어떤 때는 사람들의 얼굴이 뜨거운 기운을 쐰 밀랍인형처럼 녹아내리면서 악마 같은 우거지상으로 변했다. 또 어떤 때는 표정들이 떨리고 흔들거리다가 급기야는 한 얼굴에 몇 가지 표정이 겹쳐지기도 했다. 울음과 웃음과 입맞춤, 그 모든 것이 한 얼굴에 들러붙어 있는 것을 보는 건 그야말로 악몽이었다.

거리에서 안나는 눈을 내리깔고 걸었다. 저녁 모임에 나가서는 말을 하면서 상대를 바라보지 않았다. 그녀는 사람을 피하고 겁에 질려 부들거리는 존재가 되어 가고 있었다. 이제 '타인들'은 공포의 거울이었다. 그들이 그녀에게 되돌려 주는 것은 그녀 자신의 광기를 확인시키는 이미지뿐이었다.

그녀는 남편에 대해서도 딱히 무어라 설명할 수 없는 혼란스러운 기분을 느끼고 있었다. 사실 그를 알아보지 못하는 일이 한 번 있고 난 뒤로는 불안이 통 가시지 않고 꺼림한 느낌을 떨쳐 버릴 수가 없었다. 그 일은 지울 수 없는 흔적을 그녀에게 남겼다. 그녀는 여전히 두려워하고 있었다. 아직도 남편을 온전하게 알아보지 못하고 있는 것은 아닐까 하는 의구심도 들었고, 어떤 목소리가 '이 남자는 네 남편이지만 네 남편이 아니기도 해' 라고 속삭이는 것 같기도 했다.

그녀가 마음속 깊은 곳에서 느끼는 바로는 로랑의 용모가 변한 듯했다. 성형외과 수술을 받아 얼굴을 바꾼 게 아닌가 싶었다.

터무니없는 느낌이었다.

그런 망상은 훨씬 더 터무니없는 다른 망상과 짝을 이루고 있었다. 남편은 낯선 사람으로 보이는 데에 반해서, 가게의 한 남자 고객은 그녀에게 어렴풋하지만 친근한 과거의 어떤 일을 일깨우고 있었다. 그 희미한 추억은 끈질기게 그녀의 머릿속을 맴돌았다. 그녀는 어디선가 그를 본 적이 있다고 확신했다. 어디에서 만났다고는 말할 수 없을지라도 그와 대면하면 그녀의 기억에 불이 켜지곤 했다. 그야말로 정전기가 이는 것 같은 가벼운 떨림이 느껴졌다. 하지만 그 불꽃이 정확한 기억을 되살려내지는 못했다.

그 남자는 일주일에 한두 번씩 와서 언제나 지콜라라는 초콜릿을 사 갔다. 지콜라는 속에 아몬드 반죽을 넣은 네모난 초콜릿으로, 동양의 과자와 생김새가 비슷했다. 하긴 그의 말투도 약간 외국인 같은 느낌을 주었다. 아마도 아랍계 사람이 아닌가 싶었다. 나이는 마흔 살쯤 되어 보였다. 옷차림은 언제나 똑같았다. 청바지 위에 낡은 벨벳 재킷을 깃까지 단추를 채워 입은 폼이 영락없는 만년 대학생의 차림새였다. 안나와 클로틸드는 그에게 '벨벳 씨'라는 별명을 붙였다.

두 여자는 매일 그가 가게에 오기를 기다렸다. 그의 방문은 그들의 서스펜스이자 수수께끼였다. 그가 왔다 가면 가게 분위기가 몇 시간 내내 쾌활했다. 그들은 종종 그 남자를 두고 이러저러한 가정에 몰두했다. 그 남자는 안나의 어린 시절 동무이기도 했고, 예전에 그녀가 잠시 연정을 품었던 사람이거나, 반대로 어떤 칵테일 파티에서 추파를 보내며 그녀를 은근하게 유혹했던 남자이기도 했다.

안나는 이제 알고 있었다. 진실은 그런 가정들보다 더 단순하다는 것을. 그가 상기시키는 어렴풋한 추억은 뇌의 손상 때문에 생겨나는 환각들 중의 하나일 뿐이라는 것을. 이젠 그녀 눈에 무엇이 보이건, 무엇을 느끼건 얼굴을 대하고 진지하게 받아들일 필요가 없었다. 눈에 보이는 얼굴을 기억 속의 얼굴과 대조하는 체계에 이상이 생겼기 때문이었다.

창고 문이 열렸다. 안나는 소스라치게 놀랐다. 자신의 꽉 쥔 손가락들 사이로 초콜릿이 녹아내리고 있었다. 클로틸드가 문틀에 나타났다. 이마에 흘러내린 머리카락을 입김으로 불어 올리며 그녀가 말했다.

"그 남자 왔어."

벨벳 씨는 벌써 지콜라 가까이에 서 있었다. 안나는 서둘러 인사를 건넸다.

"안녕하세요? 뭘 드릴까요?"

"2백 그램 주세요. 늘 가져가는 걸로요."

안나는 중앙 판매대 뒤로 가서 집게와 오팔지 봉지를 집어들고 초콜릿을 담기 시작했다. 그러면서 내리뜬 눈으로 그 남자 쪽을 흘낏 보았다. 먼저 눈에 들어온 것은 부드러운 가죽으로 된 커다란 구두였다. 그 다음에는 너무나 길어서 아코디언처럼 주름이 잡혀 있는 청바지와 보풀이 빠진 자리가 오렌지색으로 반들거리는 사프란색 벨벳 재킷이 보였다.

안나는 마침내 눈이 마주칠 것을 각오하고 그의 얼굴을 살폈다.

텁수룩한 밤색머리에 투박하고 각진 얼굴이었다. 세련된 대학생의 용모보다는 시골 사람의 얼굴에 가까웠다. 불만이 있는 건지 아니면 화를 참느라고 그러는지 눈썹이 잔뜩 일그러져 있었다.

하지만 안나가 전에 눈여겨본 바로는, 그가 눈살을 찌푸리고 있지 않을 때면 여자 같은 기다란 속눈썹과 거뭇한 금테가 둘린 연보라색 홍채가 드러나곤 했다. 어두운 빛깔의 제비꽃들 위로 날아가는 뒝벌의 등을 연상시키는 눈이었다. 저런 눈매를 어디에서 보았더라?

안나는 초콜릿 봉지를 저울 위에 올려 놓았다.

"11유로입니다."

남자는 돈을 내고 초콜릿 봉지를 집어 들었다. 그런 다음 몸을 돌려 곧바로 가게 문을 나섰다.

안나는 자기도 모르게 문턱까지 그를 따라갔다. 클로틸드도 뒤따라왔다. 두 여자는 그의 실루엣을 바라보았다. 그는 포부르 생토노레 거리를 건너가더니 유리창에 검은색을 입힌 검정 리무진에 올라탔다. 외국 번호판을 단 자동차였다.

그들은 햇볕을 쬐고 있는 두 마리 여치처럼 현관 앞 층계에 그대로 서 있었다.

이윽고 클로틸드가 물었다.

"어때? 누군지 알겠어? 여전히 모르겠어?"

그가 탄 리무진이 다른 자동차들 속으로 사라졌다. 안나는 대답 대신 나직하게 중얼거렸다.

"담배 있어?"

클로틸드는 바지 호주머니에서 구겨진 말보로 라이트 갑을 꺼냈다. 안나는 첫 모금을 빨아들이면서 오전에 병원 마당에서 그랬던 것처럼 마음을 가라앉혔다. 클로틸드가 의구심 섞인 어조로 말했다.

"자기 이야기에는 앞뒤가 맞지 않는 게 있어."

안나는 팔꿈치를 들어올려 담배를 무기처럼 세운 채 몸을 돌렸다.

"그게 뭔데?"

"자기가 그 남자를 만난 적이 있고 그의 모습이 변했다고 쳐."

"그랬다 치면?"

클로틸드는 입술을 젖히며 캔 따는 소리를 냈다.

"그 남자는 왜 자기를 못 알아보지?"

안나는 흐린 하늘 아래로 달리는 자동차들과 구아슈 같은 가게 불빛이 차체에 만들어내는 줄무늬를 바라보았다. 길 건너편으로 마리아주 프레르의 나무로 된 정면과 레스토랑 '밀물과 썰물'의 차가운 채색 유리가 보였다. 레스토랑의 주차 담당 직원이 무덤덤한 표정으로 그녀를 물끄러미 바라보고 있었다.

그녀의 말이 파르스름한 연기 속으로 섞여들었다.

"미쳤어. 내가 미쳐 버린 거야."

5

로랑은 일주일에 한 번씩 매번 같은 '동료들'을 만나 저녁 식사를 했다. 그것은 어김없이 치러지는 행사였고 일종의 의례였다. 모임에 참가하는 남자들은 어린 시절의 친구들도 특정 서클의 구성원들도 아니었다. 그렇다고 공통된 취미를 가진 사람들도 아니었다. 그들의 공통점은 단지 경찰에 몸담고 있다는 것뿐이었다. 그들은 이러저러한 계제에서 서로 알게 되어 이제는 저마다 자기 영역에서 피라미드의 정점에 도달해 있었다.

안나는 다른 아내들과 마찬가지로 그 모임에서 엄격히 배제되어 있었다. 어쩌다 오슈 대로에 있는 그들의 아파트에서 저녁 모임이 열릴 때면, 남편은 그녀에게 집에 있지 말고 영화관에라도 가라고 부탁했다.

그랬는데 3주 전에는 로랑이 웬일로 다음 주 모임에 함께 가자고 권했다. 안나는 처음엔 거절했다. 남편이 간병인 같은 말투로 "가 보면 알겠지만 기분 전환이 될 거야." 하고 군소리를 하는 바람에 더더욱 가고 싶은 생각이 들지 않았다. 그러다가 안나는 생각을 바꾸었다. 사실 그녀는 로랑의 동료들을 만나보고 싶었고 고위 공직자들의 다른 면모를 관찰하고 싶었다. 따지고 보면 그녀가 알고 있는 고위 공직자의 모델은 남편 한 사람뿐이었다.

안나는 자신의 결정을 후회하지 않았다. 그 날 저녁 모임에서 무뚝뚝하지만 열정적인 남자들을 보았기 때문이었다. 그들은 서로 간에 금기도 거리낌도 없이 자기 생각과 감정을 표현하고 있었다. 그녀는 그들 속에서 자기가 여왕이라도 된 듯한 기분을 느꼈다. 홍일점인 그녀를 둘러싸고 경찰 간부들이 서로 질세라 일화와 무용담과 새로운 소식들을 늘어놓았다.

그 첫 모임 이후로 안나는 매번 저녁 식사에 참석해서 그들을 점점 더 잘 알게 되었다. 그들의 버릇이나 장기, 강박관념까지도 알아차렸다. 경찰 세계의 참된 일면을 보았다는 생각도 들었다. 그들의 세계는 흑과 백으로 이루어진 세계, 폭력과 확신으로 가득 찬 희화적이면서도 매혹적인 세계였다.

참석자들은 더러 예외가 있기는 했지만 늘 한결같은 모습이었다. 대화를 주도하는 사람은 대개 알랭 라쿠르였다. 그는 키가 후리후리하고 살집이 붙지 않은 활기찬 50대 남자였다. 말 한 마디가 끝날 때마다 포크질을 하거나 고개를 끄덕이는 것이 그의 버릇이었다. 거기에 남프랑스의 억양까지 보태져 그야말로 문장 하나하나를 끌로 다듬듯이 마무리한다는 느낌을 주었다. 그의 안에 있는 모든 것이 노래하고 요동치고 미소짓는 듯했다. 그런 모습만 보아서는 누구도 그가 실제로 맡고 있는 직책을 짐작할 수 없을 터였다. 그는 파리 경찰청 수사부를 이끌고 있었다.

피에르 카라실리는 그와 정반대로 체구가 땅딸막하고 성격이 어두웠다. 그는 듣는 사람을 거의 몽롱하게 만드는 느린 목소리로 늘 불평을 늘어놓았다. 아마도 그는 그 목소리의 괴력을 이용해서 범인들의 경계심을 잠재우고 가장 끈질긴 자들로부터도 자백을 받아내는 듯했다. 코르스 섬 출신인 그는 경찰청 국가보안국에서 중요한 역할을 맡고 있었다.

장·프랑수아 고드메르는 몸집이 수직적이지도 수평적이도 않았다. 그는 단단한 바위처럼 옹골지고 고집이 세었다. 훌러덩 벗겨진 붕긋한 이마의 그늘 때문인지 그의 눈에는 천둥비를 품은 듯한 검은 기운이 감돌았다. 안나는 그가 말을 할 때면 언제나 귀를 기울여 들었다. 그의 말투는 냉소적이고 이야기는 무시무시하기가 십상이었지만, 듣고 있으면 오히려 고마움 같은 것이 느껴졌다. 덕분에 세상이라는 직물의 숨겨진 씨실이 드러나는 듯한 묘한 느낌이었다. 그는 경찰청 마약 단속 부서의 책임자였다. 프랑스 마약 수사의 최고 지휘자인 셈이었다.

하지만 안나의 관심을 가장 많이 끈 사람은 필립 샤를리에였다. 그는 1미터 90의 키에 고급 정장이 금방이라도 터져 버릴 것처럼 몸이 다부진 거구였다. 동료들은 그에게 '녹색 거인'이라는 별명을 붙여주었다. 복싱선수 같은 얼굴은 널돌처럼 너부죽했고 턱수염과 희끗희끗한 머리가 그 얼굴에 테를 두르고 있었다. 그는 너무 큰 소리로 말했고, 폭발하는 엔진처럼 웃었으며, 상대방의 어깨를 잡으면서 자신의 우스갯소리에 억지로 끌어들이기가 일쑤였다.

그의 이야기를 이해하기 위해서는 외설적인 성향을 가진 샤를리에식 어휘를 알고 있어야 했다. 그는 '발기'를 일컬어 '팬티 속의 뼈다귀'라고 했고, 자신의 숱 많은 곱슬머리를 '부랄 털'이라고 불렀다. 방콕에 휴가 갔다 온 일을 이야기할 때는 '태국에 자기 마누라를 데려가는 것은 뮌헨에 맥주를 가져가는 거나 진배없다'라는 말로 자기 소감을 요약했다.

안나는 그가 저속하고 험하지만 매력적이라고 생각했다. 그에게서는 야성적인 힘과 누가 보기에도 경찰관이라는 느낌을 주는 어떤 것이 발산되고 있었다. 조명이 좋지 않은 사무실에서 용의자들로부터 자백을 받아낸다거나 현장에서 총으로 무장한 부하들을 지휘하는 것 말고 다른 곳에서 다른 일을 하고 있는 그를 상상하기가 쉽지 않았다.

로랑이 그녀에게 알려준 바에 따르면, 샤를리에가 자기 경력을 쌓아 오는 동안 인정사정없이 죽여 버린 사람이 적어도 다섯 명은 될 거라고 했다. 그의 활동 영역은 테러 방지였다. 국가보안국, 국외보안국, 테러 방지국 등 어떤 기관에 소속되어 싸우든 그는 언제나 똑같은 전쟁을 벌여 왔다. 비밀 작전과 무력 진압으로 보낸 세월이 어언 25년이었다. 안나가 그에 관한 이야기를 더 해 달라고 하자, 로랑은 손짓으로 거절하면서 "방금 들은 얘기는 빙산의 아주 작은 부분이라는 것만 알아둬."라고 말했다.

그 날 밤에는 브르퇴유 대로에 있는 바로 그 샤를리에의 집에서 모임이 열렸다. 그의 집은 오스만 스타일의 호사스런 아파트였다. 옛날에 식민지에서 건너온 물건들이 집 안에 가득했고 마루바닥에는 니스가 칠해져 있었다. 안나는 호기심에서 문이 열려 있는 방들을 요모조모 살펴보았다. 여자의 자취는 어디에도 없었다. 샤를리에는 완고한 독신주의자였다.

밤 11시. 손님들은 식사 뒤끝의 나른함을 즐기며 편안하게 앉아 담소를 나누고 있었다. 시가 연기가 훈륜처럼 그들을 휘감고 있었.

2002년 3월인 그 때는 대통령 선거를 몇 주일 앞둔 시점이었다. 그들은 앞 다투어 선거에 대한 예상과 가정들을 내놓으면서 선거 결과에 따른 내무부의 변화를 점치고 있었다. 중요한 전투를 앞두고 만반의 준비를 하는 사람들처럼 보였다. 하지만 그 전투에 참여하게 되리라고 확신하는 눈치는 아니었다.

안나 옆에 앉아 있던 필립 샤를리에가 나직한 소리로 속삭였다.

"경찰관들 얘기가 따분하죠? 어떤 스위스 사람 얘기 알아요?"

안나는 미소를 지으며 대답했다.

"지난 토요일에 들려주셨잖아요."

"그럼 포르투갈 여자 얘기는요?"

"그건 몰라요."

샤를리에는 두 팔꿈치를 식탁에 괴었다.

"어떤 포르투갈 여자가 스키 활강로를 내려갈 준비를 하고 있었어요. 고글을 내려쓰고 무릎을 구부린 다음 폴을 들어올렸죠. 그 때 스키를 타러 온 한 남자가 그녀 쪽으로 와서 히죽 웃으며 물었어요. '직활강하시려고요(Tout schuss)?' 그러자 포르투갈 여자는 '못 하겠어요. 입술이 갈라졌거든요(Ch'peux pas. Ch'ai les lères chercés).' 하고 대답하더랍니다.[2]"

안나는 한 박자 느리게 말귀를 알아듣고 웃음을 터뜨렸다. 샤를리에의 우스갯소리는 바지 지퍼 높이를 벗어나는 적이 없었다. 하지만 그런 대로 참신하다는 장점은 있었다. 그녀가 아직 웃고 있는데 샤를리에의 얼굴이 흐릿해졌다. 이목구비의 선명한 윤곽이 갑자기 뭉개지는 것이었다. 그의 얼굴 안에서 이목구비가 그야말로 파동을 쳤다.

안나는 눈을 돌려 다른 손님들을 보았다. 그들의 이목구비 역시 제자리를 벗어나 흔들리면서 웃음과 울음이 뒤섞인 흉측한 표정들의 물결을 이루고 있었다. 살과 비죽거림과 울부짖음이 마구 뒤섞였다.

한 차례 경련이 그녀를 들썩이며 지나갔다. 안나는 입으로 숨을 쉬기 시작했다.

"어디 아파요?"

샤를리에가 걱정스러워 하는 기색으로 물었다.

"더…… 더워요. 가서 시원한 것을 마실래요."

"어디에 있는지 가르쳐 드릴까요?"

---

[2] 이 우스갯소리의 열쇠는 포르투갈 사람들의 프랑스어 발음 습관에 있다. 그들은 대개 '위(u)'를 '우(ou)'로 발음하고, 음절 첫머리의 '스(s)'나 '쥬(j)'를 모두 '슈(ch)'로 발음한다. 그래서 남자가 '투 슈스?' 하고 물은 것을 포르투갈 여자는 '펠라티오를 해 주겠느냐?'는 뜻의 '튀 쉬스(Tu suces)?'로 알아듣고, 'Je peux pas. J'ai les lèvres gercées'라는 대답을 위와 같은 포르투갈식 발음으로 했다는 얘기다.

안나는 한 손으로 그의 어깨를 짚으면서 일어섰다.

"아니에요. 제가 찾을게요."

그녀는 벽을 따라 가다가 벽난로 모서리에 기대기도 하고 바퀴 달린 탁자에 부딪혀 덜그럭 소리를 내기도 했다.

그녀는 문턱에 다다라 뒤를 돌아보았다. 여전히 가면들의 물결이 일렁이고 있었다. 아우성, 뒤범벅이 된 주름들, 흔들리는 살들이 그녀를 뒤쫓기 위해 우르르 몰려들었다. 그녀는 터져 나오려는 비명을 억누르면서 문턱을 넘어섰다.

현관은 불이 밝혀져 있지 않았다. 옷걸이에 걸린 외투들이 으스스한 형상을 짓고 있었다. 반쯤 열린 문들이 방 안에 도사린 어둠을 드러내고 있었다. 안나는 빛바랜 금테가 둘린 거울을 마주하고 멈춰 섰다. 그녀는 거울에 비친 자기 모습을 응시했다. 모조 피지처럼 창백한 얼굴, 유령의 인광. 그녀는 검은 모직 풀오버 속에서 부들거리고 있는 자신의 어깨를 잡았다.

그 때 갑자기 거울 속에 한 남자가 그녀 뒤로 나타났다.

그녀가 모르는 남자였다. 저녁 식사에 참석한 사람이 아니었다. 그녀는 몸을 돌려 그를 마주보았다. 이 사람이 누구지? 어디로 들어왔지? 표정이 험악하다. 무언가 비틀리고 일그러진 것이 그의 얼굴에 감돈다. 어둠 속에서 그의 두 손이 하얀 흉기처럼 빛난다…….

안나는 뒷걸음질을 쳐서 옷걸이에 걸린 외투들 속에 파묻힌다. 남자가 다가든다. 옆방에서 다른 남자들의 이야기 소리가 들려온다. 소리를 지르고 싶다. 하지만 목이 불붙은 솜으로 뒤덮인 듯하다. 남자의 얼굴이 몇 센티미터 앞으로 바싹 다가든다. 마음의 어떤 기미를 드러내는 한 줄기 빛이 그의 눈을 스치고 지나간다. 그의 눈동자에서 어떤 신호가 금빛으로 번득인다.

"우리 이제 갈까?"

안나는 터져 나오려는 신음을 억눌렀다. 로랑의 목소리였다. 그의 얼굴이 즉시 낯익은 모습으로 되돌아왔다. 두 손이 그녀를 부축하고 있었다. 그녀는 자기가 잠시 기절했었다는 것을 알아차렸다.

"젠장, 당신 왜 이러는 거야?"

"내 외투, 내 외투 줘요."

안나는 남편의 팔을 뿌리치면서 명령했다.

불안한 마음이 가시지 않았다. 남편의 얼굴에는 분명 낯선 구석이 있었다. 한 가지 확신이 다시 고개를 들었다. 그래, 이 사람의 얼굴이 변한 거야. 이건 분명 뜯어고친 얼굴이야. 이 얼굴엔 비밀이 있어. 무언가 내가 보지 못하는 것이 있는 거야…….

로랑이 그녀에게 더플코트를 내밀었다. 그는 떨고 있었다. 아마도 그녀를 걱정하고 있을 터였다. 하지만 그의 걱정은 자기 자신을 위한 것이기도 했다. 그는 동료들이 상황을 눈치 챌까 봐 전전긍긍하고 있었다. 내무부의 요직을 맡고 있는 고위 공직자의 아내가 미쳐 버렸다는 사실을 알리고 싶지 않은 것이었다.

안나는 외투 소매에 팔을 집어넣으며 안감의 감촉을 느꼈다. 그 천에 파묻혀 영원히 사라져 버렸으면 좋겠다는 생각이 들었다.

응접실에서 웃음소리가 울리고 있었다.

"우리 둘이 먼저 간다고 인사하고 올게."

남편이 응접실로 들어가자 비난조의 말들이 들려오고 다시 웃음소리가 일었다. 안나는 마지막으로 한 번 더 거울에 눈을 주었다. 언젠가 머지않은 날에 그녀는 거울에 비친 자신의 상을 마주하고, "이 사람이 누구지?" 하고 자문하게 될 날이 올지도 몰랐다.

로랑이 다시 나타나자, 그녀가 나직하게 중얼거렸다.

"날 데려다 줘요. 집에 가서 자고 싶어요."

6

 그러나 이 고약한 병은 그녀가 잠을 자는 동안에도 그녀를 뒤쫓아 왔다.
 사람들의 얼굴을 알아보지 못하는 증상이 나타난 뒤로 그녀는 똑같은 꿈을 자주 꾸었다. 흑백의 이미지들이 불안정한 리듬으로 무성영화에서처럼 펼쳐지는 꿈이었다.
 무대는 매번 동일했다. 밤중에 어떤 기차역의 플랫폼에서 굶주린 행색의 농부들이 열차를 기다리고 있다. 이윽고 화물열차가 증기를 내뿜으며 도착한다. 화차의 옆문이 열리면서 제모를 쓴 남자가 모습을 드러낸다. 그는 몸을 기울여 사람들이 건네주는 깃발을 받아든다. 깃발에는 이상한 무늬가 그려져 있다. 기본 방위를 표시하는 별 모양의 기호에 네 개의 초승달이 배치되어 있는 문양이다.
 남자는 다시 몸을 일으키며 아주 검은 눈썹을 치켜 올린다. 그러고는 바람에 깃발이 펄럭이게 하면서 군중을 향해 연설을 한다. 하지만 그의 말은 들리지 않는다. 그 대신 일종의 효과음처럼 한숨과 아이들의 울음소리가 들려온다. 원망과 불평이 담긴 애절한 소리다.
 그러면 그 비통한 합창에 안나의 속삭임이 섞여든다. 그녀는 아이들의 목소리가 들려오는 쪽을 향하여 묻는다. "얘들아, 어디에 있니?" "너희들 왜 울고 있지?"
 대답 대신 역의 플랫폼에 바람이 인다. 깃발에 그려진 네 개의 초승달이 인광처럼 번득이기 시작한다. 이 때부터 장면이 바뀌면서 지독한 악몽이 시작된다. 남자가 외투를 조금 젖히자 절개된 채 속이 텅 비워진 흉곽이 드러난다. 그 다음에는 한 줄기 돌풍에 남자의 얼굴이 바스라진다. 양쪽 귀를 시작으로 살이 재와 같은 가루로 변하여 울룩불룩한 검은 근육들을 덮어간다…….

안나는 소스라치며 잠에서 깨어났다.
눈을 뜨고 어둠 속을 두리번거렸지만 그녀는 아무것도 알아보지 못했다. 방도 침대도 자기 옆에서 자고 있는 사람도. 그러다가 몇 초가 지나서야 비로소 그 낯선 형체들이 친근하게 느껴졌다. 그녀는 벽에 등을 기대고 앉아 땀에 젖은 얼굴을 닦았다.
왜 이런 게 자꾸 꿈에 보이지? 이 꿈이 내 병과 무슨 상관이 있을까? 그녀는 이 꿈이 자기 병의 또 다른 측면임을 확신하고 있었다. 그것은 분명 그녀의 정신이 훼손되어 가는 것에 대응하는 불가사의한 메아리이자 설명할 수 없는 중요한 단서였다. 그녀는 어둠 속에서 남편을 불렀다.
"로랑?"
남편은 등을 돌리고 누운 채로 미동도 하지 않았다. 안나는 그의 어깨를 잡았다.
"로랑, 자요?"
어렴풋한 움직임과 시트 구겨지는 소리가 느껴졌다. 그러더니 어둠 속에서 그의 옆얼굴이 뚜렷하게 윤곽을 드러냈다. 그녀는 나지막한 소리로 다시 물었다.
"자요?"
"이젠 안 자."
"저기…… 한 가지 물어봐도 돼요?"
그는 반쯤 몸을 일으키더니 베개를 겹쳐 머리를 괴었다.
"말해 봐."
안나는 목소리를 차분하게 낮추었다. 꿈속에서 들은 아이들의 울음소리가 아직도 머릿속에서 맴돌고 있었다.
"왜…… (그녀는 머뭇거렸다.) 왜 우리는 아이가 없죠?"
잠시 아무 반응이 없었다. 그러다가 로랑은 시트를 젖히고 침대 가장

자리에 앉았다. 침묵에 돌연 긴장과 적의가 실리는 듯했다.

그가 얼굴을 문지르고 나서 말했다.

"우리 다시 아케르만을 만나러 가자."

"뭐라고요?"

"내가 그 친구에게 전화할 거야. 병원에서 만나는 걸로 할게."

"왜 그런 말을 하는 거죠?"

그는 고개만 돌려 어깨 너머로 내뱉듯이 말했다.

"당신 거짓말했어. 다른 기억장애는 없다고 했잖아. 얼굴을 알아보지 못하는 것 말고는 아무 문제가 없다더니."

안나는 방금 자기가 실수를 저질렀다는 사실을 깨달았다. 그녀의 질문은 자신의 뇌에 또 다른 결함이 있음을 스스로 드러낸 것이었다. 그녀의 눈에는 로랑의 목덜미와 머리카락의 어렴풋한 굴곡과 좁다란 등밖에 보이지 않았지만, 그녀는 그의 낙담을 짐작하고 있었다. 그가 낙담을 넘어서서 분노를 느끼고 있다는 것도 알 수 있었다. 하지만 그녀는 위험을 무릅쓰고 다시 물었다.

"우리가 아이 이야기를 한 적이 있나요? 내가 뭐라고 했죠?"

로랑은 몇 도쯤 몸을 돌렸다.

"당신은 아이를 갖고 싶어하지 않았어. 그게 당신의 결혼 조건이었잖아. (그는 왼손을 들어올리면서 목청을 높였다.) 우리가 결혼식을 올리던 날 밤에도 당신은 나에게 맹세를 시켰어. 당신에게 아이를 낳으라고 요구하지 않겠다는 맹세 말이야. 안나, 당신 머리에 이상이 생긴 거야. 이대로 가만있으면 안 돼. 그 검사들을 받아야 해. 뭐가 문제인지 알아야 한다고. 더 나빠지지 않도록 이쯤에서 막아야 해! 빌어먹을!"

안나는 침대의 반대쪽 끄트머리에서 몸을 웅송그렸다.

"며칠만 시간을 더 줘요. 틀림없이 다른 방도가 있을 거예요."

"무슨 방도?"

"모르겠어요. 여하튼 며칠 더 기다려 줘요. 부탁이에요."

그는 다시 길게 누우면서 시트로 머리를 덮었다.

"다음 주 수요일에 아케르만에게 전화할게."

그에게 고맙다고 말하는 건 불필요한 일이었다. 안나는 자기가 왜 유예를 요구했는지조차 모르고 있었다. 명백한 사실을 부정한들 무슨 소용이 있으랴? 병은 뉴런을 하나씩 차례차례 잠식하면서 그녀 뇌의 모든 부위로 번져가고 있었다.

안나는 이불 속으로 살그머니 들어갔다. 하지만 로랑과 여전히 거리를 두고 누운 채 아이와 관련된 수수께끼를 놓고 상념에 잠겼다. 내가 왜 그런 맹세를 요구했을까? 그 때 내 동기는 무엇이었을까? 그녀는 아무런 대답도 얻지 못했다. 자신의 인격을 스스로 낯설게 여기는 상황이 벌어지고 있었다.

그녀는 시간을 거슬러 올라가 결혼하던 때를 돌이켜보았다. 그건 8년 전의 일이었다. 당시 그녀는 스물세 살이었다. 도대체 내 기억에 남아 있는 게 뭐지?

생폴 드 방스에 있는 저택, 종려나무, 햇살을 받아 노랗게 반짝이던 넓은 잔디밭, 아이들의 웃음소리. 그녀는 눈을 감고 그 때의 느낌들을 되살리려고 애썼다. 어슴푸레하게 떠오른 것이 있었다. 잔디밭 위로 긴 그림자를 드리우며 추던 원무, 꽃을 엮어 만든 장식물들, 하얀 손들…….

불현듯 얇은 망사 너울이 그녀의 뇌리에 떠올랐다. 그 기다란 천이 그녀의 눈앞에서 나부끼고 있었다. 변덕스럽게 움직이며 햇살을 받아 반짝이는 그것 때문에 원무를 추기가 거북해지고 풀밭의 초록빛이 부옇게 보였다.

망사 너울이 그녀의 얼굴 앞으로 바싹 다가들었다. 씨실과 날실의 감촉이 얼굴에 느껴질 정도였다. 그 때 천이 그녀의 목구멍으로 들어갔다. 안나는 숨을 헐떡거렸다. 너울은 그녀의 입천장에 착 들러붙어 있었다. 그건 이제 망사가 아니라 거즈였다.

상처를 치료하는 데에 쓰이는 거즈가 그녀를 질식시키고 있는 것이었다.

그녀는 어둠 속에서 울부짖었다. 하지만 아무리 크게 외쳐도 소리가 나지 않았다. 그녀는 눈을 떴다. 꿈이었다. 그녀의 입이 베개에 닿아 짓눌리고 있었다.

이 모든 게 언제나 끝날까? 그녀는 다시 몸을 일으켰다. 땀을 많이 흘린 탓인지 살갗이 아직 꿉꿉했다. 입천장도 끈적거렸다. 그 때문에 숨이 막힐 것 같은 느낌이 든 모양이었다.

그녀는 자리에서 일어나 침실 옆에 붙은 욕실 쪽으로 갔다. 그러고는 더듬거리며 문을 열고 들어가 불을 켜기 전에 문을 닫았다. 그녀는 스위치를 누른 다음 세면대 위의 거울 쪽으로 돌아섰다.

그녀의 얼굴은 피로 덮여 있었다. 이마엔 점점이 이어진 핏자국이 낭자했고, 눈밑이며 콧구멍 근처며 입 주위에는 피딱지가 앉아 있었다. 그녀는 처음에 자기가 다친 거라고 생각했다. 하지만 거울에 바짝 다가들어 살펴보니 그저 코피를 흘린 것뿐이었다. 어둠 속에서 땀을 닦는다고 문지르는 바람에 얼굴에 온통 자신의 피를 칠한 꼴이 되었다. 그녀의 스웨트 셔츠도 피에 젖어 있었다.

그녀는 찬물 쪽 수도꼭지를 틀고 두 손을 내밀었다. 불그죽죽한 핏물이 소용돌이를 치며 배수구로 빨려 들어갔다. 한 가지 확신이 그녀를 엄습했다. 하나의 진실이 그녀의 몸에서 빠져나오려 애쓰고 있었다. 피는 바로 그 진실을 구현하는 것이었다. 그녀의 몸에는 어떤 비밀이 숨겨져 있었다. 그녀의 의식은 그 비밀을 분명한 사실로 인정하기를 거부하고 있지만, 비밀은 출혈의 형태로 그녀의 몸에서 빠져나오고 있는 것이었다.

안나는 쫠쫠 쏟아져 내리는 물줄기 아래로 머리를 들이밀고 물소리에 자신의 흐느낌을 뒤섞었다. 그러면서 쫠쫠거리는 물에 대고 계속 중얼거렸다.
"내가 왜 이러지? 내가 왜 이러지?"

둘

L'Empire des Loups

7

금으로 된 작은 칼.
그가 기억하기로는 그랬다. 하지만 그는 자신의 기억에 착오가 있다는 것을 알고 있었다. 사실 그 물건은 편지를 개봉할 때 쓰는 단순한 페이퍼나이프였다. 재료는 금이 아니라 구리였고, 동그스름한 끄트머리는 에스파냐식으로 세공 되어 있었다. 폴은 여덟 살 때에 아버지의 작업실에서 그것을 훔쳐 자기 방으로 도망쳤다. 그는 그 날의 분위기를 온전히 기억하고 있었다. 닫힌 덧창. 숨 막힐 듯한 더위. 낮잠 시간의 정적.
여느 날과 다름없는 여름날 오후였다.
한 가지 다른 게 있다면, 그 날의 몇 시간이 그의 삶을 급작스럽게 변화시켰다는 사실이었다.
"너, 손에 뭘 감추고 있니?"
폴은 주먹을 꼭 쥐었다. 어머니는 방의 문턱에 서 있었다.
"뭘 감추고 있는지 이리 내놔 봐."

어머니의 목소리는 차분했다. 그저 약간의 호기심을 띠고 있을 뿐이었다. 폴은 손가락에 더욱 힘을 주었다. 어머니는 덧창의 틈새로 새어드는 빛줄기를 지나 미광 속으로 나아왔다. 그러고는 침대 가장자리에 앉아 폴의 손을 가만가만 벌렸다.

"이 페이퍼나이프를 왜 가져왔니?"

어머니의 표정은 어둠에 가려 보이지 않았다.

"엄마를 지키려고."

"누구로부터 나를 지키려고?"

침묵.

"아빠로부터 나를 지키겠다는 거니?"

어머니는 폴 쪽으로 몸을 숙였다. 그러자 빛줄기 속으로 어머니의 얼굴이 나타났다. 부어오르고 피멍이 든 얼굴이었다. 흰자위에 피가 맺힌 한쪽 눈이 유독 두드러져 보였다. 그 눈으로 폴을 빤히 바라보면서 어머니가 다시 물었다.

"아빠로부터 나를 지키겠다는 거야?"

폴은 대답 대신 고개를 끄덕였다. 잠시 긴박감과 침묵이 흐르고 나서 어머니는 바위에 부딪혀 뒤집히는 파도처럼 폴을 얼싸안았다. 폴은 어머니를 뿌리쳤다. 눈물이나 연민 따위는 싫었다. 오로지 다가올 전투만이 중요했다. 전날 밤, 술에 만취한 아버지가 어머니를 때려 주방 바닥에 실신시켰을 때, 폴은 자기가 어머니를 보호하겠다고 스스로에게 맹세했다. 그 괴물은 어머니를 때리고 돌아서다가 문틀에 기대어 떨고 있는 꼬마를 보자, "다시 오겠어. 다시 와서 너희 둘 다 죽여 버릴 거야." 하고 으름장을 놓았다.

그래서 폴은 무장을 했던 것이고, 손에 칼을 든 채 그가 돌아오기를 기다리고 있었던 것이었다.

하지만 그 남자는 돌아오지 않았다. 이튿날이 되고 그 다음날이 되어도 돌아오지 않았다.

　우연히도―이 우연의 비밀은 오로지 운명이 쥐고 있다―, 그 남자 장·피에르 네르토는 으름장을 놓았던 바로 그 날 밤에 살해당했다. 그의 시신은 이틀 후에 자신이 몰던 택시 안에서 발견되었다. 택시는 파리 북쪽 교외 젠빌리에 하항(河港)의 석유 저장소 근처에 세워져 있었다.

　남편이 살해되었다는 소식을 듣자 폴의 어머니 프랑수아즈는 이상한 반응을 보였다. 어머니는 사체의 신원을 확인하러 가는 대신, 발견 현장으로 가고 싶어했다. 남편이 몰던 푀조 504 택시가 온전한지, 택시 회사와 무슨 문제가 생기지는 않을지 알아보기 위해서였다.

　폴은 버스를 타고 젠빌리에까지 갔던 일을 아주 상세히 기억하고 있었다. 어머니는 넋이 나간 채 무언가를 계속 중얼거렸다. 폴 자신은 이해할 수 없는 사건을 마주하고 두려움에 사로잡혀 있었다. 그러다가 석유 저장소에 다다랐을 때 폴은 갑자기 경이감을 느꼈다. 공터에 왕관처럼 생긴 거대한 건물들이 솟아 있었다. 콘크리트의 폐허 사이에는 잡초와 관목이 뿌리를 내리고 있었다. 녹슬어 가는 강철 기둥들은 금속으로 된 선인장처럼 보였다. 그야말로 서부영화의 풍경이었다. 만화에서 본 사막들과 비슷했다.

　태양의 열기로 녹아내릴 듯한 하늘 아래에서 모자는 석유 저장소를 가로질렀다. 그 인적 없는 땅의 끄트머리에서 그들은 잿빛 모래언덕에 처박혀 있는 문제의 푀조 스테이션왜건을 발견했다. 폴은 여덟 살의 눈높이에서 각각의 정보를 포착해 냈다. 경찰관들의 제복, 햇빛에 반짝이는 수갑, 나직한 소리로 주고받는 이야기들, 자동차 주위에서 분주히 움직이던 견인공들과 하얀 빛 속에서 유난히 검게 보이던 그들의 손⋯⋯.

　폴은 시간이 조금 걸려서야 아버지가 운전석에서 칼에 찔렸다는 사실을 깨달았다. 하지만 반쯤 열린 뒷문을 통해서 운전석의 등받이가 찢어져 있음을 알아차리는 데에는 단 1초도 걸리지 않았다.
살인자는 의자를 뚫고 피해자를 공격한 것이었다.
아이는 그저 찢어진 등받이를 본 것만으로도 아연실색했다. 자기가 이 사건과 비밀스럽게 연관되어 있음을 깨달았기 때문이었다. 그 전전날 폴은 자기 아버지를 죽이고 싶어했다. 그래서 무장을 했고 자신의 범행 계획을 어머니에게 털어놓았다. 이 자백은 저주의 효과를 발휘했다. 어떤 신비로운 힘이 아이의 소원을 들어준 셈이었다. 칼을 잡은 건 그가 아니었지만, 범행을 마음속으로 명령한 것은 바로 그였다.
그 다음의 일은 아무것도 기억나지 않았다. 장례식도 어머니의 탄식도 그들의 일상에 깊은 영향을 끼친 경제적인 어려움도 그는 더 이상 기억하지 못하고 있었다. 자기야말로 죄인이며 가공할 살인 교사자라는 진실만이 두고두고 그의 뇌리를 떠나지 않았다.
세월이 많이 흐른 뒤인 1987년에, 그는 소르본 대학 법학부에 입학했다. 그는 이러저러한 아르바이트를 해서 돈을 모으자 파리 시내에 방을 따로 얻어 어머니와 떨어져 살았다. 어머니는 계속 술을 마시며 지내고 있었다. 대형 슈퍼마켓에서 청소부로 일하고 있던 어머니는 아들이 변호사가 되리라는 기대를 유일한 낙으로 삼았다. 하지만 폴에게는 다른 계획이 있었다.
1990년 학부 과정을 마치자 그는 칸·에클뤼즈[3]에 있는 국립 경찰간부학교에 입학했다. 2년 뒤, 그는 이 학교를 수석으로 졸업하여 경찰간부 후보생들이 가장 탐내는 부서 가운데 하나를 선택할 수 있었다. 마약 사냥꾼들의 전당인 마약 불법거래 단속 센터가 바로 그곳이었다.
그의 앞길은 확실하게 정해져 있는 것처럼 보였다. 센터나 정예부서

---

[3] 파리에서 남동쪽으로 60킬로미터쯤 떨어진 소읍.

에서 4년 동안 활동하고 나면 고급 간부가 되기 위한 시험을 치르게 될 터였다. 그 시험에 합격하면 폴 네르토는 마흔 살이 되기 전에 파리 보보 광장에 있는 내무부로 들어가 호화로운 실내 장식을 자랑하는 경찰청 건물에서 중요한 역할을 수행하게 될 것이었다. 이른바 '불우한 환경'에서 자란 아이에게는 빛나는 출세가 아닐 수 없었다.

하지만 폴은 그런 입신양명에 관심이 없었다. 그가 경찰에 투신한 데에는 자신의 죄책감과 연관된 다른 이유가 있었다. 젠빌리에 포구에서 아버지의 택시를 본 것은 벌써 15년 전의 일이었지만, 그는 여전히 죄책감에 사로잡혀 있었다. 그의 인생행로를 이끄는 것은 오로지 자신의 죄를 씻고 잃어버린 순수를 되찾으려는 의지였다.

그는 자기만의 방식으로 번뇌를 다스리고 정신을 집중해 나갔다. 그런 엄격한 자기 관리를 통해서 그는 강인한 경찰관이 되는 데 필요한 자질을 획득했다. 직장에서 그는 미움을 사거나 공포의 대상이 되거나 찬탄을 얻었을 뿐, 사랑을 받지는 못했다. 그의 엄격함과 성취욕은 생존을 위한 난간이자 방책이었고, 내면의 악마를 다스리는 유일한 방식이었지만, 아무도 그것을 이해하지 못했던 것이었다. 그는 책상 서랍 속에 구리로 만든 페이퍼나이프를 항상 보관하고 있었다. 하지만 그런 사실을 아는 사람은 아무도 없었다.

그는 운전대를 두 손으로 꼭 잡고 도로를 주시했다. 하필 오늘 같은 날 그 너절한 과거를 들쑤시는 이유가 뭘까? 비에 젖은 풍경 탓인가? 아니면 산자들 속에서 죽은 자들이 힘을 발휘하는 일요일이기 때문일까?

고속도로 양옆으로 보이는 것이라곤 갈아 놓은 밭들의 두둑뿐이었다. 지평선조차도 하늘의 무(無)로 통하는 마지막 이랑처럼 보였다. 이 지방에서는 절망 속으로 느릿느릿 침잠하는 것 말고는 아무 일도 벌어지지 않을 듯했다.

그는 조수석에 펼쳐 놓은 지도를 흘깃거렸다. 곧 1번 고속도로에서 빠져나가 아미앵 쪽으로 가는 국도를 타야 했다. 그런 다음 235번 지방 도로로 접어들어 10킬로미터 정도 달리면 목적지에 닿을 것이었다.

그는 어두운 상념을 몰아내기 위해, 자기가 만나러 가는 남자에게 생각을 집중했다. 그 남자는 이번 사건만 아니라면 그가 절대로 만나려고 하지 않았을 경찰관이었다. 그는 감찰국에 가서 그 경찰관에 관한 서류를 모두 복사했다. 덕분에 이제는 그 경찰관의 이력을 달달 욀 정도로 훤히 꿰고 있었다.

장·루이 시페르, 1943년 센 생드니 도(道) 오네 수 부아에서 출생. 상황에 따라서 '시프르(숫자)' 라 불리기도 하고 '페르(쇠)' 라 불리기도 함[4]. 시프르라는 별명은 사건을 처리하면서 돈을 뜯는 경향이 있었기 때문에 생긴 것임. 페르라는 별명을 얻은 것은 냉혹한 형사로 명성이 높았기 때문이기도 하고 윤기가 흐르는 은빛 장발 때문이기도 함.

고등학교를 졸업하던 해인 1959년에 시페르는 군에 징집되어 알제리의 오레스 산악지대로 보내진다. 1960년에는 알제의 보안작전 파견대에서 첩보요원으로 활동한다.

1963년에 그는 프랑스로 돌아와 하사로 제대한 다음 경찰에 투신한다. 처음엔 정복 순경으로서 방범 업무에 종사하다가 1966년에 파리 제6구 경찰서의 정보과에서 형사로 근무하게 된다. 그는 타고난 탐문수사 감각과 잠입 능력을 발휘하여 빠르게 두각을 나타낸다. 1968년 5월의 학생 봉기 때에는 시위대와 경찰이 혼전을 벌이는 와중에 학생들 속으로 잠입한다. 그는 뒷머리를 한 가닥으로 묶고 해시시를 피우고 다니면서 시위 주동자들의 이름을 몰래 적는다. 게 뤼삭 거리에서 시위대와 경찰이 맞붙었을 때는 보도블록 조각들이 빗발치는 것을 아랑곳하지

---

[4] 각각 '장사꾼' 과 '철인' 쯤으로 옮길 수 있는 별명이지만, 둘 다 시페르라는 이름과 비슷한 소리가 나도록 만들어진 별명이라는 점을 감안해서 소리를 표기하고 괄호 안에 뜻을 병기했다.

않고 한 기동대원의 목숨을 구하기도 한다.

그 용감한 행위 덕분에 그는 처음으로 상을 받는다.

그의 공훈은 거기에서 그치지 않는다. 1972년, 강력계로 발령을 받으면서 경위로 승진한 그는 총격전이나 몸싸움을 두려워하지 않고 계속 무공을 쌓아 나간다. 그리하여 1975년에는 용감한 행위를 한 경찰관으로서 훈장을 받는다. 그가 출세 가도를 달리는 데는 아무 지장이 없을 것처럼 보이던 시절이다. 하지만 1977년, 그는 '조폭 수사'로 유명했던 기동수사대로 자리를 옮겼다가 갑자기 다른 부서로 전속된다. 폴은 그 이유를 알아내기 위해 당시의 인사기록을 조사했다. 경찰서장 부르사르가 직접 서명한 그 문서의 비고란에는 '통제 불능'이라는 사유가 만년필 글씨로 적혀 있었다.

시페르는 파리 경찰청 제1 수사부에 소속되면서 제10구가 자신의 진정한 사냥터임을 알게 된다. 그는 일체의 승진이나 전속을 거부하면서 20년 가까이 그 구역의 전담자로 인정받는다. 그는 그랑 불바르[5]로부터 동역과 북역에 이르는 지역, 즉 상티에 상가의 일부와 터키 타운 및 이민자들이 많은 다른 거리들을 포괄하는 구역에서 법과 질서의 수호자로 군림한다.

그 기간 동안 그는 정보망을 관리하고 도박이나 매춘이나 마약 밀거래와 같은 불법 행위를 통제했으며, 각 이주민 공동체의 지도자들과 양면적이지만 효율적인 관계를 유지했다. 사건 수사에서도 그는 기록적인 성공률을 보여주었다.

상부 기관에서 이미 확고부동한 정설로 받아들이고 있는 견해에 따르면, 1978년에서 1998년 사이에 제10구의 그 구역이 비교적 평온했던

---

5) 파리의 마들렌에서 바스티유에 이르는 대로들. 여기에서는 특히 본 누벨 대로, 생드니 대로 및 생마르탱 대로를 가리킴.

것은 장·루이 시페르 덕분이었다. 그는 1999년에서 2001년으로 정년을 예외적으로 연장하는 혜택을 누리기까지 했다.

그 마지막 해 4월에 시페르는 공식적으로 은퇴했다. 재임 중에 그는 국가공로훈장을 비롯한 다섯 개의 훈장을 받았고, 239건의 범인 검거 실적을 올렸으며, 네 명의 범인을 총으로 살해했다. 58세가 되도록 그는 그저 형사일 뿐이었다. 그는 다리품을 팔며 한 구역을 누비고 다닌 현장의 사람이었다.

시페르의 '페르' 다운 면모는 그러하였다.

그의 '시프르' 다운 면모는 1971년에 처음으로 드러났다. 그가 마들렌 구역의 미쇼디에르 거리에서 어떤 매춘부를 구타하다가 걸렸을 때였다. 감찰국에서 풍기 단속반의 협조를 얻어 그에 대한 조사를 벌였다. 하지만 이 조사는 갑자기 중단되었다. 이 은빛 머리의 경찰관에게 불리한 증언을 하려는 매춘부가 전혀 없었기 때문이었다. 1979년에 또 다른 민원이 접수되었다. 시페르가 예루살렘 거리와 생드니 거리의 창녀들을 보호해 주는 대가로 돈을 뜯어내고 있다는 소문이 돌았던 것이다.

다시 조사가 시작되었지만 역시 무위로 끝났다.

'시프르'는 빠져나갈 구멍을 마련할 줄 아는 사람이었다.

1982년에는 더 심각한 사건이 터졌다. 터키 출신 마약 밀거래자들을 일망타진하고 난 뒤에 본 누벨 지구대에 보관해 두었던 헤로인이 증발해 버린 것이다. 시페르의 이름이 모두의 입에 오르내렸다. 그는 피의자 신분으로 조사를 받았다. 하지만 1년 뒤에 혐의를 벗었다. 어떤 증거도 어떤 증인도 없었던 것이다.

그 뒤로도 다른 의혹들이 불거졌다. 불량배들이 갈취한 금품의 일부를 상납 받는다는 둥, 도박 행위의 뒤를 보아주고 커미션을 뜯는다는 둥, 관할 구역의 술집 주인들과 뒷거래를 한다는 둥, 포주 노릇을 한다는 둥 갖가지 나쁜 소문이 나돌았다. 분명히 그는 도처에서 구린 짓을 하고 있었지만, 아무도 그를 꼼짝달싹못하게 옭아매지 못했다. 시페르는 자기 구역을 확실하게 장악하고 있었다. 같은 부서의 동료들조차 감찰국의 조사관들에게 침묵으로 맞서기가 일쑤였다.

누가 보기에도 시페르는 '시프르' 이기에 앞서 '페르' 였다. 화려한 검거 실적을 자랑하는 영웅이자 공공질서의 수호자였다.

하지만 그는 은퇴를 몇 달 앞두고 저지른 과오 때문에 하마터면 추락할 뻔했다. 2000년 10월, 터키 출신의 불법 체류자 가질 헤메트가 북역의 선로 위에서 시체로 발견되었다. 그 전날, 헤메트는 마약 밀거래 용의자로 시페르에게 체포된 바 있었다. 시페르는 '폭행 치사' 혐의로 입건되었다. 그는 구금 시한이 만료되기 전에 용의자를 풀어주었다고 해명했지만, 용의자를 맥없이 석방하는 것은 그답지 않은 일이었다.

헤메트는 그에게 맞아 죽었을까? 부검이 실시되었지만 분명한 대답은 나오지 않았다. 8시 10분에 출발하는 브뤼셀 행 고속열차가 주검을 갈기갈기 찢어 놓았던 것이다. 하지만 법의학적인 감정을 통해 터키인의 사체에 원인을 알 수 없는 '상해' 가 있다는 사실이 드러났다. 고문의 가능성을 시사하는 상해였다. 천하의 시페르도 이번에는 감옥행을 피할 수 없을 듯했다.

하지만 2001년 4월에 그는 다시 불기소 처분을 받았다. 어떻게 된 일일까? 장·루이 시페르는 어떤 뒷줄의 덕을 입었던 것일까? 폴은 그 사건의 조사를 담당했던 감찰국 경찰관들에게 문의해 보았다. 그들은 대답하기를 원치 않았다. 생각하기조차 싫을 만큼 그 일이 불쾌하기만 한 모양이었다. 시페르는 소추를 면한 지 몇 주일 지나서 그들을 자신의 '송별연' 에 초대하기까지 했다. 그들의 기분은 이만저만 씁쓸하지 않았다.

썩어빠진 개차반, 가공할 입심으로 너스레를 일삼는 자.
폴이 만나러 가는 자는 바로 그런 쓰레기였다.
아미앵 쪽으로 빠져나가는 나들목이 나타나자 그는 퍼뜩 정신을 차렸다. 그는 고속도로를 벗어나 국도로 접어들었다. 겨우 몇 킬로미터를 더 달리자 롱제르라는 마을 이름이 표지판에 나타났다. 폴은 지방도로로 접어들어 이내 마을에 다다랐다. 속도를 늦추지 않고 마을 한복판을 가로지르자 골짜기로 내려가는 다른 길이 보였다. 비에 젖어 반짝이는 길찬 풀들을 헤치며 나아가는데, 문득 어떤 깨달음이 그의 뇌리를 스쳤다. 그가 장·루이 시페르를 만나러 가는 도중에 자신의 아버지를 떠올린 까닭을 알 수 있을 것 같았다.
'시프르'는 어찌 보면 모든 경찰관의 아버지였다. 반은 영웅이고 반은 악마인 그는 선과 악, 엄격함과 타락, 가장 멋진 것과 가장 추한 것을 자신의 한 몸에 구현하고 있었다. 경찰의 원형과도 같은 인물, 좋은 면과 나쁜 면을 아울러 가진 우뚝한 존재. 폴은 자신도 모르는 사이에 그에게 경이감을 느끼고 있었다. 술에 절어 폭력을 일삼던 자기 아버지를 증오하면서도 경이감을 느꼈던 것처럼.

8

폴은 자기가 찾고 있던 건물을 발견했을 때 하마터면 웃음을 터뜨릴 뻔했다. 롱제르 경찰공무원 양로원은 담벼락으로 둘러싸이고 두 개의 종탑이 감시탑처럼 솟아 있는 모습이 영락없는 감옥이었다.

담장 안으로 들어서니 그 유사성이 한결 두드러졌다. 마당을 둘러싸고 세 동의 건물이 편자 모양으로 배치되어 있었고 건물들 사이에는 검은 아치형 지붕을 얹은 통로가 나 있었다. 몇몇 남자들이 비를 아랑곳하지 않고 페탕크[6] 놀이를 하고 있었다. 운동복 차림의 그들은 세상의 여느 감옥에서 볼 수 있는 수감자들을 연상시켰다. 그들 가까이에는 제복 차림의 경관 세 명이 서 있었다. 친척 노인을 만나러 온 듯한 그들은 간수로 보면 딱 어울릴 법했다.

폴은 그 정황의 아이러니를 음미했다. 전국 경찰 공제조합의 자금으로 운영되는 롱제르 양로원은 퇴직 경찰관들을 위한 가장 중요한 보호시설이었다. '알코올 중독의 직간접적 영향에 기인한 심신성 장애'를 겪고 있는 전직 경찰관들이 아니라면 직위에 상관없이 누구나 이곳에 들어올 수 있었다. 그런데 폴이 직접 와서 보니, 그 유명한 안식처는 담으로 둘러싸인 좁은 공간에 남자들만 모여 있어서 여느 감옥과 하등 다를 것이 없었다. 그는 '자업자득'이라는 말을 떠올렸다.

폴은 본관 입구에 다다라 유리문을 밀었다. 네모꼴의 어둠침침한 현관으로 들어서자 바로 계단이 나왔다. 계단에는 반투명 유리를 끼운 채광창이 나 있었다. 생태 동물원에서 느낄 수 있는 덥고 답답한 공기에 약 냄새와 지린내가 섞여 있었다.

그는 문짝이 없는 왼쪽 입구로 갔다. 거기에서 음식 냄새가 진동하고 있었다. 정오였다. 재원자들이 점심 식사를 하고 있을 시간이었다.

입구로 들어서자 벽은 노랗고 바닥엔 핏빛 리노륨을 깐 구내식당이 나타났다. 기다란 스테인리스 식탁들이 줄느런히 배열되어 있고 접시

---

[6] 야구공보다 조금 더 큰 쇠공을 던지거나 굴리는 프랑스의 전통 놀이. 쇠공을 '코쇼네'라 불리는 탁구공만한 표적 공에 가까이 가게 하는 것으로 승부를 겨룬다.

며 식사 도구 세트가 가지런히 놓여 있었다. 수프 냄비에서는 김이 모락거렸다. 식사 준비가 완료되어 있었다. 하지만 홀은 텅 비어 있었다.

옆방에서 왁자한 소리가 들려왔다. 폴은 소리를 쫓아서 발걸음을 옮겼다. 핏빛 리노륨 바닥으로 구두 밑창이 푹푹 빠지는 듯한 느낌이 들었다. 이곳에서는 모든 게 사람을 둔하게 만들고 있었다. 한 걸음 한 걸음 떼어 놓을 때마다 자신이 늙어가고 있는 것만 같았다.

그는 문턱을 넘어섰다. 서른 명쯤 되는 퇴직자들이 후줄근한 운동복 차림으로 문을 등진 채 텔레비전 수상기에 눈길을 붙박고 있었다. "방금 '작은 행복'이 '바르토크'를 추월했습니다……." 화면에서는 말들이 경주를 벌이고 있었다.

폴은 그들 쪽으로 다가가다가 왼쪽에 있는 다른 방에 혼자 앉아 있는 노인을 보았다. 그는 본능적으로 목을 빼고 노인을 찬찬히 살폈다. 노인은 접시 위로 느른하게 등을 구부린 채 포크 끄트머리로 스테이크를 깨작거리고 있었다.

폴은 명백한 사실을 받아들이지 않을 수 없었다. 그 늙다리가 바로 그 사람이었다.

'시프르'라고도 불리고 '페르'라고도 불리는 남자.

239건의 검거 실적을 올린 경찰관.

폴은 홀을 가로질렀다. 등 뒤에서는 열띤 목소리로 경마 중계가 계속되고 있었다. "역시 '작은 행복'입니다. '작은 행복'이 여전히 선두를 달리고 있습니다……." 장·루이 시페르는 폴이 서류에서 본 최근 사진에 비해 스무 살은 더 늙어 보였다.

이목구비가 반듯하던 얼굴은 가죽만 남아 뼈가 앙상하게 도드라져 있었다. 목으로 처진 살가죽은 빛깔이 칙칙하고 잔주름이 많아서 파충류의 비늘을 연상시켰다. 예전에 푸른 기운이 도는 크롬 빛이었던 눈은 늘어진 눈꺼풀에 가려 잘 보이지 않았다. 그를 유명하게 만드는 데에 한몫을 했던 장발도 이젠 거의 솔처럼 바짝 선 스포츠머리로 변해 있었다. 고상한 은빛 머리털이 사라지고 양철 같은 머리통이 번들거렸다.

아직 힘이 있어 보이는 몸뚱이는 짙은 남색 운동복에 파묻혀 있었다. 그 옷깃이 날개처럼 벌어져 어깨 위에서 구불거렸다. 그의 접시 옆에는 마권이 쌓여 있었다. 장·루이 시페르는 은퇴한 경찰관들을 상대로 장사를 하는 사설 마권업자가 되어 있었다.

이토록 망가진 퇴물이 어떻게 나를 도울 수 있으리라고 생각했을까? 하지만 이제 와서 물러날 수는 없는 노릇이었다. 폴은 흐트러진 혁대를 바로잡고 권총과 수갑을 매만진 다음, 눈에 힘을 주고 턱을 앙다물면서 짐짓 환한 표정을 지었다. 그가 몇 발짝 떨어진 곳까지 다가갔을 때, 그 남자가 다짜고짜 말했다.

"감찰국에서 나온 친구치고는 너무 젊구먼."

"폴 네르토 팀장입니다. 파리 경찰청 제1 수사부 소속으로 10구에서 근무하고 있습니다."

폴은 자기가 군대식으로 말한 것을 즉시 후회했다.

"낭시 거리에서 일하는 모양이지?"

"낭시 거리, 맞습니다."

그 물음은 간접적인 칭찬이었다. 낭시 거리에는 10구의 대민봉사 센터 겸 수사대가 자리하고 있었다. 말하자면, 시페르는 그가 수사관이자 현장을 뛰어다니는 경찰관임을 알아본 것이다.

폴은 여전히 텔레비전 앞에 모여 있는 경마꾼들을 무심코 흘깃 쳐다보면서 의자 하나를 잡았다. 시페르는 그의 눈길을 좇으며 피식 웃었다.

"못된 놈들 감옥에 처넣느라고 평생을 바쳐 봐야 남는 게 뭐가 있어? 결국은 저 자신이 감옥에 갇히고 마는 거지."

그는 고기 한 점을 입으로 가져갔다. 그의 살가죽 속에서 턱뼈가 톱니바퀴 장치처럼 원활하고 민첩하게 움직였다. 폴은 자신의 판단을 수정했다. '시프르'는 아주 못쓰게 망가진 퇴물은 아니었다. 그 미라에 입김을 불어 먼지를 제거하기만 하면 다시 살아날 수도 있을 듯했다.

씹던 것을 삼키고 나서 시페르가 물었다.

"용건이 뭐지?"

폴은 한껏 겸손한 어조로 대답했다.

"조언을 부탁드리러 왔습니다."

"뭐에 대해서?"

"이것에 대해서요."

그는 파카 호주머니에서 크라프트지 봉투를 꺼내어 마권 더미 옆에 놓았다. 시페르는 접시를 옆으로 밀어놓고 봉투를 천천히 열어 십여 장의 컬러 사진을 꺼냈다.

그러고는 첫 번째 사진을 보며 물었다.

"이게 뭔가?"

"사람 얼굴입니다."

시페르가 다음 사진으로 넘어가자 폴이 설명했다.

"코가 잘렸습니다. 범인은 커터나 면도날 같은 흉기를 사용했습니다. 양쪽 뺨의 찢어지고 갈라진 상처도 같은 흉기로 낸 것입니다. 턱에는 줄질을 했습니다. 입술에는 가위질을 해 놓았고요."

시페르는 아무 말 없이 첫 번째 사진으로 되돌아왔다. 폴의 설명이 이어졌다.

"이것에 앞서 구타가 있었습니다. 법의관 말이 신체의 손상은 사망 후에 행해졌다고 합니다."

"신원은 확인됐나?"

"아뇨. 지문으로는 피해자의 신원에 관해 아무것도 알아내지 못했습니다."

"나이는?"

"스물다섯 살쯤이요."

"최종적인 사망 원인은 뭐지?"

"여러 가지 가능성이 있습니다. 구타, 자상, 화상. 몸 상태도 얼굴과 비슷합니다. 우선 보기에는 24시간 이상 고문을 당한 듯합니다. 현재 부검이 진행되고 있어서 자세한 것을 알려면 더 기다려야 합니다."

퇴직 경관이 눈을 치켜올렸다.

"이걸 나에게 보여주는 이유가 뭐지?"

"시신은 어제 발견되었습니다. 새벽에 생라자르 병원 근처에서요."

"그런데?"

"그곳은 선배님의 관할 구역이었습니다. 선배님은 10구에서 20년 넘게 근무하셨습니다."

"그렇다고 내가 병리학자가 된 것은 아닐세."

"제가 보기에 피살자는 터키 출신의 여공입니다."

"왜 터키 출신이라고 생각하지?"

"우선 그곳이 터키 타운이기 때문입니다. 다음으로는 금니 때문입니다. 금니를 피살자처럼 해 넣는 것은 근동에서나 볼 수 있습니다."

폴은 목청을 높여 덧붙였다.

"어떤 합금인지 말씀드리지 않아도 아시겠죠?"

시페르는 접시를 다시 자기 앞에 갖다놓고 식사를 계속했다. 고기를 한참 씹고 나서 그가 물었다.

"왜 노동자라고 생각하지?"

"손가락 때문이죠. 손가락 끝에 다쳤다가 아문 자국이 있습니다. 재봉 일을 많이 한 사람에게서 볼 수 있는 특징이죠. 확인했습니다."

"실종 신고 들어온 것 중에 인상착의가 일치하는 게 없어?"

퇴직 경관은 이해할 수 없다는 듯한 표정을 지었다. 폴은 참을성 있게 설명을 계속했다.

"전혀 없습니다. 실종 신고나 수사 요청의 대상이 된 사람이 아닙니다. 이 여자는 불법 체류자입니다. 프랑스에 신분 등록이 되어 있지 않은 사람이에요. 아무도 시신을 찾으러 오지 않습니다. 범인에게는 이상적인 피해자죠."

'시프르'는 느긋하게 스테이크를 마저 먹었다. 그제야 포크와 나이프를 내려놓고 사진들을 다시 집어 들었다. 이번에는 안경을 끼고 각각의 사진을 몇 초 동안 들여다보면서 상처를 주의 깊게 살폈다.

폴은 마음이 내키지는 않았지만 사진에 시선을 맞췄다. 피해자의 얼굴이 거꾸로 보였다. 코끝이 잘려 나가 검게 드러난 콧구멍. 얼굴에 금을 그어놓은 듯 깊게 패인 칼자국. 언청이처럼 찢어진 보랏빛 입술.

시페르는 사진을 내려놓고 요구르트를 집어 들었다. 그러고는 뚜껑을 조심스럽게 들어올리고 숟가락을 담갔다.

폴은 자기 안에 비축되어 있는 침착성이 빠른 속도로 바닥나고 있음을 느꼈다.

"탐문을 시작했습니다. 공장이며 기숙사며 술집들을 돌아다녀 봤지요. 아무 단서도 찾아내지 못했습니다. 실종된 사람이 전혀 없더군요. 하긴 그게 당연하죠. 그들은 존재하지 않는 거나 진배없습니다. 불법 체류자들이니까요. 한 공동체 내에서 사람이 죽었지만, 그 공동체의 실체가 보이지 않으니 어떻게 피살자의 신원을 알아낼 수 있겠습니까?"

시페르는 묵묵히 요구르트를 한 숟가락 퍼 먹었다. 폴이 말을 이었다.

"다들 아무것도 못 본 겁니다. 아니면 다들 아무 얘기도 하고 싶지 않았던 것이겠지요. 하긴, 저에게 무슨 말을 하고 싶어도 그럴 수 있는 사람이 없었을 겁니다. 이유는 간단하죠. 그들 중에는 프랑스어를 하는 사람이 없거든요."

'시프르'는 숟가락질만 계속하고 있다가 마침내 폴의 말에 동을 달았다.

"그래서 사람들이 자네에게 내 얘기를 했구먼."

"모두가 선배님 얘기를 하더군요. 보바니에와 모네스티에는 물론이고 제가 데리고 있는 경관들까지도요. 그들의 말대로라면, 이 빌어먹을 수사를 진전시킬 수 있는 사람은 선배님밖에 없습니다."

다시 침묵이었다. 시페르는 냅킨으로 입술을 닦더니 작은 플라스틱 용기를 다시 집어 들었다.

"다 남의 얘기로 들려. 나는 은퇴한 사람이고 이젠 여기에만 관심이 있어. (그는 마권을 가리켰다.) 새로운 책무에 전념하고 있단 말일세."

폴은 식탁 가장자리를 잡고 시페르 쪽으로 몸을 기울였다.

"범인은 이 여자의 발을 박살내 버렸습니다. 엑스선 촬영으로 70개 이상의 뼛조각이 살 속에 박혀 있음을 알아냈습니다. 놈은 이 여자의 젖가슴을 도려냈습니다. 살이 떨어져 나간 자리로 갈비뼈의 윤곽이 드러날 정도로 말입니다. 그뿐인 줄 아십니까? 놈은 면도날이 비죽비죽 박힌 막대기를 이 여자의 질 속에 박았습니다. (폴은 탁자를 탁 쳤다.) 놈이 이런 식으로 계속하게 내버려둘 수는 없습니다!"

시페르의 눈썹이 치켜 올라갔다.

"계속하다니?"

폴은 앉은 자리에서 몸을 비틀어 서툰 동작으로 파카 안주머니에 말려 있던 서류를 꺼냈다. 그러고는 내키지 않는 말을 하듯이 내뱉었다.

"피살자가 세 명입니다."

"세 명이라고?"

"첫 피살자는 지난 해 11월에 발견되었습니다. 두 번째 피해자는 1월에 발견되었고요. 세 번째는 이 여자입니다. 모두 터키 타운에서 발견되었고, 고문을 당한 방식이며 흉측한 상처를 입은 것도 동일해요."

시페르는 숟가락을 든 채 말 없이 그를 바라보고 있었다. 폴은 경마꾼들의 아우성이 묻힐 정도로 갑자기 소리를 질렀다.

"젠장, 이래도 모르시겠어요? 터키 타운에 연쇄 살인범이 있단 말입니다. 불법으로 이주한 여자들만 공격하는 놈이 있어요. 프랑스 안에 있으면서도 프랑스가 아닌 지역에서 어떤 비열한 자식이 존재하지 않는 거나 진배없는 여자들만 노리고 있다고요!"

장·루이 시페르는 마침내 요구르트를 내려놓고 폴의 손에서 서류를 채어갔다.

"진작 찾아올 일이지."

9

밖에는 해가 나 있었다. 빗물 웅덩이들이 은빛으로 반짝이며 넓은 자갈 마당에 다시 생기를 불어넣고 있었다. 폴은 장·루이 시페르가 준비를 끝내고 나오기를 기다리며 성문 앞에서 서성거렸다.

이것 말고는 달리 방도가 없다는 것을 그는 알고 있었다. 오기 전에도 줄곧 생각했지만, 해결책은 이것뿐이지 싶었다. 시페르가 멀리서 그를 도울 수는 없었다. 수사의 실마리를 못 잡고 있는 그에게 시페르가 퇴직자 보호 시설에 들어앉아서 조언을 해 준다거나 그의 질문에 전화로 대답해 줄 수는 없는 노릇이었다. 정말이지 그 정도로는 문제가 해결될 수 없었다. 시페르는 자기가 누구보다 잘 아는 그 구역으로 돌아가야 했다. 폴과 함께 다니면서 터키인들에게 질문을 하고 왕년의 정보원들을 이용하지 않으면 안 될 일이었다.

폴은 자신의 결정이 불러올 여파를 예상하면서 전율을 느꼈다. 그가 시페르를 만나러 온 사실을 아는 사람은 아무도 없었다. 예심판사도 그의 상관들도 모르는 일이었다. 그들이라면 난폭하고 탈법적인 수사 방식으로 악명이 높았던 작자를 이런 식으로 풀어놓을 리가 없었다. 따라서 폴은 이제부터 그를 줄에 단단히 묶어서 데리고 다녀야 했다.

폴은 조약돌 하나를 발로 차서 물웅덩이에 빠뜨렸다. 그 바람에 물에 비쳐 있던 그 자신의 그림자가 흔들렸다. 그는 자신의 결정이 옳았다는 확신을 얻으려고 애쓰고 있었다. 어쩌다 내가 여기까지 왔지? 나는 왜 이 수사에 이토록 악착스럽게 매달리는 것일까? 첫 피살자가 발견된 뒤로 나는 마치 내 삶이 전적으로 이 사건의 해결에 달려 있는 것처럼 행동하고 있다. 그 이유가 뭘까?

그는 자신의 흔들리는 그림자를 바라보면서 그런 생각에 잠겨 있었다. 따지고 보면 그의 맹렬한 집착에는 분명히 이유가 있었다. 먼 곳에 뿌리를 두고 있는 그 나름의 이유가 있었다.

그 모든 것은 레나와 더불어 시작되었다.

1994년 3월 25일

폴이 마약 불법거래 단속 센터에서 자리를 잡아가던 때의 일이었다. 그는 현장에서 확실한 성과를 올리며 반듯한 삶을 영위하고 있었고, 고위 간부가 되기 위한 시험도 준비하고 있었다. 칼에 찢긴 모조가죽 시트에 대한 기억도 그의 의식 깊은 곳으로 아득하게 멀어져 가는 중이었다. 경찰이라는 단단한 껍질이 그의 오랜 번뇌가 되살아나는 것을 막아 주는 견고한 갑옷 구실을 하고 있었다.

그 날 저녁, 폴은 낭테르의 자기 사무실에서 여섯 시간 넘게 심문한 알제리 출신 마약 밀매자 한 사람을 파리 경찰청으로 데려가고 있었다. 그건 그가 매일같이 하는 일이었다. 그런데 경찰청 바로 옆의 오르페브르 강변로가 여느 때와 달리 매우 소란했다. 그야말로 폭동이라도 벌어진 듯했다. 호송차들이 수십 대나 와서 젊은이들을 쏟아내고 있었다. 잡혀온 젊은이들은 요란한 몸짓을 하면서 바락바락 소리를 질러댔다. 기동대원들은 강변로를 따라서 이리저리 내달렸고, 구급차들은 연신 사이렌을 울리며 시립병원 마당으로 들어갔다.

폴은 무슨 일인지 알아보았다. 경제활동 편입 계약, 즉 '청년 최저임금제'에 반대하는 시위가 폭력사태로 변질된 모양이었다. 나시옹 광장에서는 경찰 쪽 부상자가 백 명이 넘었고 시위대 쪽에서도 수십 명이 다쳤으며, 수백만 프랑의 재산 피해가 났다고 했다.

폴은 용의자를 데리고 서둘러 지하층으로 내려갔다. 유치장에 자리가 없으면, 수갑을 채운 용의자를 상테 교도소나 다른 수감 시설로 데리고 가야할지도 모를 판국이었다.

유치장은 여느 때보다 한결 소란스러웠다. 욕설과 고함과 모욕적인 몸짓이 난무하고 있었다. 시위자들이 철책 칸막이에 매달려 욕지거리를 해대면 경관들은 곤봉을 휘둘러 그것에 맞섰다. 폴은 자기가 데려온 사내가 들어갈 자리를 마련하는 데에 성공하자, 아우성과 침 세례를 피해 부랴부랴 발길을 돌렸다.

유치장을 막 떠나려던 참에 그 여자가 그의 눈에 띄었다. 여자는 두 팔로 무릎을 껴안은 채 바닥에 앉아 있었다. 주위의 혼돈 상태에는 전혀 아랑곳하지 않는 듯한 눈치였다. 그는 그녀에게 다가가서 요모조모 살펴보았다. 검은 머리는 비죽비죽하게 곤두서 있었고, 몸은 남성적인 동시에 여성적이었다. 1980년대로부터 곧장 걸어 나온 듯한, '조이 디비전[7]' 풍의 어두운 모습이었다. 그녀는 파란 체크무늬가 들어간 두건까지 보란 듯이 들고 있었다. 야세르 아라파트가 두르고 다니던 케피에라는 두건이었다.

머리는 펑크스타일로 깎았지만, 얼굴은 놀라울 정도로 반듯하게 균형이 잡혀 있었다. 하얀 대리석을 깎아 만든 이집트 조각상처럼 이목구비의 선이 반듯했다. 폴은 어떤 잡지에서 본 적이 있는 조각 작품들을 떠올렸다. 천연의 윤기가 흐르는 형상들. 무거운 듯하면서도 부드럽고, 손바닥에 들어앉을 것 같기도 하고 손가락 위해 완벽한 균형을 이루며 서 있을 것 같기도 한 형상들. 브랑쿠시라는 조각가의 이름이 새겨진 마법의 돌덩이들.

폴은 유치장을 지키는 경관들의 협조를 얻어 그녀의 이름이 당일 사건일지에 기록되지 않은 것을 확인한 다음 그녀를 마약사범 전담 부서가 있는 건물의 4층으로 데려갔다. 계단을 올라가면서, 그는 마음속으로 자신의 유리한 조건과 불리한 조건을 따져보았다.

유리한 조건 쪽을 보자면, 그는 그런 대로 잘 생긴 사내였다. 적어도 그가 마약 밀매자들을 찾아 홍등가를 돌아다닐 때 창녀들이 그에게 휘파람을 불고 아무 이름으로나 그를 불러대면서 지껄이는 소리를 들어보면 그러했다. 인디언들에게서 볼 수 있는 검고 윤기 나는 머리. 반듯한 얼굴 윤곽과 커피색 눈. 날렵하고 활기차며, 그리 크지는 않지만 밑창이 두툼한 스니커즈 때문에 조금 더 커 보이는 실루엣. 거울 앞에서 연습한 대로 일부러 신경을 써서 눈매를 사나워 보이게 하거나 사흘 쯤 수염을 길러 동안을 가리지 않으면 거의 꽃미남 소리를 들을 법한 인상.

불리한 조건이라고 생각되는 것은 한 가지밖에 없었다. 하지만 그건

---

7) 1970년대 중반 기타리스트 버나드 섬머와 베이시스트 피터 훅, 싱어 이언 커티스, 드러머 스티븐 모리스가 결성한 영국의 밴드. 1980년 두 번째 앨범 〈클로저〉를 발표한 뒤 이언 커티스가 자살하면서 해체되었다가, 키보드 주자 질리언 길버트를 새로 영입하여 뉴 오더라는 이름으로 다시 태어났다.

중대한 핸디캡이었다. 경찰관이라는 사실이 바로 그것이었다.

컴퓨터를 통해 그녀의 전과 기록을 확인했을 때, 그는 자신과 그녀 사이에 가로놓인 장애를 극복할 수 없을지도 모른다고 생각했다. 레나 브렌도사. 24세. 사르셀 시 가르비엘 페리 거리 32번지에 거주. 강경노선을 걷는 '혁명적 공산주의자 동맹'의 회원. 시민 불복종운동의 추종 세력인 이탈리아 반(反) 세계화 단체 '투테 비안케'에 가입. 공공기물 파괴, 공공질서 교란, 폭력 행위 등으로 여러 차례 체포됨. 언제 터질지 모르는 폭탄.

폴은 컴퓨터에서 눈을 떼고 책상 너머에서 자기를 노려보고 있는 여자를 다시 살펴보았다. 아이섀도로 강조한 검은 눈을 본 것만으로도 정신이 아뜩하였다. 어느 날 밤 주의를 소홀히 하다가 샤로 루즈 광장에서 자이르 출신의 딜러 두 놈에게 두들겨 맞은 것보다 더 강력한 타격이었다.

그는 경찰관들이 흔히 그러듯 자기 신분증을 가지고 손장난을 치면서 물었다.

"이것저것 마구 때려 부수는 게 재미있나 봐?"

대답이 없었다.

"자신의 이념을 꼭 그런 식으로 표출해야 하나? 다른 방법은 없어?"

대답이 없었다.

"폭력을 휘두르면 흥분이 되는 모양이지?"

역시 대답이 없었다. 그러다가 갑자기 튀어나온 느리고 드레진 목소리.

"사적 소유야말로 진짜 폭력이야. 민중을 착취하고 의식의 소외를 가져오거든. 법률로 허용되고 뒷받침되는 가장 고약한 폭력이지."

"그런 사상은 모두 실패로 돌아갔어. 아직 모르고 있나 보지?"

"아무도, 아무것도 자본주의의 붕괴를 막지는 못할 거야."

"그런 날이 언제 올지 모르지만, 그러기 전에 몇 개월 동안 철창신세를 지겠는걸."

레나 브렌도사의 얼굴에 차가운 미소가 번졌다.

"지금은 으스대고 있지만 당신은 한낱 장기판의 졸일 뿐이야. 내가 훅 불면 사라져 버릴 수도 있어."

이번에는 폴이 미소를 지었다. 약이 오르기도 하고 그녀의 매력에 가슴이 뛰기도 했다. 두려움 섞인 욕망이 격렬하게 일었다. 여자에게서 그토록 혼란스러운 감정을 느껴보기는 처음이었다.

그것이 그들의 첫 만남이었다. 그 뒤로 폴은 그녀를 다시 만나고 싶어 했다. 그녀는 그를 '비열한 경관'으로 취급했다. 한 달 뒤, 그녀가 밤마다 그의 집에서 자게 되었을 때, 그는 그녀에게 자기 아파트에 들어와서 살라고 권했다. 그녀는 매몰차게 딱지를 놓았다. 얼마 뒤에 그는 그녀에게 청혼했다. 그녀는 대답 대신 웃음을 터뜨렸다.

그들은 포르투갈의 포르토 근처에 있는 그녀의 고향에서 결혼식을 올렸다. 먼저 공산당 소속의 시장이 재직하고 있는 시청에서 예식을 거행한 다음, 작은 성당에서 혼배미사를 올렸다. 신앙과 사회주의와 태양의 융합이었다. 이 결혼식은 폴이 간직하고 있는 가장 멋진 추억 가운데 하나였다.

그 다음 몇 달은 폴의 생애에서 가장 아름다운 시간이었다. 그는 끊임없이 경이로움을 느꼈다. 레나는 육욕이나 물질세계에서 벗어난 여자처럼 보이다가도 몸짓 하나, 표정 하나로 돌연 놀라운 존재감과 육감—거의 동물적인 관능—을 지닌 여자로 탈바꿈하곤 했다. 그녀는 자신의 정치사상을 설명하고 유토피아를 묘사하고 그가 이름조차 들어본 적이 없는 철학자들의 말을 인용하면서 몇 시간을 보낼 수 있었다. 그러다가도 단 한 번의 입맞춤으로 자기가 심장이 팔딱거리는 붉은 생명체임을 그에게 상기시킬 수 있는 여자였다.

그녀의 입김에서는 피비린내가 났다. 늘 입술을 잘근잘근 물어뜯기 때문이었다. 그녀는 언제 어디에서나 세상의 숨결을 느끼는 듯했고, 자연의 오묘한 톱니바퀴 장치에 맞추어서 움직이는 것처럼 보였다. 그녀에게는 우주와 소통할 수 있는 직관 같은 것이 있었다. 땅속을 흐르는 물과 같은 어떤 것이 그녀를 지구의 파동과 생명의 본능에 연결시켜 주는 듯했다.

그는 조종(弔鐘)의 엄숙함을 느끼게 하는 그녀의 느린 말투와 굼뜬 동작을 사랑했다. 그리고 불의와 가난과 인류의 표류 앞에서 느끼던 격렬한 고통도 사랑했다. 그녀가 선택한 인생, 그들의 일상을 비극의 숭고한 높이로 끌어올리던 그 순교자의 길도 사랑했다. 그녀와 함께 하는 삶은 금욕―신탁을 받을 준비―과 비슷했다. 그것은 초월을 추구하는 엄격하고 종교적인 길이었다.

레나, 공복의 삶……. 이 느낌은 그 뒤에 찾아올 일들의 전조였다. 1994년 여름이 다 갈 무렵에 레나는 자기가 임신했다는 사실을 알려주었다. 그는 이 소식을 하나의 배신으로 받아들였다. 자신의 꿈을 도둑맞은 기분이었다. 자신의 이상이 생리학, 혹은 가족과 연관된 범용한 삶 속에 함몰되리라는 생각이 들었다. 그는 레나를 곧 잃게 되리라고 예감했다. 처음으로 육체적으로, 나중에는 정신적으로까지 그녀를 잃게 되리라고. 이제 그녀는 예전과 다른 길을 갈 것이고, 그녀의 유토피아는 그녀 자신의 내적 변모를 통해 구현되리라고…….

그의 예감은 적중했다. 레나는 하루가 다르게 그에게서 멀어져 갔고 그가 자기 몸에 손대는 것을 거부했다. 그가 옆에 있어도 그저 건성으로만 그를 대했다. 레나는 금단의 신전이 되어가고 있었다. 자신의 유일한 우상인 아이에게만 문을 열어주는 폐쇄적인 신전이었다. 변화가 그 정도에 그쳤다면 폴이 적응할 수도 있었을 것이었다. 하지만 그는 다른 것, 일찍이 감지하지 못했던 더 근원적인 거짓이 있음을 느끼고 있었다.

1995년 4월, 아이가 태어난 뒤에 그들의 관계는 결정적으로 소원해졌다. 그들은 딸아이를 사이에 놓고 서로 평행선을 달리듯이 지냈다. 갓난아기가 있음에도 그들 집에는 침울한 분위기와 병적인 파동이 감돌았다. 폴은 자기가 레나에게 철저한 혐오의 대상이 되어 버렸음을 알아차렸다.

어느 날 밤, 폴은 더 참지 못하고 물었다.

"이제 날 원하지 않는 거야?"

"응."

"앞으로도 날 원하지 않을 거야?"

"응."

폴은 머뭇거렸다. 그러다가 묻고 싶지 않지만 물어보지 않을 수 없는 것을 입 밖에 내고 말았다.

"전에도 날 원한 적이 없었어?"

"없었어, 단 한 번도."

폴은 경찰관치고는 눈치가 별로 빠르지 않았던 셈이었다. 그들의 만남, 그들의 동거, 그들의 결혼, 그 모든 것은 한낱 거짓말이고 기만일 뿐이었다.

그건 오로지 아이를 가질 목적으로 꾸며진 하나의 음모일 뿐이었다.

이혼을 하는 데에는 몇 달밖에 걸리지 않았다. 판사 앞에 섰을 때, 폴은 말 그대로 허공에 붕 떠 있는 듯한 환각 상태에 빠져 있었다. 사무실에서 누구의 쉰 목소리가 들린다 했더니, 그건 자기 자신의 목소리였다. 얼굴에 사포가 들러붙은 것처럼 껄끄럽다 했더니, 그건 그 자신의 수염 때문이었다. 그는 환각에 빠진 유령처럼 허공에서 떠돌고 있었다. 그는 양육비며 친권 귀속 등 모든 것에 동의했고, 어떤 사항에도 이의를 달지 않았다. 레나의 음모가 얼마나 지독한 배신인가에 관해서만 생각했을 뿐 여타의 것에는 전혀 관심이 없었다. 그는 자기가 약간 특별한 종류의 공유화에 희생되었다고 생각했다. 레나는 생체를 시험관으로 삼은 공산주의식의 수정을 한 셈이었다.

 하지만 무엇보다 기이한 것은 그가 그런 레나를 미워할 수 없다는 사실이었다. 미워하기는커녕 그는 성욕과 담을 쌓은 그 지적인 여자를 더욱 경이로운 눈으로 보게 되었다. 그는 그녀가 다시는 성관계를 갖지 않으리라고 확신했다. 상대가 남자이든 여자이든 그녀가 성적인 행위에 이끌리는 일은 결코 없으리라는 생각이 들었다. 이상주의자인 그녀가 원했던 것은 쾌락이나 삶의 공유가 아니라 단지 생명을 만드는 것이었다. 그 생각을 하면 그저 정신이 아뜩해질 뿐이었다.

 그 때부터 폴은 진창의 바다를 찾는 더러운 강물처럼 표류하기 시작했다. 여전히 경찰관으로서 일을 하기는 했지만, 그의 삶은 위태위태했다. 그는 낭테르의 자기 사무실에는 통 발을 들여놓지 않았다. 그 대신 가장 타락한 구역에서 세월을 보냈다. 가장 못된 깡패들과 어울리고 마리화나를 줄곧 피워대면서. 마약 밀매자들이나 중독자들과 한통속이 되고 가장 더러운 인간쓰레기들과 시시덕거리면서…….

 그러다가 1998년 봄에 그는 딸아이를 만나 보라는 권유를 받아들였다. 아이의 이름은 셀린이었고 나이는 세 살이었다. 아이와 함께 보낸 처음 몇 번의 주말은 따분하기 짝이 없었다. 공원, 회전목마, 솜사탕……. 그 한없는 권태. 그러다가 그는 차츰차츰 아이에게서 뜻밖의 것을 발견하게 되었다. 아이의 몸짓과 얼굴과 표정을 통해 전해지는 맑은 기운. 요리조리 굽이도는 마음의 흐름을 있는 그대로 드러내는 민첩하고 변덕스럽고 발랄한 감정 표현. 무엇이 분명하다는 것을 강조하고 싶어서 손가락들을 모아 쥐고 앞으로 내미는 손. 그 동작의 마무리로 몸을 앞으로 숙이면서 장난스럽게 얼굴을 찡그리는 태도. 쉰 듯한 목소리. 어떤 섬유나 과일껍질에 닿은 것처럼 그를 소스라치게 하는 독특하고 매혹적인 살결. 아이 속에는 벌써 한 여인이 꿈틀거리고 있었다. 아이의 어머니가 아니라—아이의 어머니는 결코 아니었다—, 장난기 많고 생기가 넘치는, 세상에서 하나뿐인 여자였다.

갑자기 세상이 달라 보였다. 지상에 셀린이 존재하고 있었다.

폴은 삶의 방식을 근본적으로 바꾸었고, 아이를 돌볼 수 있는 자신의 권리를 마침내 열정적으로 행사하기 시작했다. 딸과 규칙적으로 만나는 일은 그를 새사람으로 거듭나게 했다. 그는 스스로에 대한 존경심을 되찾고 싶었다. 그는 영웅이 되기를 꿈꾸었다. 온갖 더러운 것에서 벗어난 청렴한 슈퍼 형사, 매일 아침 자신의 그림자로 거울을 반짝이게 하는 남자가 되고 싶었다.

자신의 죄를 씻기 위해서, 그는 고급 간부가 되기 위한 시험 따위는 잊고 자기가 잘 아는 유일한 영역인 범죄의 현장을 선택했다. 그는 파리 경찰청 형사과에 보내주기를 요청했다. 한동안 방황하며 세월을 허송했음에도 그는 1999년에 팀장의 자리에 올랐다. 그는 악착스럽고 열정적인 수사관이 되었다. 그리고 자신을 가장 뛰어난 수사관의 반열에 오르게 할 사건을 희망하기 시작했다. 성취동기가 강한 형사라면 누구나 그렇듯이, 그는 야수를 사냥하고 싶었고, 적다운 적과 일대일로 고독한 대결을 벌이고 싶었다.

바로 그 때, 그는 첫 번째 시신이 발견되었다는 소식을 들었다.

2001년 11월 15일, 파리 10구 스트라스부르 대로 근처의 어떤 건물 현관에서 신원 불명의 적갈색머리 여자가 주검으로 발견되었다. 여자는 심한 고문을 당한 것으로 보였고 주검 곳곳에 흉한 자상이 남아 있었다. 용의자는 없었고 살해 동기도 전혀 밝혀지지 않았다. 말하자면 주검은 있으나 살인자는 없는 경우였다. 주검은 실종 신고가 들어온 어떤 사람과도 일치하지 않았다. 지문으로도 사체의 신원을 알아낼 수 없었다. 형사과에서는 이 사건을 벌써 매듭지어진 사건으로 분류해 놓고 있었다. 창녀 하나가 기둥서방에게 맞아죽은 사건쯤으로 치부한 것이었다. 아닌 게 아니라, 주검이 발견된 장소는 집창촌인 생드니 거리에서 겨우 2백 미터밖에 떨어져 있지 않았다. 폴은 본능적으로 무언가 석연치 않은 점이 있음을 직감했다. 그는 사건 관련 서류―확인 조서, 법의관의 보고서, 사체의 사진―를 손에 넣었다. 그러고는 크리스마스 연휴 내내, 동료들은 모두 가족과 함께 시간을 보내고 셀린은 포르투갈의 외가에 가 있는 동안, 그 서류를 철저하게 검토했다. 그는 이내 깨달았다. 이 사건은 어떤 기둥서방이 저지른 범죄가 아니었다. 다양한 고문을 가한 점으로 보나 얼굴을 흉하게 훼손한 점으로 보나, 기둥서방의 소행이라는 가정은 성립될 수 없었다. 또 만일 피살자가 정말 논다니였다면, 지문 검사를 통해 신원을 밝혀낼 수 있었을 것이었다―10구의 매춘부들은 모두 지문이 등록되어 있었다.

폴은 스트라스부르 대로로부터 생드니 거리에 이르는 구역에서 벌어지는 일들을 예의 주시하기로 했다. 그의 기다림은 오래 가지 않았다. 2002년 1월 10일, 포부르 생드니 거리에 있는 한 터키인 공장의 마당에서 두 번째 주검이 발견되었다. 첫 피살자와 마찬가지로 적갈색머리의 여자였고, 실종자 명단에 있는 어떤 사람과도 일치하지 않았다. 고문당한 흔적이며 얼굴의 깊게 베인 상처들도 첫 피살자와 똑같았다.

폴은 냉정을 잃지 않으려고 애썼다. 하지만 아무리 냉정하게 따져보아도, '자신이 맡을 만한' 연쇄 살인사건이 터진 거라는 확신이 들었다. 그는 사건을 담당한 예심판사 티에리 보마르조의 사무실로 달려가서 수사의 지휘권을 얻어냈다. 그렇게 사건을 맡긴 했지만, 애석하게도 사건 현장에는 이미 단서가 남아 있지 않았다. 순찰대원들이 현장을 망쳐놓은 뒤라서, 과학수사대는 단서가 될 만한 것을 전혀 찾아내지 못했다.

폴은 살인자를 놈의 본거지에서 찾아내기 위해 터키 타운에 들어가야 하리라는 것을 막연하게나마 깨달았다. 그래서 파견근무를 자청하여 10구의 수사부로 자리를 옮겼고, 낭시 거리의 대민봉사 센터 겸 수사대에서 단순한 수사관 자격으로 근무하기 시작했다. 그는 일선 경찰관의 일상으로 다시 돌아가, 강도를 당한 홀어미들과 진열된 물건을 도둑맞은 식료품 장수들과 불평 많은 주민들을 상대했다.

2월은 그렇게 지나갔다. 폴은 초조함을 간신히 억누르며 속을 끓였다. 그는 또 다른 주검이 발견될까 두려워하면서도 다른 한편으로는 그런 일이 벌어지기를 기다렸다. 흥분된 시간들과 의기소침하게 보내는 날들이 갈마들었다. 기분이 정말 바닥까지 가라앉을 때면, 그는 두 피살자의 이름 없는 무덤에 가서 묵상에 잠기곤 했다. 그들의 무덤은 파리 남쪽 교외의 공동묘지에 마련되어 있었다.

거기에서 그는, 단지 번호만 새겨져 있는 묘석들을 마주하고 두 여자를 참혹하게 고문한 미치광이를 잡아 복수를 해주겠다고 맹세했다. 그리고 마음 한 구석으로 셀린에게도 약속을 했다. 셀린을 위해서, 그 자신을 위해서, 자신이 위대한 경찰관임을 만천하에 알리기 위해서 살인자를 꼭 잡으리라고.

2002년 3월 16일 새벽, 또 한 구의 사체가 발견되었다.

당직을 서던 풋내기 경관들이 새벽 5시에 전화를 걸어 왔다. 환경미화원들의 신고가 들어왔는데, 생라자르 병원의 도랑에 시체가 있다는 것이었다. 이 병원은 마젠타 대로에서 안쪽으로 들어가 있는 버려진 벽돌 건물이었다. 폴은 자기가 가기 전에는 아무도 가지 못하도록 한 시간 후에 출동하라고 지시했다. 그런 다음 재킷을 집어 들고 현장으로 급히 출발했다. 목적지에 다다라 보니 사위가 조용하였다. 경관도 보이지 않았고 그의 정신집중을 방해하는 회전 경보등도 없었다.

절호의 기회였다.

살인자의 자취를 몸으로 느낄 수 있으리라는 기대로 마음이 설렜다. 이번에는 무언가를 감지할 수 있으리라. 놈의 냄새, 놈의 개성, 놈의 광기……. 하지만 결과는 또 다시 실망이었다. 폴은 확실한 물적 증거를 원했고, 범인의 신원이 드러나는 특별한 범죄 현장을 기대했었다. 그러나 그가 찾아낸 것은 콘크리트 도랑 속에 버려진 한 구의 시신뿐이었다. 밀랍빛 머리에 얼굴은 흉하게 찢어져 있고 몸 이곳저곳이 손상되어 있는 창백한 시체뿐이었다. 폴은 자신이 덫에 걸렸음을 깨달았다. 그는 두 종류의 침묵, 즉 주검들의 침묵과 터키 타운 주민들의 침묵이 만들어 내는 덫에 걸려 있었다.

그는 경찰의 지원 차량이 오기도 전에 패배자가 된 듯한 절망적인 기분을 느끼며 현장을 떠났다. 그런 다음 생드니 거리를 이리저리 거닐며 터키 타운이 잠에서 깨어나는 모습을 지켜보았다. 가게문을 여는 상인들, 공장으로 달려가는 노동자들, 저마다의 일에 열중해 있는 수많은 터키인들……. 그 때 한 가지 확신이 그의 마음에 자리 잡았다. 그 이주민들의 구역은 살인자가 숨어 있는 숲이었다. 살인자가 안전한 도피처를 찾아 숨어든 복잡한 정글이었다.

폴 혼자서는 놈을 찾아낼 가능성이 전혀 없었다.

그에게는 안내자가, 정찰병이 필요했다.

10

퇴직자 보호 시설 복장이 아닌 '사복 차림'의 장·루이 시페르는 보기가 한결 나았다. 올리브색 바버 사냥 재킷에 그보다 연한 초록색의 벨벳 사냥 바지를 입은 차림이었다. 묵직하게 내려온 바짓단 밑에는 햇밤처럼 반짝이는 처치 스타일의 커다란 구두를 신고 있었다.

이 복장은 그의 실루엣이 주는 거친 느낌을 약화시키지 않으면서도 그에게 약간의 기품을 주고 있었다. 다부진 체격, 딱 바라진 가슴, 휜 다리 등 그의 모든 것이 힘과 단단함과 사나움을 느끼게 했다. 그런 몸집이라면 경찰의 정규 권총인 38구경 마뉘랭의 반동력을 꿈쩍도 하지 않고 버티어낼 수 있을 법했다. 그의 자세와 거동에는 그런 반동을 흡수할 만한 탄력과 여유가 있어 보였다.

마치 폴의 생각을 읽기라도 한 듯, '시프르'가 두 팔을 들어올렸다.

"몸수색을 하고 싶으면 해 보시지, 꼬마 형사. 난 쇠붙이는 안 가지고 다니니까."

"그러시길 바랍니다. 여기에 현역 경찰관은 한 사람밖에 없는 겁니다. 그 점을 잊지 마세요. 그리고 난 선배님의 '꼬마'가 아닙니다."

시페르는 구두 뒤축을 서로 딱 부딪히며 우스꽝스럽게 차렷 자세를 흉내냈다. 폴은 미소조차 짓지 않고 그에게 차문을 열어 주었다. 그런 다음 운전석에 앉아 불안한 마음을 다독이면서 급히 시동을 걸었다.

파리로 돌아가는 동안 '시프르'는 한 마디도 하지 않았다. 복사된 서류에 코를 박고 있을 뿐이었다. 폴은 서류의 내용을 낱낱이 알고 있었다. 스스로 '코르푸스[8]'라고 이름 붙인 그 무명의 시신들에 관해서 이미 밝혀진 사실들은 모두 알고 있었다.

파리 근처에 다다랐을 때 시페르가 마침내 말문을 열었다.

"현장 조사에서 아무것도 나온 게 없어?"

"없습니다."

"과학수사대가 지문 하나, 입자 하나 찾아내지 못했다는 거야?"

---

8) 라틴어로 '몸, 시신'이라는 뜻.

"전혀요."

"사체에서도?"

"살인자는 사체에 지문을 남기지 않으려고 특히 신경을 썼습니다. 법의관 말로는 놈이 공업용 세척제로 시신을 씻었답니다. 상처를 소독하고 머리를 감기고 손톱에 솔질까지 한 모양이에요."

"인근 탐문 수사는?"

"이미 얘기했듯이, 각 현장 인근에서 공장노동자와 상인, 매춘여성, 환경미화원 등을 상대로 탐문을 벌였습니다. 노숙자들을 구슬려 물어보기도 했고요. 뭔가를 보았다는 사람이 아무도 없습니다."

"자네 생각은?"

"제가 보기에 살인자는 차를 몰고 돌아다니다가 이른 새벽에 사람들의 눈을 피해 시신을 버렸습니다. 기회를 엿보다가 눈 깜빡할 사이에 해치운 거죠."

시페르는 서류를 한 장 한 장 넘기다가 사체의 사진에서 손길을 멈추었다.

"범인이 얼굴에 상처를 낸 이유가 뭐라고 생각해?"

폴은 숨을 가누었다. 얼굴의 상처들에 대해서는 며칠 밤 내내 생각하고 또 생각해본 터였다.

"몇 가지 가능성이 있어요. 첫째는 살인자가 단순히 흔적을 흩뜨리고 싶어 한다는 것입니다. 피살자들은 놈을 알고 있습니다. 이들의 신원이 확인되면 놈을 추적할 수 있는 실마리를 얻게 될지도 모르죠."

"그렇다면 그자는 왜 피해자들의 손가락이나 이를 망가뜨리지 않았을까?"

"그들은 불법 체류자들이니까요. 그들은 어느 서류에도 등록이 되어 있지 않습니다."

시페르는 고개를 끄덕였다.

"두 번째 가능성은?"

"약간…… 심리학적인 동기입니다. 그런 문제를 다룬 책들을 많이 읽어 봤습니다. 심리학자들의 주장에 따르면, 살인자가 피살자의 얼굴을 망가뜨리는 것은 피살자를 알기 때문이라고 합니다. 아는 사람이라서 그의 시선을 견뎌내지 못한다는 것이죠. 그래서 살인자는 피살자를 인간에서 단순한 사물로 변화시킵니다. 그럼으로써 거리를 두고 피살자를 다루게 되는 것입니다."

시페르는 다시 서류를 뒤적였다.

"그런 '심리학적인' 얘기들은 별로 마음에 들지 않아. 세 번째 가능성은?"

"범인에게는 얼굴과 관련된 무슨 문제가 있습니다. 적갈색머리 여자들의 얼굴에 있는 어떤 것이 그에게 공포감을 주고 마음의 어떤 상처를 상기시킵니다. 그래서 여자들을 죽이는 것에 그치지 않고 얼굴에 흉한 상처를 내는 것이지요. 제가 보기에 피살자들은 서로 닮았습니다. 그들의 얼굴이 살인자의 광기를 촉발시키는 게 아닌가 싶습니다."

"가능성이 훨씬 더 희박해 보이는데."

폴은 목청을 높여서 반박했다.

"사체들을 보셨잖아요. 범인은 환자입니다. 진짜 정신병자라고요. 놈의 광기에 대해서는 선배님도 이견이 없을 겁니다."

"그런데 이건 뭐지?"

시페르가 마지막 남은 봉투를 열면서 물었다. 고대 조각상들의 사진이 담긴 봉투였다. 조각상은 두상, 가면, 흉상 등 종류가 다양했다. 모두 폴 자신이 박물관 카탈로그며 관광 안내서며 〈고고학〉이나, 〈루브르 회보〉 같은 잡지에서 스크랩한 사진들이었다.

"저 나름대로 짚이는 게 있어서 모아본 겁니다. 저는 얼굴의 깊게 베인 상처들이 지각의 균열이나 분화구, 혹은 바위에 새겨진 표시 같은 것들과 비슷하다는 점에 주목했습니다. 코가 잘리고 입술이 절단되고 턱뼈가 갈린 것은 마모의 흔적을 연상시킵니다. 그래서 살인자가 혹시 고대의 조각상에서 영감을 얻은 게 아닐까 하고 생각했죠."

"글쎄."

폴은 낯이 붉어지는 것을 느꼈다. 사실 그의 생각에는 무리가 있었다. 아무리 조사를 해봐도, 멀리서 보든 가까이에서 보든 '코르푸스'의 상처들을 연상시키는 고대의 유물은 찾아낼 수가 없었다. 그럼에도 그는 자신의 주장을 굽히지 않고 내처 말했다.

"살인자에게 그 여자들은 아마 숭상하면서도 혐오하는 여신과 같은 존재일 겁니다. 제가 보기에 그자는 터키인이고, 지중해 연안의 신화에 빠져 있는 게 분명합니다."

"자네, 상상력이 너무 풍부하구먼."

"선배님은 직관을 따르신 적이 없나요?"

"나야 직관 말고 다른 것은 따라본 적이 없지. 하지만 내가 보기에 자네의 '심리학적인' 이야기들은 너무 주관적이야. 그보다는 범인의 입장에서 생각해 볼 필요가 있어. 범행에 수반되는 기술적인 문제가 분명히 있었을 거야. 그게 무엇이었을까를 집중적으로 생각해 보라고."

폴로서는 알 듯 말 듯한 소리였다. 시페르가 말을 이었다.

"놈이 실제로 어떻게 범행을 했을까를 생각해 보아야 한다는 말일세. 자네 말대로 그 여자들이 정말 터키에서 온 불법 체류자라면, 그들은 회교도야. 하이힐을 신고 다니는 이스탄불 출신의 회교도가 아니라, 터키의 시골에서 온 여자들이지. 거리를 걸을 때도 벽에 붙어서 조심조심 다니고 프랑스어를 한 마디도 못 하는 시골뜨기들이란 말일세. 그런 여자들에게 접근하려면 그녀들을 알아야 하고 터키 말을 해야 하네. 범인은 아마도 공장주이거나 상인일 걸세. 아니면 숙소의 책임자일지도 모르지. 또 시간과 관련된 문제도 있네. 그런 여공들은 지하 생활을 하네.

지하의 창고나 깊이 감춰진 작업장에서 일하지. 살인자는 그녀들이 지상으로 다시 나와야 그녀들을 잡을 수 있어. 그게 몇 시쯤일까? 놈은 어떻게 그녀들을 구슬릴까? 유혹에 잘 넘어가지 않는 그 여자들이 왜 놈을 따라갈까? 그런 물음들의 답을 찾아가다 보면 놈의 종적을 따라잡을 수 있을 거야."

폴은 그 말에 동의했다. 하지만 그 모든 물음은 그들이 알지 못하는 게 얼마나 많은가를 새삼 일깨워 주고 있었다. 말 그대로 모든 것이 가능했다.

시페르가 수사의 다른 측면을 초들었다.

"동일한 수법의 살인 사건들이 있었는지 조사했나? 당연히 했을 거라고 생각하지만."

"최신의 샤르동9) 파일을 검색해 보았습니다. 국방경찰의 파일인 아나크림10)도 뒤져보았고요. 하지만 프랑스에서는 그런 미치광이 짓과 동일한 사건이 전혀 없었습니다. 조금 비슷한 것조차 없었어요. 독일의 터키 타운 쪽도 조사해 보았지만, 아무것도 찾아내지 못했습니다."

"그럼 터키에서는?"

"마찬가지예요. 역시 없습니다."

시페르는 또 다른 쪽을 언급했다. 그야말로 수사 현황을 낱낱이 점검하고 있는 형국이었다.

"순찰대원들을 그 구역으로 더 보냈나?"

"순찰대장 모네스티의 동의를 얻어서 순찰을 강화했습니다. 하지만

---

9) CHARDON. '전국적인 실전 정보를 바탕으로 한, 살인행동의 분석과 연구(Comportements Homicides: Analyse et Recherche sur les Données Opérationnelles Nationales)'의 약칭. 파리 경찰청 강력사건 수사대에서 동일 수법의 범죄에 관한 정보를 종합하고 대조, 검증하기 위해 개발한 컴퓨터 프로그램.
10) '범죄 분석(Analyse criminelle)'의 준말. 1994년부터 프랑스 국방경찰(국방부 소속으로 사법경찰, 행정경찰, 보안경찰의 업무 외에 국토방위의 임무도 겸함)이 사용하기 시작한 범죄 분석 컴퓨터 프로그램.

너무 눈에 띄지 않도록 조심하고 있습니다. 그 구역에 공포 분위기를 조성하면 안 되니까요."

그 말에 시페르가 웃음을 터뜨렸다.

"그게 뜻대로 될 거라고 생각해? 터키인들은 벌써 다 알고 있을걸."

시페르의 말투가 비위에 거슬렸지만, 폴은 그냥 가볍게 넘겨 버렸다.

"어쨌거나 지금까지는 미디어를 잘 피했습니다. 독립적으로 수사를 계속하자면 그게 보장이 돼야 해요. 이 사건을 놓고 시끄러운 소리가 나게 되면, 예심판사가 즉시 다른 수사관들을 더 끌어들일 겁니다. 현재로서는 아무도 관심을 보이고 있지 않습니다. 그저 터키인들 사이에 벌어진 사건으로 보고 있는 것이죠. 덕분에 제 행동이 자유롭습니다."

"왜 이런 사건을 시경 강력사건 수사대가 맡지 않았지?"

"제가 강력사건 수사대에서 나왔습니다. 여전히 한쪽 발은 그쪽에 걸치고 있죠. 예심판사가 저를 믿고 이 사건을 맡겼습니다."

"사람이 더 필요할 텐데, 요청하지 않았나 보지?"

"안 했습니다."

"수사팀을 구성하지 않았단 말이지?"

"그렇습니다."

'시프르'는 냉소를 흘렸다.

"이 사건을 독차지하고 싶어? 그런 거야?"

폴은 대답하지 않았다. 시페르는 손등으로 자기 바지의 보풀을 쓸었다.

"자네의 동기가 뭐든 그건 중요하지 않아. 내 동기도 마찬가지야. 중요한 건 놈을 해치우는 거지. 우리는 해낼 거야. 날 믿으라고."

11

파리 외곽순환도로에서 폴은 오퇴유 시문 방향인 서쪽으로 나아갔다. 시페르가 놀라며 물었다.

"라페 강변로에 있는 법의학 연구소로 가는 거 아냐?"

"시신은 파리가 아니라 가르슈[11]에 있어요. 레몽 푸앵카레 병원에요. 거기에도 법의학 연구소가 있어요. 베르사유 법원에서 요청하는 검시를 맡고 있죠······."

"그건 나도 아는데, 사체를 왜 거기로 보냈지?"

"비밀을 유지하기 위한 조치예요. 기자들이나 아마추어 범죄학자들을 피하고 싶어서죠. 파리의 시체 공시소에는 언제나 그런 자들이 죽치고 있죠."

시페르는 더 이상 듣고 있지 않는 듯했다. 그저 오고가는 자동차들을 흐린 눈으로 바라보고 있을 뿐이었다. 그러다가 이따금 마치 갑자기 쏟아져 들어오는 빛에 적응하기 위해 그러는 것처럼 눈을 찡그렸다. 감옥에 갇혀 있다가 가석방된 죄수 같은 모습이었다.

30분 후에 폴은 파리를 벗어나 쉬렌 다리를 건넌 다음, 길게 뻗은 셀리에 대로를 타고 올라가다가 공화국 대로로 접어들었다. 그렇게 생클루 시를 가로질러 가로슈 어귀에 다다랐다.

언덕 꼭대기에 오르자 마침내 병원이 눈에 들어왔다. 6헥타르의 면적에 갖가지 용도의 건물들이 늘어서 있는 그곳은, 의사와 간호사와 주로 교통사고 희생자들인 수천 명의 환자가 모여 있는 그야말로 하나의 도시였다.

폴은 플랑드르의 해부학자 베잘의 이름이 붙어 있는 병동 쪽으로 향

---

11) 파리 서쪽 교외에 있는 작은 주거 도시.

늑대의 제국 91

했다. 벽돌 건물들의 정면이 오후의 햇살을 받아 다른 때보다 한결 아름다워 보였다. 벽들은 저마다 빨강과 분홍과 크림색의 새로운 뉘앙스를 보여주고 있었다. 마치 오븐에서 정성스럽게 구워낸 듯한 독특한 색조였다.

꽃이나 과자를 든 방문객들이 산책로 여기저기에 삼삼오오 무리를 지어 나타났다. 그들은 거드름이 섞인 뻣뻣한 자세로 걷고 있었다. 마치 병원 구내에 감도는 '리고르 모르티스[12]'의 기운에 감염되기라도 한 듯했다.

그들은 베잘 병동의 안마당에 다다랐다. 회색과 분홍색이 어우러져 있고, 돌출부를 가느다란 원주들이 받치고 있는 이 병동은 영험한 샘이 있는 온천 건물이나 요양소 같은 느낌을 주었다.

그들은 시체 공시소로 들어가 하얀 세라믹으로 된 복도를 따라갔다. 대기실이 나타나자 시페르가 물었다.

"여기가 시체 공시소 맞아?"

별 것은 아니었지만, 폴은 그렇게 그를 놀래킨 것이 기뻤다.

몇 년 전에 가르슈 법의학 연구소는 매우 독창적인 방식으로 개축되었다. 그들이 들어선 첫 번째 방은 온통 터키석 빛깔의 페인트가 칠해져 있었다. 천장과 벽과 바닥을 온통 한 가지 색으로 칠함으로써 일체의 등급과 지표를 없애 버린 셈이었다. 이 방에 들어서면 바다의 결정체 속에 잠겨 있는 듯한 기분이 들었다. 맑은 기운을 뚝뚝 흘려내어 생기를 불어넣는 방이었다.

폴이 설명했다.

"가르슈의 의사들이 어떤 현대 예술가에게 도움을 청했던 모양입니다. 이쯤 되면 병원이 아니라 예술 작품이죠."

---

[12] '사후 경직'이라는 뜻의 라틴어.

남자 간호사 하나가 오더니 오른쪽 문을 가리키며 말했다.
"퇴소할 시신들을 안치해 놓은 방으로 가 계시면 스카르봉 박사님이 곧 오실 겁니다."

그들은 그의 뒤를 따라 다른 방들을 지나쳐 갔다. 방들은 한결같이 파랗고 휑했다.

이따금 천장으로부터 몇 센티미터 아래로 하얀 불빛이 좁고 기다란 띠를 이루고 있는 방들도 있었다. 복도에는 대리석 꽃병들이 장밋빛, 복숭앗빛, 노랑, 베이지색, 흰색의 순으로 파스텔 색조가 점점 옅어지는 양상을 보이면서 높다랗게 배열되어 있었다. 순수함을 추구하는 예술가의 의지가 병원 곳곳에 배여 있는 듯했다.

맨 끝에 있는 방에 다다르자 시페르는 경탄의 휘파람을 불었다. 넓이가 1백 제곱미터 가량이나 되는 직사각형의 방이 칸막이나 기둥도 없이 탁 트인 데다 오로지 파란색으로만 되어 있어서 더없이 청결해 보였다. 출입문 왼쪽으로 높이 난 세 개의 창문으로는 환한 바깥이 오려낸 듯이 뚜렷하게 눈에 들어왔다. 맞은편 벽에는 빛의 형상과도 같은 그 창문들을 마주하고 세 개의 아치가 그리스정교회 성당의 궁륭처럼 뚫려 있었다. 그 내부에는 대리석 덩어리들이 커다란 주괴(鑄塊)처럼 줄느런히 놓여 있었다. 대리석들 역시 파란색으로 페인트칠이 되어 있어서 마치 바닥으로부터 곧장 솟아올라온 듯한 느낌을 주었다.

대리석 하나에는 시트가 덮여 있는데, 시트의 굴곡이 시신의 윤곽을 그대로 드러내고 있었다.

시페르는 방 한복판에 놓인 하얀 대리석 단지로 다가갔다. 무겁고 반들반들한 그 단지는 선이 예스럽고 물이 채워져 있어서 성당의 성수반을 떠올리게 했다. 물은 모터의 힘으로 가볍게 부글거리면서 사체의 악취와 포르말린 냄새를 약화시키는 유칼립투스 향을 발하고 있었다.

시페르는 그 물에 손가락을 담갔다.

"이 모든 걸 보니까 내가 늙었다는 생각이 드는군."

그 때 클로드 스카르봉 박사의 발걸음 소리가 들려왔다. 시페르가 몸을 돌렸다. 두 남자는 서로 톺아보았다. 폴은 그들이 서로 아는 사이임을 한눈에 알아차렸다. 롱제르 은퇴자의 집에서 의사에게 전화를 걸 때 폴은 자신의 새 파트너에 관해서 일절 말하지 않았었다. 그는 의사에게 인사를 건넸다.

"시간을 내 주셔서 고맙습니다, 박사님."

스카르봉은 '시프르'에게서 눈을 떼지 않은 채 고개를 살짝 끄덕였다. 그는 검은 모직 외투를 입고 있었고 염소가죽 장갑을 한 손에 쥐고 있었다. 야윈 노인이었다. 안경은 아무 쓸모가 없다는 듯 코끝에 걸쳐 놓은 채 연신 눈을 깜박였다. 길게 늘어뜨린 짙은 콧수염 아래로 2차 세계대전 전의 영화에서나 들을 수 있을 법한 길게 늘어지는 음성이 흘러 나오고 있었다.

폴은 자기가 데려온 사람을 손짓으로 가리켰다.

"소개 드리겠습니다. 이쪽은……."

말이 끝나기도 전에 시페르가 나섰다.

"우리 구면이군요. 안녕하십니까, 박사님."

스카르봉은 아무 대답 없이 외투를 벗고 아치 아래에 걸려 있던 가운을 걸쳤다. 그런 다음 라텍스 장갑을 꼈다. 장갑의 연초록색이 주위의 파란색과 잘 어울렸다.

스카르봉은 시신을 덮고 있던 시트를 젖혔다. 부패되어 가는 살 냄새가 방 안에 퍼지자 잡생각이 모두 달아나고 정신이 번쩍 들었다.

폴은 자기도 모르게 고개를 돌렸다. 다시 용기를 내어 바라보니, 접힌 시트에 반쯤 가려진 창백한 시신이 눈에 들어왔다.

시페르는 어느새 아치 아래로 들어가 라텍스 장갑을 끼고 있었다. 그의 얼굴에서는 동요하는 기색이 조금도 보이지 않았다. 그의 뒤로 나무 십자가 하나와 검은 쇠로 된 촛대 두 개가 벽을 배경으로 두드러져 보였다. 그가 덤덤한 목소리로 나직하게 말했다.

"좋아요, 박사님. 시작하시죠."

12

"피해자는 여성이고 코카서스 인종에 속합니다. 근육의 긴장도로 보아 나이는 스무 살에서 서른 살 사이입니다. 몸은 뚱뚱한 편입니다. 키가 1미터 60에 몸무게가 70킬로그램이니까요. 적갈색머리 여자들이 대개 그렇듯이 살결은 아주 흰 편입니다. 이런 점을 종합해 볼 때, 피해자의 외모는 앞서 희생된 두 여자와 비슷합니다. 그러니까 범인이 좋아하는 여자들은 서른 살 가량의 오동통한 적갈색머리 여자들이란 얘기죠."

스카르봉의 어조는 단조로웠다. 자신이 쓴 보고서를 한 줄 한 줄 외우고 있는 듯했다. 밤에 잠을 못 이루고 생각을 곱씹다가 보고서 내용을 숫제 외워 버리게 된 것인지도 모를 일이었다.

시페르가 물었다.

"다른 특징은 없나요?"

"어떤 특징 말입니까?"

"문신이나 귓불에 뚫린 구멍이나 결혼반지 자국처럼 살인자가 지우지 못하는 것들이요."

"없습니다."

'시프르'는 시체의 왼손을 잡아 손바닥이 위로 가도록 돌렸다. 폴은 전율했다. 자기로서는 도저히 할 수 없을 것 같은 행동이었다.

"헤나 염료의 흔적은 없나요?"

"없습니다."

"네르토 팀장 말로는 손가락들로 보아 재봉 일을 하던 여자들이라고 하던데요. 맞습니까?"

스카르봉은 고개를 끄덕였다.

"피해자들은 손일을 오랫동안 했습니다. 그건 분명해요."

"그게 재봉 일이라는 점에서도 생각이 같으신가요?"

"그건 분명히 말하기가 쉽지 않아요. 바늘에 찔린 자국이 손가락 곳곳에 있고, 엄지와 집게손가락 사이에는 굳은살도 있습니다. 재봉틀이나 다리미를 많이 사용해서 생긴 흔적이 아닌가 싶어요. (그는 창문 위쪽으로 눈길을 올렸다.) 피해자들이 발견된 장소가 상티에 의류·패션 상가 근처라고 했지요?"

"그런데요?"

"피해자들은 터키에서 온 여공들입니다."

시페르는 확신에 찬 그 말에 응대하지 않았다. 그는 시신의 상반신을 살펴보고 있었다. 폴은 마지못해 다가갔다. 옆구리, 가슴, 어깨, 허벅지에 길게 째진 상처들이 보였다. 몇몇 상처들은 하얀 뼈가 드러나 보일 만큼 깊었다.

"이 상처들에 대해서 말씀해 주시죠."

'시프르'가 요구하자 의사는 호치키스로 철한 몇 장의 서류를 재빨리 훑어보았다.

"내가 세어 보니까 이 피해자의 몸에는 스물일곱 군데의 상처가 있었어요. 어떤 것은 얕고 어떤 것은 깊습니다. 살인자가 몇 시간에 걸쳐서 고문의 강도를 높여간 것으로 볼 수 있습니다. 다른 두 여자의 몸에도 거의 같은 수의 상처가 있었어요. (그는 들여다보던 서류를 내려들고 두 사람을 바라보았다.) 내가 지금 설명하는 것은 앞서 발견된 피해자들에게도 똑같이 해당된다고 보면 됩니다. 세 여자는 동일한 방식으로 고문을 당했으니까요."

"범인이 사용한 무기는 뭐였나요?"

"크롬강으로 만든 전투용 칼입니다. 날의 한쪽이 톱니로 되어 있는 칼이죠. 여러 군데의 상처에서 톱니자국이 분명하게 식별됩니다. 앞의 두 시신을 검사할 때 칼의 크기와 톱니의 간격을 바탕으로 조사를 요청한 바 있습니다. 하지만 의미 있는 결과를 얻지 못했어요. 군의 정규 장비이긴 한데 해당하는 모델이 수십 가지나 되거든요."

'시프르'는 가슴에 많이 나 있는 다른 상처들―무엇에 물린 자국이거나 불을 갖다댄 흔적으로 보이는 거뭇하고 동그란 얼룩 모양의 이상한 상처들― 위로 몸을 숙였다. 폴은 첫 번째 시신에서 그 상처를 발견했을 때 악마를 뇌리에 떠올렸다. 무고한 육신을 괴롭히며 희희낙락했을, 지옥 불에 떨어질 어떤 사악한 존재를.

시페르가 집게손가락으로 가리키며 물었다.

"그럼 이거는요? 이게 대체 뭐예요? 무엇에 물린 상처인가요?"

"언뜻 보면 불에 덴 자국으로 보이기가 십상이죠. 하지만 나는 이 자국들에 대한 합리적인 설명을 찾아냈어요. 내가 보기에 살인자는 자동차 배터리를 사용해서 피해자들에게 전기충격을 가했어요. 더 정확히 말해서 범인은 자동차 배터리를 충전할 때 쓰는 점프 케이블의 톱니로 된 집게를 사용했을 겁니다. 입술 모양으로 난 이 상처는 그 집게의 자국이라는 것이죠. 내 생각에 범인은 전기충격을 강화하기 위해 피해자의 몸을 적셨어요. 그래서 검은 자국들이 남았을 겁니다. 이 시신에는 그런 자국이 스무 군데도 넘게 있어요."

그는 서류를 들어올리며 말끝을 달았다.

"이 얘기는 내 보고서에 다 나와 있어요."

폴은 그 정보들을 알고 있었다. 앞서 발견된 두 사체의 검안서를 읽고 또 읽었던 것이다. 하지만 그는 매번 똑같은 혐오감과 거부감을 느꼈다. 그런 광기에는 도저히 익숙해질 수가 없었다.

시페르는 시체의 다리 쪽으로 옮겨갔다. 시신의 검푸른 발들이 도저히 가능할 법하지 않은 각도로 꺾여 있었다.

"여기는 어떻게 된 건가요?"

스카르봉도 시신의 반대편으로 해서 다리께로 다가갔다. 그들은 지도를 펼쳐놓고 지표의 기복을 연구하는 두 사람의 지형학자 같았다.

"엑스선 사진을 보니까 엄청나더군요. 발목뼈, 발허리뼈, 발가락뼈, 어느 것 하나 성한 게 없어요. 부서져서 살 속에 박힌 뼛조각이 70개 가량이나 돼요. 어디에서 추락한 거라면 도저히 이렇게까지 손상될 수가 없어요. 살인자는 어떤 둔기로 피해자의 두 발을 지독하게 두들겼어요. 쇠막대기나 야구 방망이 같은 것으로 말입니다. 다른 두 피해자도 똑같은 짓을 당했어요. 내가 알아보니까, 이건 터키에서 특징적으로 자행되는 고문 기술이라고 하더군요. 터키 말로 뭐라더라…… 펠라카, 펠리카? 잘 모르겠습니다."

시페르가 목에 힘을 주며 내뱉듯이 토를 달았다.

"팔라카[13]입니다."

폴은 시페르가 터키어와 아랍어에 능통하다는 사실을 기억해 냈다. 시페르가 말을 이었다.

"그런 식의 고문이 자행되는 나라는 터키 말고도 많아요. 나라 이름

---

13) '매, 곤장'이라는 뜻.

을 대라면 당장 열 개라도 댈 수 있어요."

스카르봉은 안경을 콧잔등으로 밀어 올렸다.

"네, 그렇군요. 어쨌거나 이국적인 것임은 분명하네요."

시페르는 배 쪽으로 되돌아가서, 다시 시신의 한 손을 잡았다. 폴은 손가락들이 검게 변한 채 퉁퉁 부어 있음을 알아차렸다. 법의관의 설명이 이어졌다.

"범인은 피해자의 손톱을 집게로 뽑아 버렸어요. 손가락 끝은 산을 부어서 태웠고요."

"무슨 산이죠?"

"그건 알 수 없어요."

"피해자들의 지문을 없애 버리기 위해 피해자들이 사망한 뒤에 한 짓일 수도 있지 않을까요?"

"그렇다면 살인자는 공연한 짓을 한 겁니다. 지금도 지문을 완벽하게 볼 수 있으니까요. 내가 보기에는 그런 것이라기보다 추가적인 고문이었어요. 살인자는 어딘가에 허점을 남기는 만만한 유형이 아닙니다."

시페르는 시신의 손을 내려놓았다. 그의 관심은 이제 성기 쪽의 상처에 쏠려 있었다. 법의관 역시 그 상처를 바라보고 있었다. 지형학자 같던 그들이 썩은 고기를 노리는 짐승처럼 보이기 시작했다.

"성폭행을 당했나요?"

"성적으로 능욕을 당한 건 아닙니다."

스카르봉이 처음으로 머뭇거렸다. 폴은 눈길을 낮추었다. 벌어진 구멍이 보였다. 찢어서 넓게 벌려 놓은 구멍이었다. 내밀한 부위들— 대음순, 소음순, 음핵—이 어떤 폭력에 기인한 살의 뒤틀림을 견디지 못하고 바깥쪽으로 드러나 있었다. 법의관은 목을 가다듬고 말을 이었다.

"놈은 면도날로 덮인 곤봉 같은 것을 여자의 몸에 쑤셔 넣었습니다.

여기 질내에, 그리고 여기 양쪽 허벅지를 따라서 찢어진 상처가 보여요. 정말 지독한 살인이죠. 음핵은 절단되고 음순이 베어졌어요. 그 때 내출혈이 생긴 겁니다. 첫 번째 피해자도 이와 똑같은 상처를 입었어요. 두 번째 피해자는……."

그는 다시 머뭇거렸다. 시페르는 그의 눈을 바라보았다.

"뭔데요?"

"두 번째 피해자는 달랐어요. 내 생각에는 놈이 어떤 살아 있는 동물을 사용한 것 같습니다."

"살아 있는 동물이라뇨?"

"설치류와 같은 동물 말입니다. 외부 생식기에서 자궁에 이르기까지 물리고 찢긴 상처가 있었어요. 남미에서 고문자들이 이런 형태의 기술을 사용한 적이 있다고 들었습니다……."

폴은 머리가 죄이듯이 아팠다. 이미 그런 세부 사항을 다 알고 있는 그였다. 하지만 법의관의 설명 한 마디 한 마디가 그의 마음에 상처를 주고 토할 것 같은 기분이 들게 했다. 그는 대리석 단지 쪽으로 물러섰다. 그러고는 무의식적으로 향내 나는 물에 손가락을 담갔다. 바로 시페르가 몇 분전에 했던 동작이었다. 폴은 얼른 손가락을 빼내었다.

"계속하시죠."

시페르가 쉰 목소리로 그렇게 요구했지만, 스카르봉의 대답은 즉시 나오지 않았다. 터키석 빛깔의 방에 정적이 감돌았다. 세 사람 모두 더이상 미룰 수 없는 일이 남아 있다는 것을 깨달은 듯했다. 이제 피해자의 얼굴을 정면으로 들여다보아야 할 차례가 된 것이었다.

마침내 법의관이 흉하게 훼손된 얼굴에 테를 두르듯이 두 집게손가락을 움직이며 다시 말문을 열었다.

"여기가 가장 복잡한 부분입니다. 여기에 가해진 폭력에는 여러 단계가 있었어요."

"여러 단계요?"

"우선 타박상이 있어요. 얼굴 전체가 하나의 거대한 혈종이라 해도 과언이 아닐 겁니다. 살인자는 오랜 시간에 걸쳐서 난폭하게 때렸어요. 격투할 때 손에 끼는 쇠붙이 같은 것으로 때린 게 아닌가 싶어요. 어쨌거나 막대기나 곤봉보다는 금속으로 된 흉기일 가능성이 많아요. 그 다음으로는 깊게 베인 상처들과 절단된 부위가 있습니다. 이 상처들에서는 피가 나지 않았어요. 사망한 뒤에 낸 상처라는 얘기죠."

그들은 이제 무시무시한 가면 같은 얼굴에 더 바싹 다가가 있었다. 사진으로 보았을 때 느껴지던 거리감이 사라지고 상처들의 참혹한 실상이 적나라하게 드러났다. 칼자국이 얼굴을 가로지르고 이마와 관자놀이에 줄무늬를 만들어 놓고 있었다. 게다가 일부 부위가 절단되어 있었다. 잘려나간 코, 비스듬히 갈린 턱, 찢어진 입술……

"보시다시피 범인은 칼질을 하고 줄질을 하고 잡아 뽑기까지 했어요. 무엇보다 놀라운 것은 놈이 이런 짓을 아주 공을 들여 했다는 겁니다. 놈은 마치 작품을 만들 듯이 정성을 들였어요. 얼굴에 낸 이 상처들은 놈의 서명입니다. 네르토 팀장은 놈이 무언가를 모방하려 했다고 생각하고 있지요."

"네르토 팀장이 무슨 생각을 하고 있는지는 나도 압니다. 박사님은 어떻게 생각하십니까?"

스카르봉은 뒷짐을 지고 물러섰다.

"살인자는 이런 얼굴에 대해 강박관념을 갖고 있어요. 이런 얼굴은 그에게 매력의 원천이기도 하고 증오의 근원이기도 하죠. 그는 얼굴을 조각하고 만들면서 동시에 얼굴의 인간적인 특성을 파괴합니다."

시페르는 어깨를 으쓱 치켜 올리며 의구심을 드러냈다.

"직접적인 사망 원인은 뭔가요?"

"이미 말했듯이 내출혈입니다. 생식기에 마구 해를 가할 때 생긴 내

출혈 말입니다. 이 여자는 틀림없이 그 자리에서 피를 많이 흘리고 죽었을 겁니다."

"다른 두 여자는요?"

"첫 피살자에게도 출혈이 있었어요. 하지만 그것 때문에 죽기 전에 심장이 먼저 멎었지요. 두 번째 여자의 경우는 잘 모르겠어요. 그냥 공포에 질려서 죽은 게 아닌가 싶어요. 결국 세 여자 모두 고통을 견디다 못해 죽었다고 볼 수 있죠. 이 여자의 경우에는 디엔에이 검사나 약물 검사가 아직 진행되고 있어요. 하지만 검사가 끝난다 해도 먼젓번보다 나은 결과가 나올 것 같지는 않군요."

스카르봉은 거친 동작으로 시트를 다시 끌어올렸다. 지나치게 서두르는 기색이었다. 시페르가 걸음을 떼어 놓으며 다시 물었다.

"시간에 따라 사건이 어떤 식으로 진행되었는지 추리하실 수 있겠습니까?"

"상세한 시간표를 만들지는 못하겠지만, 이 여자가 사흘 전에, 그러니까 목요일 저녁에 납치되었다고 추정할 수는 있어요. 아마도 퇴근하는 길에 변을 당했을 겁니다."

"왜 그렇게 생각하시죠?"

"공복 상태였거든요. 앞의 두 여자도 마찬가지입니다. 범인은 여자들이 귀가할 때 덮쳤어요."

"지나치게 단정적인 가정은 피하도록 합시다."

법의관은 언짢은 기색으로 숨을 돌렸다.

"그 뒤로 이 여자는 20시간에서 30시간에 걸쳐 고문을 당했습니다."

"그 시간은 어떻게 계산하신 거죠?"

"피해자는 몸부림을 치며 반항했습니다. 피해자를 묶었던 끈이 살갗에 상처를 내고 살 속으로 파고 들어갔어요. 이 때 생긴 상처가 곪았더군요. 이 화농을 바탕으로 시간을 추정할 수 있습니다. 20시간에서 30

시간. 그 정도면 별로 틀린 계산은 아닐 겁니다. 어쨌거나 고문의 강도를 감안할 때 인간이 버틸 수 있는 시간의 한계는 그쯤이에요."

시페르는 거울처럼 반들거리는 파르스름한 바닥을 들여다보면서 걸어갔다.

"범행 장소를 알아내는 데 도움이 될 만한 단서는 없나요?"

"단서가 될 만한 게 있는 듯싶어요."

폴이 나섰다.

"그게 뭔데요?"

스카르봉은 영화 촬영의 시작을 알리는 딱딱이를 치듯이 입술로 딱 하는 소리를 냈다.

"이미 다른 두 시신을 검안할 때 알아차린 것이지만, 이번에는 의심의 여지가 없습니다. 피해자의 혈액에 질소 기포가 들어 있어요."

"그게 무엇을 뜻하는 거죠?"

폴은 수첩을 꺼내 들었다.

"이건 아주 특이한 겁니다. 피해자가 살아 있을 때, 지표에 작용하는 기압보다 훨씬 높은 압력이 몸에 가해졌다는 사실을 의미하는 것일 수 있어요. 예컨대, 바다 속 깊은 곳에서 받는 것과 같은 압력이 작용했을 수 있다는 것이지요."

법의관이 그 점을 언급한 것은 이번이 처음이었다. 그의 설명이 이어졌다.

"나는 스쿠버 다이빙을 해 보지 않았지만, 이건 잘 알려진 현상입니다. 물 속으로 깊이 들어감에 따라 압력이 증가하죠. 그러면 혈액 속에 들어 있는 질소가 용해돼요. 만일 물 속에 깊이 들어갔다가 감압의 단계를 거치지 않고 너무 빨리 수면으로 올라오면, 질소가 갑자기 가스 상태로 돌아가면서 몸 속에 기포가 형성됩니다."

시페르는 자못 흥미가 동하는 기색이었다.

"바로 그런 현상이 피해자에게 일어났다는 건가요?"

"세 피해자 모두에게요. 질소 기포는 그들의 몸 전체로 퍼져 나가서 터졌어요. 그러면서 손상을 일으켰고, 당연히 또 다른 고통을 야기했겠지요. 백 퍼센트 확신하는 건 아니지만, 피해자들은 '잠수 사고'를 당했을 수도 있어요."

그 말을 받아 적으면서 폴이 다시 물었다.

"피해자들이 깊은 물 속에 잠겨 있었을까요?"

"나는 그렇게 말하지 않았어요. 우리 인턴 중에 스쿠버 다이빙을 하는 사람이 있어요. 그의 말에 따르면, 피해자들은 적어도 4천 헥토파스칼의 압력을 받았다고 합니다. 약 40미터 깊이의 물 속에서 받는 압력이죠. 파리에서 그렇게 물이 깊은 곳을 찾아내기는 어렵지 않을까 싶어요. 내가 보기에는 범인이 피해자들을 고압의 잠함(潛函) 속에 가두었던 것 같습니다."

폴은 열심히 받아 적었다.

"그런 것은 어디 가면 볼 수 있을까요?"

"문의를 해 봐야죠. 전문적인 잠수부들이 감압을 위해서 사용하는 잠함이 있어요. 하지만 그런 게 수도권에 있을지 모르겠군요. 아니면 병원에서 사용하는 잠함도 있어요."

"병원에서요?"

"그래요. 혈관계 질환을 앓는 환자들의 산소 결핍증을 치료하기 위해 사용합니다. 당뇨병, 고(高)콜레스테롤 혈중 등으로 고생하는 환자들을 위해서 말입니다. 압력이 높으면 생체 조직에 산소가 더 잘 공급되죠. 파리에는 그런 장비를 갖춘 병원이 너댓 군데 있을 거예요. 하지만 살인자가 병원에 들어가서 그런 장비를 사용했을 것 같지는 않군요. 병원보다는 기업체 쪽에서 알아보는 게 나을 겁니다."

"어떤 산업 분야에서 그런 기술을 사용하죠?"

"전혀 아는 바가 없습니다. 찾아보세요. 그게 두 분의 일이니까요. 다시 한 번 말하지만, 백 퍼센트 확실한 건 아닙니다. 기포가 생긴 원인은 어쩌면 전혀 다른 방식으로 설명될 수도 있을 거예요. 하지만 다른 설명이 필요하다면, 나로서는 더 해 줄 얘기가 없네요."

시페르가 다시 말문을 열었다.

"사체에서 범인의 신체적 특징을 짐작하게 할 만한 것은 전혀 나오지 않았나요?"

"전혀요. 범인은 주검들을 꼼꼼하게 닦았어요. 게다가 그자는 장갑을 끼고 시신을 다룬 게 틀림없어요. 놈은 피해자들과 성관계를 갖지 않아요. 애무도 하지 않고 키스도 하지 않아요. 그건 놈의 취향이 아닙니다. 전혀 아니죠. 오히려 임상의나 로봇 같은 성향을 보입니다. 이 살인자는…… 육욕에서 벗어나 있어요."

"범행이 거듭되면서 놈의 광기가 도를 더해 가는 것으로 보이지는 않나요?"

"아뇨. 고문을 가하는 태도에 변화가 없어요. 일종의 엄정함이 유지되고 있죠. 그자는 악에 사로잡혀 있지만, 절대로 자기 페이스를 잃지 않아요. (법의관은 쓴웃음을 지었다.) 범죄학 교재에 나오는 말마따나 치밀한 살인자죠."

"놈을 흥분시키는 게 무어라고 생각하십니까?"

"고통입니다. 순수한 고통이죠. 놈은 여자들이 죽을 때까지 주의를 기울여 아주 꼼꼼하게 고문을 가합니다. 피해자들의 고통이 놈을 흥분시키고 놈에게 쾌감을 주는 것이죠. 그 모든 것의 밑바닥에는 여자들에 대한 뿌리 깊은 증오가 있어요. 여자들의 몸, 여자들의 얼굴에 대한 증오가 말입니다."

시페르가 폴을 돌아보며 빈정거렸다.

"이거야 원, 오늘은 만나는 사람마다 심리학 타령이군."

스카르봉은 낯을 붉혔다.

"법의학은 언제나 심리학과 통합니다. 폭력이란 인간의 병든 마음이 손을 통해 빠져나가는 것에 지나지 않죠……."

시페르는 미소 띤 얼굴로 고개를 주억거렸다. 그러더니 비어 있는 대리석 판 위에 법의관이 올려놓았던 서류를 집어 들며 말했다.

"고맙습니다, 박사님."

그는 세 개의 채광창 아래로 난 문 쪽으로 갔다. 그가 문을 열자, 강렬한 햇살이 방 안으로 쏟아져 들어왔다. 파란 물감 위로 우유가 철철 흐르는 듯했다.

폴은 다른 한 부의 사체 검안서를 집어들었다.

"이거 가져가도 됩니까?"

법의관은 묵묵히 그를 빤히 쳐다보다가 말했다.

"시페르가 이러고 있는 거, 당신 윗사람들이 알고 있어요?"

폴은 히죽이 웃었다.

"걱정 마세요. 모든 게 통제되고 있으니까요."

"당신 때문에 걱정하는 겁니다. 저 자는 괴물이에요."

폴은 전율이 스치는 것을 느꼈다. 법의관이 내뱉었다.

"저 자는 가질 헤메트를 죽였어요."

그 이름이 폴의 기억을 일깨웠다. 2000년 10월, 터키인 용의자 고속열차에 깔려 사망, 고의적인 살인 혐의로 시페르 입건. 2001년 4월, 불가사의한 기소 유예 결정.

폴은 냉랭한 목소리를 반박했다.

"시신은 으스러져 있었습니다. 부검이 이루어졌지만 아무것도 증명되지 않았죠……."

"전문가 감정을 했던 사람이 바로 나예요. 사체의 얼굴에 참혹한 상처가 있었어요. 한쪽 눈이 뽑혀 나갔고, 관자놀이에는 드릴 구멍이 나 있었어요.

법의관은 시트에 덮인 시신을 가리키며 덧붙였다.

"이 사체 못지않았다고요."

폴은 다리가 후들거리는 것을 느꼈다. 자기와 함께 일하게 된 사람에게 그런 혐의가 씌어지는 것을 받아들일 수가 없었다.

"검안서는 그저 손상만을 언급하고 있었고……."

"그들이 나의 다른 견해들을 빼 버린 겁니다. 저 자는 그들의 비호를 받고 있어요."

"그들이라는 게 누구죠?"

"그들은 두려워하고 있어요. 그들 모두가 두려워하고 있는 겁니다."

폴은 바깥의 하얀 빛 속으로 뒷걸음질을 쳤다. 클로드 스카르봉은 라텍스 장갑을 벗으면서 한숨을 내쉬었다.

"당신은 악마와 팀을 이룬 겁니다."

13

"그들은 그것을 이스켈레라고 부르지."

"뭘 말인가요?"

"번역하자면 '부두'나 '플랫폼' 정도 될 거야."

"무슨 얘기예요?"

폴은 시페르의 뒤를 따라 자동차에 돌아왔지만 아직 시동을 걸지 않고 있었다. 그들은 여전히 베살 병동 안마당에 있었다. 가느다란 원주들의 그림자가 드리워진 곳이었다. 시페르가 계속 말했다.

"터키인들의 유럽 내 불법 이주를 관리하는 주된 마피아 조직일세. 불법 이주자들에게 일자리나 주거를 찾아주는 일도 맡고 있어. 대개 공장마다 같은 지역에서 온 자들이 모이도록 안배를 하지. 파리에는 터키 오지 마을 하나가 통째로 옮겨와 있는 공장들도 더러 있어."

시페르는 말을 멈추고 글러브 박스 뚜껑을 손가락으로 두드리다가 말을 이었다.

"불법 이주자들이 내는 비용은 다양해. 돈이 좀 있는 자들은 비행기 여행을 즐기고 세관의 복잡한 절차를 마다하지 않네. 그들은 위조된 노동 허가증과 가짜 여권을 가지고 프랑스에 들어오지. 반면에 가난한 사람들은 그리스를 거쳐 화물선을 타고 오거나 불가리아를 경유하여 트럭을 타고 오는 고역을 치르지. 어느 경우에나 최소한 20만 프랑을 내야 하네. 대개는 한 마을의 집안사람들이 갹출을 해서 총액의 3분의 1 가량을 모으고, 나머지는 불법 이주자가 노동을 해서 10년에 걸쳐 갚아 나간다네."

폴은 시페르를 살피고 있었다. 햇살이 비쳐드는 유리창을 배경으로 그의 옆얼굴이 아주 뚜렷하게 드러났다. 불법 이주 알선 조직망에 관한 이야기는 숱하게 들었지만, 그토록 구체적인 설명을 듣기는 처음이었다.

은빛 머리의 퇴역 형사가 이야기를 계속했다.

"그자들이 얼마나 잘 조직되어 있는지 자넨 모를 거야. 그들은 불법 체류자들에 관한 모든 사항이 기재되어 있는 장부를 가지고 있어. 각 불법 체류자의 성명, 출신지, 근무 공장, 부채 상황 등이 정리되어 있는 장부 말일세. 그들은 터키에 있는 동업자들과 이메일로 연락을 주고받아. 만일 이쪽의 불법 체류자가 문제를 일으키면, 터키 쪽의 패거리가 가족들에게 압력을 넣지. 그자들은 파리에서 모든 것을 장악하고 있어. 우편환을 발송하거나 할인요금으로 국제전화를 걸 때도 그들의 손을 빌려야 해. 우체국이나 은행이나 대사관에 가는 일도 그들이 대신해 주지. 불법 체류자가 장난감을 본국의 자식에게 보내고 싶으면, 그는 이스켈레에 부탁해. 불법 체류자가 산부인과 의사를 찾으면, 이스켈레가 그의 프랑스 불법 체류를 별로 상관하지 않는 의사의 이름을 가르쳐 주지. 불법 체류자와 공장 사이에 어떤 문제가 생길 때는 어떻게 할까? 그 때 역시 이스켈레가 나서서 분쟁을 해결해. 터키 타운에서 벌어지는 일은 모두 그들이 알고 있고 그들의 불법 체류자 장부에 기록돼."

폴은 마침내 시페르가 무슨 얘기를 하려는지 알아차렸다.

"그들이 이 살인 사건에 대해서 알고 있을 거라고 생각하시는 건가요?"

"그 여자들이 정말 불법 체류 노동자였다면 고용주들은 먼저 이스켈레 쪽에 도움을 요청했을 거야. 첫째, 무슨 사단인지 알아보기 위해서. 둘째, 죽은 여자들을 다른 여자들로 대체하기 위해서. 공장주들에게는 자기들이 사 온 여자들이 죽는다는 건 돈을 잃어버린다는 것을 뜻하지."

폴의 의식 속에서 하나의 희망이 틀을 잡아가고 있었다.

"그럼…… 죽은 노동자들의 신원을 확인할 수 있는 길이 있다는 건가요?"

"그들이 가지고 있는 각각의 서류에는 불법 체류자의 사진이 붙어 있네. 불법 체류자의 파리 주소며 고용주의 이름과 연락처도 나와 있지."

폴은 면박 당할 것을 각오하고 다른 질문을 던졌다. 무슨 대답이 나올지 이미 짐작하고 있는 질문이었다.

"그자들을 아세요?"

"파리에 있는 이스켈레의 우두머리는 마레크 제시우즈야. 모두가 그를 마리우스라고 부르지. 그는 스트라스부르 대로에 콘서트홀을 가지고 있어. 나는 그의 아들 하나를 갓난아기 때부터 알고 있네."

그는 폴에게 윙크를 했다.

"시동 안 걸 거야?"

폴은 잠시 시페르를 한 번 더 살피며 생각했다. '당신은 악마와 팀을 이룬 겁니다.' 어쩌면 스카르봉의 말이 맞을지도 모른다. 하지만 내가 어떤 사냥감을 좇고 있는지를 감안할 때, 이보다 나은 파트너를 바랄 수 있을까?

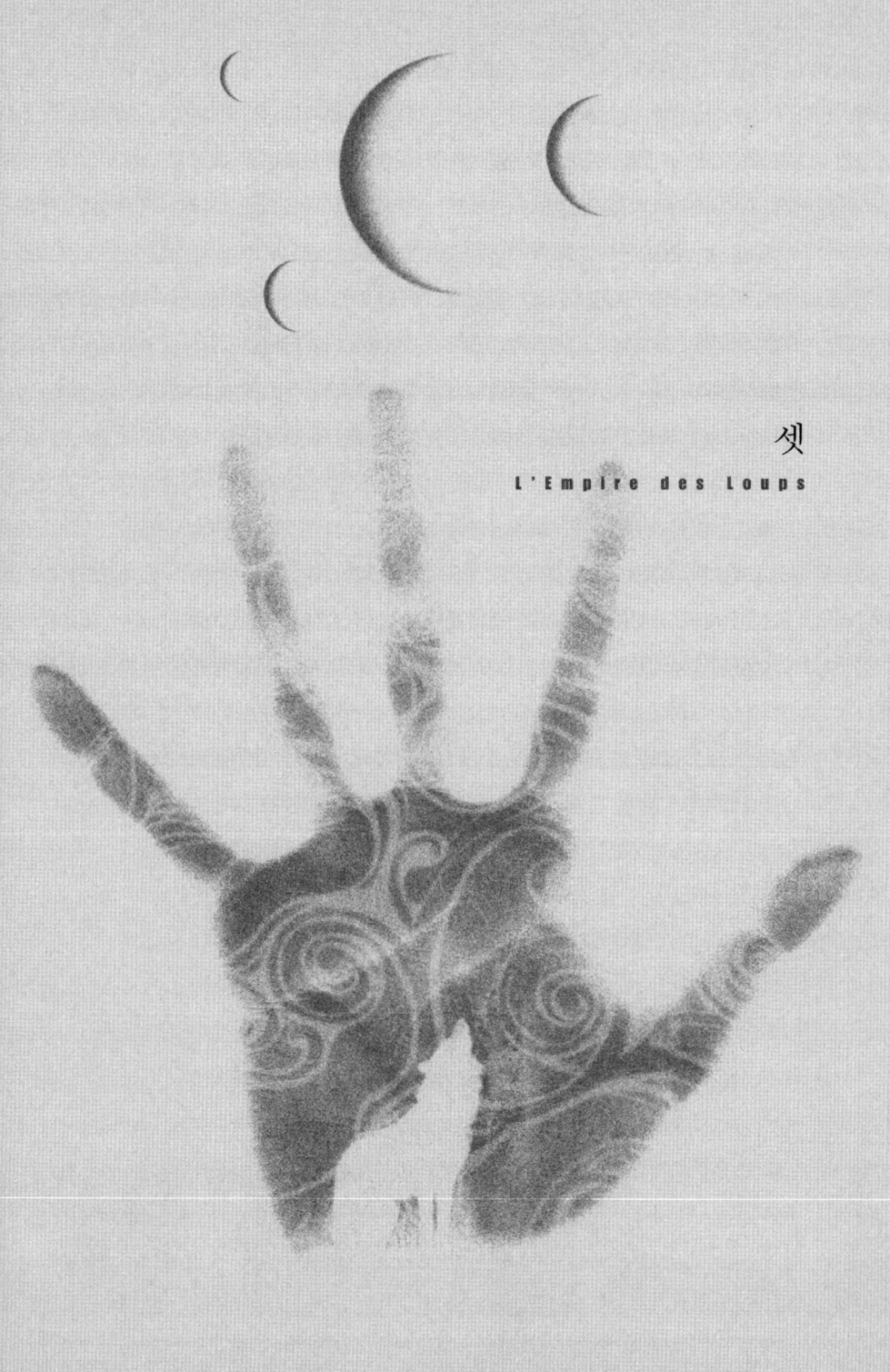

셋
L'Empire des Loups

14

 월요일 아침, 안나 에메스는 아무도 모르게 집을 나서 택시를 타고 센 강 좌안 쪽으로 갔다. 그녀는 오데옹 교차로 주위에 의학 서적을 파는 서점이 여럿 모여 있다는 것을 기억하고 있었다.
 안나는 그곳의 한 서점으로 들어가, 정신의학과 신경외과학 책들을 뒤져 뇌의 생체검사에 관한 정보를 찾았다. 아케르만이 내뱉은 '정위 방식의 생체검사' 라는 말이 아직도 머릿속에서 울리고 있었다. 그 검사와 관련된 사진들과 상세한 설명을 찾아내는 데에는 전혀 어려움이 없었다.
 안나는 환자들의 머리를 보았다. 빡빡 깎은 머리가 네모난 틀에 끼여 있었다. 관자놀이에 대고 나사로 고정시킨 일종의 금속 입방체인 이 틀 위에는 말 그대로 구멍 뚫는 기계가 올려져 있었다.
 안나는 수술 과정을 단계별로 보여주는 사진들을 차례차례 살펴보았다. 뼈에 구멍을 뚫는 드릴. 그 구멍 속으로 들어가 경뇌막, 즉 뇌를 싸고 있는 막을 통과하는 메스. 속이 비어 있는 선단부로 대뇌의 피질과 수질 속을 파고드는 탐침……. 의사가 탐침을 빼내는 장면을 찍은 사진에서는 뇌의 불그스름한 빛깔까지 식별할 수 있었다.

다른 건 몰라도 이 검사는 안 돼.

안나는 그렇게 마음을 굳혔다. 다른 진단을 찾지 않으면 안 되는 상황이었다. 다른 해결책, 다른 치료법을 권해줄 제2의 전문의를 한시라도 빨리 찾아내어 진찰을 받아야 했다.

안나는 생제르맹 대로의 한 레스토랑으로 달려 들어갔다. 그러고는 댓바람에 지하의 공중전화부스로 들어가 전화번호부를 뒤졌다. 부재중이거나 환자가 너무 많은 의사들을 상대로 여러 차례 헛된 시도를 한 끝에, 마침내 마틸드 빌크로라는 정신과 의사 겸 정신분석가와 통화가 되었다. 이 여의사는 비교적 한가한 모양이었다.

여자의 목소리는 저음이었지만 어조는 거의 장난기가 느껴질 만큼 가벼웠다. 안나의 자신의 '기억장애'를 간단하게 언급하고 사정이 급하다는 점을 강조했다. 여의사는 즉시 그녀를 만나 주겠다고 했다. 병원은 팡테옹 근처에 있었다. 오데옹에서는 5분이면 갈 수 있는 곳이었다.

대기실은 정교한 세공이 들어간 반들거리는 고가구들로 장식되어 있었다. 베르사유 성에서 곧장 옮겨 놓은 듯한 고가구들이었다. 안나는 그 작은 방에서 홀로 기다리며, 벽을 장식하고 있는 액자 속의 사진들을 살펴보았다. 극한적인 상황에서 이루어지는 스포츠 활동을 담은 사진들이었다.

한 사진에서는 패러글라이더에 매달린 사람이 산비탈 위로 날고 있었다. 그 다음 사진에서는 두건을 쓴 산악인이 빙벽을 오르고 있었다. 또 다른 사진에서는 스키복을 입고 복면을 쓴 사격수가 망원경 달린 소총으로 눈에 보이지 않는 표적을 겨누고 있었다.

"내 사진입니다. 갱년기의 쾌거죠."

안나는 소리가 난 쪽으로 돌아섰다.

마틸드 빌크로는 키가 크고 어깨가 넓고 미소가 환하게 빛나는 여자였다. 그녀의 팔은 무례하다 싶을 만큼 당돌하게 투피스에서 돌출한 느낌을 주었다. 다리는 아주 늘씬하면서도 힘찬 곡선을 그리고 있었다. '마흔 살에서 쉰 살 사이.' 안나는 처진 눈꺼풀과 눈가의 주름을 보면서 그렇게 어림했다. 하지만 나이라는 관점에서는 이 건장한 여자의 진면목을 파악할 수 없을 듯했다. 그보다는 에너지라는 관점이 필요했다. 이 여자에게 중요한 것은 세월이 아니라 킬로줄(kj)이었다.

여의사가 비켜서며 말했다.

"이쪽으로 오시죠."

사무실은 대기실과 잘 어울렸다. 목재와 대리석과 금박이 어우러진 방이었다. 안나는 여의사의 참모습은 그 값비싼 장식이 아니라 스포츠 사진 속에 있으리라 지레짐작했다.

두 사람은 불꽃 빛깔의 책상을 사이에 두고 마주앉았다. 의사는 만년필을 집어 들고 바둑판 모양으로 줄이 그어진 메모지에 관례적인 정보들을 적기 시작했다. 이름, 나이, 주소……. 안나는 신분을 속이고 싶은 유혹을 느꼈지만, 솔직하게 나가자고 마음을 다잡았다.

안나는 질문에 대답하면서 계속 여의사를 살폈다. 똑똑하고 도도하고 미국 여자 같은 태도가 자못 인상적이었다. 그녀는 구불거리는 검은 머리를 어깨 위로 늘어뜨리고 있었다. 이목구비는 시원시원하고 반듯했다. 아주 빨갛고 육감적인 입술 주위가 밝게 피어나는 느낌을 주며 눈길을 끌었다. 안나는 당분과 에너지로 가득 찬 과일 파이를 떠올렸다. 여의사에게서 자연스럽게 발산되는 어떤 기운이 안나에게 신뢰감을 불어넣고 있었다. 여의사가 쾌활한 어조로 물었다.

"자아, 문제가 뭐죠?"

안나는 간결하게 말하려고 애썼다.

"기억장애를 앓고 있어요."

"어떤 종류의 장애죠?"

"친숙한 얼굴들을 알아보지 못하는 경우가 있어요."

"친숙한 얼굴들을 다 못 알아봐요?"

"특히 남편의 얼굴을요."

"더 정확하게 얘기해 보세요. 이젠 남편의 얼굴을 전혀 알아보지 못한다는 건가요?"

"아뇨. 잠깐잠깐 기억을 못하는 거예요. 그 순간에는 그의 얼굴을 보면서 아무것도 떠올릴 수가 없어요. 전혀 모르는 사람을 마주하고 있는 것처럼요. 그러다가 기억이 다시 살아나요. 아직까지는 머릿속이 캄캄해지는 그 순간이 잠깐 지속되었을 뿐이에요. 하지만 갈수록 시간이 길어지고 있는 듯해요."

마틸드는 만년필—옻칠을 한 것처럼 광택이 나는 검은색 몽블랑—의 끄트머리로 메모지 철의 펼쳐 놓은 면을 두드리고 있었다.

안나는 그녀가 구두를 슬그머니 벗고 있음을 알아차렸다.

"그게 다예요?"

안나는 머뭇거렸다.

"때로는 그와 반대되는 일도 일어나요……."

"반대되는 일이라뇨?"

"낯선 얼굴을 대하고도 제가 아는 얼굴이라고 생각하는 거죠."

"예를 들어보세요."

"마주 대하면 특히 그런 느낌을 갖게 하는 사람이 하나 있어요. 저는 약 한 달 전부터 포부르 생토노레 거리에 있는 '초콜릿의 집'에서 일하고 있어요. 한 손님이 저희 가게를 규칙적으로 찾아와요. 마흔 살쯤 된 남자예요. 그가 가게에 들어올 때마다 저는 낯이 익은 느낌을 받아요. 하지만 그와 관련된 기억이 분명하게 떠오르지 않아요."

"그러면 그 사람은요? 그는 뭐라고 해요?"

"아무 말도 안 해요. 그 사람은 저를 가게가 아닌 다른 곳에서는 본 적이 없는 게 분명해요."

의사는 책상 밑에서 검은 스타킹 끄트머리의 발가락들을 꼼지락거렸다. 그녀의 태도에는 발랄하고 장난꾸러기 같은 구석이 있었다.

"요컨대, 알아보아야 할 사람들은 못 알아보고 모르는 사람을 아는 사람으로 여긴다 이건가요?"

의사는 단어의 마지막 음절들을 독특하게, 그야말로 첼로의 비브라토처럼 늘이고 있었다.

"말하자면 그래요, 맞아요."

"안경을 끼어 볼 생각은 안 하셨어요?"

안나는 갑자기 분노에 사로잡혔다. 아주 뜨거운 기운이 얼굴로 치밀어 오르는 것이 느껴졌다. 어떻게 내 병을 조롱할 수 있단 말인가? 안나는 가방을 집어 들며 자리에서 일어섰다. 마틸드 빌크로는 재빨리 그녀를 붙들었다.

"미안해요. 농담을 한다는 게 바보 같은 소리를 하고 말았네요. 가지 마세요."

안나는 움직이지 않았다. 빨간 미소가 햇무리처럼 의사의 얼굴 위로 보기 좋게 퍼져나갔다. 안나의 반감은 이내 스러졌다. 그녀는 팔걸이의자에 도로 주저앉았다.

의사도 다시 자리에 앉아 말을 이었다.

"계속할까요? 다른 사람들의 얼굴을 마주 대할 때도 이따금 불편함을 느끼나요? 이를테면 거리나 공공장소에서 사람들과 마주칠 때 말이에요."

"네. 하지만 느낌이 달라요. 저는 뭐랄까…… 일종의 환각을 겪고 있어요. 버스 안에서건 저녁 식사 자리에서건 아무데서나 환각이 찾아와요. 사람들의 얼굴이 흐릿해지고 뒤섞이면서 끔찍한 가면으로 변해요. 이젠 겁이 나서 사람들의 얼굴을 볼 수가 없어요. 이러다가는 집 밖으로 나가지도 못하겠어요…….”

"몇 살이세요?"

"서른한 살이요."

"그런 장애에 시달리신지 얼마나 됐어요?"

"한 달 반쯤이요."

"그런 증상이 나타날 때 신체적으로 불편함을 느끼시나요?"

"아뇨…… 아니, 그래요. 불안과 공포에 사로잡혔을 때와 같은 증상이 나타나죠. 몸이 무거워지고 팔다리가 뻣뻣해져요. 때로는 숨이 가쁘기도 해요. 최근엔 코피도 흘렸어요."

"건강 상태는 대체로 좋은 편인가요?"

"아주 좋아요. 아무 문제가 없어요."

의사는 잠시 뜸을 들이다가 메모지에 무언가를 적었다.

"다른 기억장애 증상은 없나요? 예를 들어 과거에 겪은 일과 관련된 장애 말이에요."

안나는 '활짝 터놓자'고 생각하며 대답했다.

"있어요. 제 기억 중의 일부가 일관성을 잃어가고 있어요. 기억들이 멀어지고 지워져 가는 것처럼 느껴져요."

"어떤 기억들이요? 남편과 관련된 기억들 말인가요?"

안나는 나무 등받이에 등을 대고 상체를 꼿꼿하게 세웠다.

"왜 그렇게 물으시죠?"

"특히 남편의 얼굴이 그런 증상을 일으키는 게 분명하니까요. 남편과 함께 한 과거 역시 문제를 일으킬 수 있지요."

안나는 안도의 한숨을 내쉬었다. 이 여의사는 그녀의 병이 감정이나 무의식에 영향을 받은 것처럼 질문을 하고 있었다. 마치 안나 스스로 자신의 기억을 특정한 방향으로 밀어내고 억압하고 있기라도 한 것처럼. 이런 해석은 아케르만의 진단과는 완전히 달랐다. 그녀가 원했던 게 바로 이것이 아니었던가?

"맞아요. 로랑과 함께 한 지난날의 기억들이 부서지고 사라져 가고 있어요."

안나는 말을 멈추었다가 한결 힘찬 어조로 말끝을 달았다.

"그런데 어찌 보면 그건 당연해요."

"왜죠?"

"로랑은 제 삶과 제 기억의 중심에 있어요. 그는 제 추억들의 대부분을 차지해요. '초콜릿의 집'에 나가기 전에 저는 가정주부였어요. 부부생활이 저의 유일한 관심사였지요."

"일을 하신 적은 없나요?"

안나는 신랄한 어조로 스스로를 비웃었다.

"법과대학을 졸업했지만 변호사 사무실에 발을 들여놓은 적도 없어요. 아이도 낳지 않았어요. 말하자면 로랑이 저의 '전부'이고 저의 지평이고……."

"결혼하신 지는 얼마나 됐죠?"

"8년이요."

"두 분의 성관계는 정상적인가요?"

"정상적이라는 게 어떤 거죠?"

"시들하고 따분하냐는 거죠."

안나는 말귀를 알아듣지 못했다. 의사는 함박웃음을 지었다.

"농담이에요. 내 말은 그저 성관계를 규칙적으로 갖느냐는 거예요."

"그쪽으로는 아무 문제가 없어요. 오히려, 저는…… 로랑에 대해서 아주 강한 욕구를 느끼고 있어요. 그 욕구가 점점 강해지고 있기까지 한 걸요. 참 이상해요."

"이상할 것까지야 있나요?"

"무슨 뜻이죠?"

의사는 침묵으로 대답을 대신했다.

"남편의 직업은 뭐죠?"

"경찰관이에요."

"네?"

"고급공무원이에요. 내무부 정책연구·종합평가 센터를 이끌고 있죠. 프랑스의 범죄 문제와 관련된 수많은 보고서와 통계를 다루죠. 그가 정확히 어떤 일을 하는지는 지금도 잘 모르지만, 중요한 일처럼 보이기는 해요. 장관하고도 아주 가까운 모양이에요."

마틸드는 아주 당연하다는 투로 다음 질문으로 넘어갔다.

"왜 아이가 없죠? 그런 쪽에 무슨 문제라도 있나요?"

"신체적인 문제는 없어요."

"그럼, 뭐가 문제죠?"

안나는 머뭇거렸다. 토요일 밤의 일이 다시 떠올랐다. 악몽, 로랑이 알려준 뜻밖의 사실, 얼굴에 묻었던 피…….

"정확히는 모르겠어요. 이틀 전에 남편에게 그걸 물어봤어요. 남편은 내가 아이를 원하지 않았다고 대답하더군요. 아이를 요구하지 말라고 남편에게 맹세까지 시킨 모양이에요. 하지만 저는 기억이 안 나요. (그녀의 목소리가 갑자기 높아졌다.) 어떻게 그런 걸 잊어버릴 수가 있죠? (그녀는 또박또박 되뇌었다.) 저는 기-억-을 못-해요."

의사는 몇 줄 적고 나서 다시 물었다.

"어린 시절의 추억은 어때요? 역시 희미해지고 있나요?"

"아뇨. 멀게 느껴지기는 하지만 분명히 남아 있어요."

"부모님에 관한 기억도요?"

"아뇨. 아주 어려서 가족을 잃었어요. 교통사고 때문이었지요. 저는 보르도 근처의 기숙학교에서 자랐어요. 삼촌 한 분이 제 후견이었죠. 이제는 그분을 만나지 않아요. 전에도 자주 만나지는 않았지만 말이에요."

"그럼 무얼 기억하고 있죠?"

"풍경이요. 랑드[14] 지방의 드넓은 백사장, 솔숲. 그런 것들은 제 마음에 온전히 남아 있어요. 요즘엔 더 뚜렷하게 떠오르기까지 해요. 그 풍경들이 현실보다 더 현실적인 것처럼 느껴져요."

마틸드는 계속 무언가를 적고 있었다. 안나는 그녀가 사실은 상형문자 같은 낙서를 끼적이고 있음을 눈치챘다. 의사는 메모지에 눈길을 붙박은 채 다시 질문을 던졌다.

"잠은 잘 주무시나요? 불면증이 있나요?"

"아뇨. 오히려 내내 잠만 자는걸요."

"무엇을 기억해 내려고 애쓰면 졸음이 오나요?"

"네. 혼곤하고 무기력한 기분을 느껴요."

"꿈 얘기 좀 해보세요."

"병이 시작되던 무렵부터 줄곧 꿈을 꾸는데…… 그게 이상해요."

"어디 들어볼까요?"

안나는 밤마다 찾아드는 꿈을 묘사했다. 기차역과 시골사람들. 검은 외투를 입은 남자. 네 개의 초승달이 찍힌 깃발. 아이들의 울음소리. 그 뒤에 몰아치는 악몽의 돌풍. 비어 있는 흉곽, 너덜너덜해진 얼굴…….

의사는 경탄이 섞인 휘파람 소리를 냈다. 안나는 친근한 사람처럼 구는 그 태도를 좋게 생각해야 할지 말아야 할지 확신이 서지 않았다. 하지만 그녀는 여의사에게서 위안을 받고 있었다.

---

[14] 프랑스 남서부, 보르도 지방과 아두르 강 사이에 있는 대서양 연안 지역.

그 때 마틸드가 느닷없이 그녀를 아연케 했다.

"다른 의사에게서 진찰을 받았지요, 안 그래요? (안나는 몸을 바르르 떨었다.) 신경과 의사를 만났죠?"

"저…… 왜 그렇게 생각하세요?"

"안나 씨 증상은 임상적이에요. 이런 장애, 이런 이상은 신경퇴행성 질병을 의심케 하죠. 그런 경우에 환자들은 먼저 신경과 의사를 찾아가죠. 병이 난 자리를 분명히 알려주고 약으로 치료해 주는 의사를 말이에요."

안나는 순순히 털어놓았다.

"아케르만이라는 의사예요. 남편의 어린 시절 친구죠."

"에릭 아케르만이요?"

"그를 아세요?"

"대학을 같이 다녔어요."

안나는 불안한 마음으로 물었다.

"그에 대해서 어떻게 생각하세요?"

"아주 똑똑한 남자죠. 그의 진단은 뭐였어요?"

"주로 이러저러한 검사를 받게 했어요. 스캐너, 엑스선 촬영, 엠알아이 등등."

"페트 스캐너를 사용하던가요?"

"네. 지난 토요일에 그걸 사용해서 테스트를 했어요. 군인들로 가득 찬 병원에서요."

"발 드 그라스 군병원에서요?"

"아뇨, 파리에 있는 병원이 아니라 오르세에 있는 앙리 베크렐 의료원이에요."

마틸드는 메모지 한 구석에 그 이름을 적어 두었다.

"결과는 어떻게 나왔어요?"

"분명한 게 전혀 없어요. 아케르만의 말에 따르면, 대뇌에 손상이 생겨서 이런 병을 앓는 거라더군요. 손상이 있는 자리가 우반구의 관자엽 앞부분이라던가……."

"얼굴을 인지하는 영역 말이군요."

"맞아요. 그는 미세한 괴저(壞疽)가 생긴 것으로 추측하고 있어요. 하지만 기계로는 그 자리를 찾아내지 못했어요."

"그 손상의 원인이 뭐라고 하던가요?"

안나는 그렇게 털어놓고 나니 마음이 한결 가볍게 느껴졌다.

"바로 그것을 모르겠대요. 그는 다른 검사를 실시하고 싶어 해요. (그녀의 목소리가 갈라졌다.) 제 뇌의 그 부분을 분석하기 위해 생체검사를 하겠다는 거예요. 그는 저의 신경세포를 검사하고 싶어 하는데, 저는 왠지 모르게…… (안나는 숨을 돌렸다.) 그 사람 말로는, 그 검사를 해야만 치료 방법을 알아낼 수 있대요."

여의사는 만년필을 내려놓고 팔짱을 끼었다. 안나를 바라보는 그녀의 눈빛에 비로소 장난기가 사라진 듯했다.

"안나 씨의 다른 장애에 대해서도 그에게 말했나요? 추억이 희미해져 가고 있다든가 얼굴들이 뒤섞여 보인다든가 하는 거요."

"아뇨."

"왜 그 사람을 경계하죠?"

안나는 대답하지 않았다. 마틸드가 다시 물었다.

"왜 나에게 진찰을 받으러 왔죠? 나에게는 왜 모든 걸 털어놓는 거죠?"

안나는 보일 듯 말 듯한 손짓을 하더니, 눈길을 떨구며 말했다.

"생체검사를 받고 싶지 않아요. 그들이 저의 뇌 속으로 들어오고 싶어 해요."

"그들이 누구죠?"

"남편과 아케르만이요. 저는 선생님에게 다른 의견이 있을 거라는 희망을 품고 여기에 왔어요. 그들이 제 머리에 구멍을 내려고 해요. 저는 그것을 원치 않아요!"

"진정하세요."

안나는 다시 눈을 들었다. 금방이라도 울음이 터질 듯한 기색이었다.

"저…… 담배 피워도 될까요?"

의사는 고개를 끄덕였다. 안나는 즉시 담배에 불을 붙였다. 연기가 한 차례 뿜어져 나왔다가 흩어졌다. 의사의 입술에는 미소가 돌아와 있었다.

난데없이 어린 시절의 추억 하나가 안나의 뇌리를 스쳤다. 학교에서 들판으로 소풍을 간 적이 있었다. 안나는 개양귀비꽃을 한 아름 안고 기숙사로 돌아왔다. 그 때 사람들이 말하기를, 개양귀비꽃의 붉은 빛깔이 오래 가게 하려면 꽃대를 태워야 한다고 했다…….

마틸드 빌크로의 미소는 꽃잎 빛깔의 선명함과 불 사이의 그 신비로운 관계를 안나에게 다시 일깨우고 있었다. '이 여자의 내부에서 무엇이 불탔기에 입술이 이렇게도 붉은 것일까?

의사는 잠시 쉬었다가 차분한 어조로 다시 말문을 열었다.

"기억상실은 신체적인 손상 때문에 생길 수도 있고 심리적인 충격 때문에 생길 수도 있어요. 아케르만에게서 그런 설명을 들으셨죠?"

안나는 담배연기를 급히 내뿜었다.

"말하자면…… 제 장애의 원인이 심리적인 트라우마일 수도 있다는 건가요?"

"그럴 수 있어요. 어떤 강렬한 감정이 기억의 억압을 야기했을 수도 있죠."

안도의 파동이 그녀의 온몸으로 밀려왔다. 자신의 병을 순전히 심리적으로 설명하는 진단을 얻기 위해 정신분석가를 겸하는 정신과 의사를 선택한 보람이 있었다. 그녀는 흥분을 가라앉히려고 애썼다.

담배 한 모금을 다시 빨고 나서 그녀가 말했다.

"하지만 어떤 심리적 충격 때문이라면 그 충격이 기억나야 하는 거 아닌가요?"

"꼭 그런 것은 아니에요. 대개 기억상실증에 걸리면 그것의 원인이 된 사건도 함께 기억에서 지워지죠."

"그럼 그 트라우마가 얼굴과 관련되어 있는 것일까요?"

"아마도 그럴 겁니다. 얼굴과 관련이 있고 안나 씨 남편하고도 관련이 있을 거예요."

안나는 펄쩍 놀랐다.

"그게 무슨 말씀이세요? 내 남편과 관련이 있다니요?"

"안나 씨가 이야기한 증상들을 가지고 판단해 보면, 얼굴과 남편이라는 두 요소가 장애의 핵심에 있어요."

"로랑이 제가 겪은 정신적 충격의 장본인일 수도 있다는 건가요?"

"그렇게는 말하지 않았어요. 하지만 제가 보기에는 모든 것이 서로 연결되어 있어요. 안나 씨가 받은 충격이 남편과 연관된 기억을 잊게 하는 쪽으로 작용했어요. 그런 충격이 정말 있었다면 말이에요. 현재로서 말할 수 있는 건 그뿐이에요."

안나는 말없이 담배의 불타는 끄트머리를 바라보고 있었다. 마틸드가 다시 말문을 열었다.

"시간을 벌 수 있겠어요?"

"시간을 벌다니요?"

"생체검사를 받기 전에 말이에요."

"선생님이…… 선생님께서 저를 맡아 주시겠다는 건가요?"

마틸드는 만년필을 집어 들고 끄트머리를 안나 쪽으로 내밀었다.

"그 검사를 늦춰서 시간을 벌 수 있어요, 없어요?"

"벌 수 있을 거라고 생각해요. 몇 주일 정도는요. 하지만…… 만일 내

장애가…….”
 "말을 통해서 안나 씨의 기억 속으로 들어가는 것에 동의하세요?"
 "네."
 "여기에 집중적으로 오는 것에 동의하세요?"
 "네."
 "암시요법, 예컨대 최면 같은 요법을 시도하는 것에 동의하시나요?"
 "네."
 "진정제를 주사하는 것에도요?"
 "네, 네, 네."
 마틸드는 만년필을 내려놓았다. 몽블랑 뚜껑 윗부분에 새겨진 하얀 별이 반짝였다.
 "이제부터 안나 씨의 기억을 해독해 봅시다. 날 믿으세요."

15

 마음속에 무지개가 떴다. 자신이 이토록 행복하다고 느끼는 것은 참 오랜만이었다. 자신의 증상이 신체적인 손상 때문이 아니라 심리적인 충격 때문에 나타나는 것이라는 가정만으로도 그녀는 희망을 되찾고 있었다. 비록 한낱 가정일지라도, 이것 덕분에 그녀는 자신의 뇌가 손상된 것도 아니고 신경세포들 사이로 퍼져가는 어떤 괴저에 갉아 먹히지도 않았다는 생각을 가질 수 있게 되었다.

돌아오는 택시 안에서, 그녀는 다른 의사를 만나보길 잘했다고 다시금 스스로를 대견하게 여겼다. 그녀는 손상이며 기계며 생체검사 따위에 등을 돌리고 있었다. 그 대신 마틸드 빌크로의 이해심과 말과 그윽한 목소리를 향해 두 팔을 벌리고 있었다……. 그 목소리의 묘한 음색이 벌써부터 그리웠다.

그녀는 오후 1시쯤에 포부르 생토노레 거리에 다다랐다. 거리의 모든 것이 다른 때보다 한결 활기차고 뚜렷해 보였다. 그녀는 자기 동네의 요모조모를 낱낱이 음미했다. 다른 곳에서 찾아보기 어려운 특별한 것들이 그야말로 작은 섬들로 이루어진 열도처럼 거리를 따라 늘어서 있었다.

포부르 생토노레 거리와 오슈 대로가 만나는 곳을 지배하는 것은 음악이었다. 플레엘 홀에서는 무용수들이 춤을 추고 있었고 바로 맞은편 피아노 가게에서는 검은 피아노들이 래커의 광택으로 그 춤에 화답했다. 그런가 하면 네바 거리와 다뤼 거리 사이에는 러시아 분위기가 두드러졌다. 모스크바식 레스토랑들과 러시아 정교회가 있기 때문이었다. 마침내 그녀가 도달한 곳은 '마리아주 프레르'의 차와 '초콜릿의 집'의 과자들이 어우러진 단것들의 세계였다. 두 가게의 갈색 마호가니로 된 정면과 반들거리는 유리가 맛의 박물관에 있는 진열창처럼 보였다.

안나는 선반 청소에 몰두해 있는 클로틸드를 보았다. 그녀는 세라믹 꽃병이며 나무 수반(水盤)이며 사기 접시 등을 열심히 닦고 있었다. 그 장식품들은 초콜릿과 마찬가지로 흑갈색이나 금갈색의 미묘한 농담을 보이고 있었다. 그것들이 어우러져 빚어내는 편안하고 행복한 느낌. 그릇 부딪는 소리와 따끈따끈한 음료의 향기가 감도는 안락한 삶…….

클로틸드는 등받이 없는 의자에 올라선 채로 몸을 돌렸다.

"자기 왔구나! 나 한 시간쯤 나갔다 와도 되지? 슈퍼마켓에 들러야 하거든."

그건 공평한 부탁이었다. 안나는 오전 내내 자리를 비웠던 터라 점심시간 내내 기꺼이 보초를 설 수 있었다. 두 사람은 말없이, 그러나 미소를 지으며 교대를 했다. 안나는 걸레를 집어들고 즉시 일을 이어받았다. 그녀는 좋은 기분을 되찾은 데서 온 활력을 다 쏟아 닦고 문지르고 광택을 냈다.

그러다가 갑자기 활력이 뚝 떨어지면서 그녀의 가슴속에 검은 구멍이 뚫렸다. 그녀는 자신의 기쁨이 얼마나 거짓된 것인지를 이내 깨달았다. 오전에 받은 진찰에 무어 그리 긍정적인 점이 있단 말인가? 신체적인 손상이든 심리적인 충격이든 나의 상태, 나의 불안에 무슨 변화가 있겠는가? 마틸드 빌크로가 내 병을 치료하기 위해 더 무엇을 할 수 있을까? 그녀의 치료를 받는다 한들 내가 점점 미쳐가는 것을 어떻게 막을 수 있단 말인가?

안나는 주 판매대 뒤에서 털썩 주저앉았다. 마틸드 빌크로의 가정은 아케르만의 가정보다 훨씬 더 나쁜 것일 수도 있었다. 어떤 사건, 어떤 심리적 충격이 자신의 기억상실을 야기했다는 견해는 이제 그녀를 더욱 불안하게 만들고 있었다. 지워진 기억 너머에 대체 무엇이 숨어 있는 것일까?

여의사의 몇 마디 말이 계속 그녀의 머릿속을 맴돌고 있었다. 특히 "얼굴과 관련이 있고 안나 씨 남편하고도 관련이 있을 거예요"라는 대답이 뇌리를 떠나지 않았다. 로랑이 어떻게 이 모든 것과 연관되어 있다는 것일까?

"안녕하세요?"

목소리와 동시에 문의 차임벨이 울렸다. 안나는 고개를 들지 않고도 목소리의 주인공이 누구인지를 알아차렸다.

해진 재킷 차림의 남자가 평소의 느린 걸음으로 다가오고 있었다. 그 순간에 안나는 그를 어디선가 만난 적이 있다는 것을 확실하게 알았다. 비록 섬광처럼 짧은 순간의 일이었지만, 그 인상은 화살촉만큼이나 강력하고 예리했다. 그럼에도 그녀의 기억은 어떤 증거도 징표도 내어주려고 하지 않았다.

'벨벳 씨'가 더 다가왔다. 그는 안나에 대해서 거북함을 느낀다거나 특별한 관심이 있는 듯한 기색을 전혀 보이지 않았다. 연보랏빛과 금빛이 어우러진 그의 무심한 눈은 그저 진열된 초콜릿들을 향해 있을 뿐이었다. 저 사람은 왜 나를 알아보지 못하는 것일까? 연기를 하는 걸까? 한 가지 터무니없는 생각이 그녀의 뇌리를 때렸다. 혹시 이 사람은 로랑의 친구나 공모자가 아닐까? 로랑의 부탁을 받고 나를 염탐하거나 시험하러 오는 자가 아닐까? 하지만 로랑이 왜 그런 짓을 한단 말인가?

그는 안나의 침묵에 미소로 답하고 쾌할한 어조로 말했다.

"늘 사던 걸로 사야겠네요."

"바로 준비해 드리겠습니다."

안나는 부들거리는 손을 몸에 붙이고 판매대 쪽으로 갔다. 그녀는 몇 차례 시도 끝에 봉지 하나를 집어 들고 초콜릿을 담았다. 마침내 그녀가 지콜라를 저울에 올려놓았다.

"2백 그램. 10유로 50입니다, 손님."

안나는 그에게 다시 눈을 주었다. 그를 만난 적이 있다는 믿음이 벌써 흔들리고 있었다……. 하지만 불안하고 찜찜한 기분은 가시지 않았다. 이 남자도 로랑도 성형수술로 얼굴을 바꾼 것이 아닐까 하는 느낌이 어렴풋하게 메아리처럼 남아 있었다. 이건 이 사람 얼굴이 아니라 내 기억 속에 있는 얼굴일지도 몰라…….

남자는 다시 미소를 짓고 생각에 잠긴 듯한 눈길을 안나에게 보냈다.

그러고는 돈을 치르고 "안녕히 계세요"라는 말을 들릴 듯 말 듯하게 우물거리면서 사라졌다.

안나는 우두망찰하며 한참 동안 꼼짝 않고 서 있었다. 일찍이 이토록 증상이 격렬했던 적이 없었다. 오전에 품었던 거짓된 희망의 대가를 치르는 게 아닌가 싶었다. 병을 고칠 수 있다고 믿었다가 더 깊은 나락으로 떨어져 버린 기분이었다. 마치 죄수가 탈출을 시도했다가 붙잡혀서 땅속 깊숙한 곳의 독방에 도로 갇힌 꼴이었다.

초인종이 다시 울렸다.

"나, 왔어."

클로틸드는 비에 젖은 채 커다란 봉지들을 가슴에 안고 홀을 가로질렀다. 창고 속으로 잠시 사라졌던 그녀가 다시 싱그러운 빗물 냄새를 풍기며 나타났다.

"무슨 일이야? 꼭 유령이라도 본 사람 같아."

안나는 대답하지 않았다. 토하고 싶은 욕구와 울고 싶은 욕구가 목을 서로 차지하려고 다투고 있었다.

클로틸드가 다시 물었다.

"어디 아파?"

안나는 어쩔 줄 몰라 하며 그녀를 바라보았다. 그러다가 자리에서 일어나 그냥 이렇게 말했다.

"바람 좀 쐬어야겠어."

밖에는 소나기가 더욱 세차게 쏟아지고 있었다. 안나는 폭풍우 속으로 뛰어들어 비에 젖은 바람의 윤무에 휩쓸리고 비의 소용돌이에 까불렸다. 그녀는 얼떨떨한 기분으로 잿빛 빗줄기 속에서 비틀거리며 표류하는 도시를 바라보았다. 구름이 지붕들 위로 파도처럼 빠르게 밀려가고 있었다. 건물들을 후려친 빗물이 벽면을 타고 졸졸거리며 흘러내렸다. 발코니와 창문에 조각된 두상들은 하늘의 급류에 휩쓸린 익사자들의 푸르뎅뎅한 얼굴처럼 보였다.

안나는 포부르 생토노레 거리를 거슬러 올라가다가 왼쪽의 오슈 대로로 접어들어 몽소 공원 앞까지 걸어갔다. 거기에서 검은색과 금색이 어우러진 공원의 철책을 따라 걷다가 에스파냐 화가의 이름이 붙은 무리요 거리로 들어섰다.

교통이 매우 혼잡했다. 자동차들이 빗물을 튀기고 전조등을 번쩍이며 시끄럽게 지나갔다. 두건을 쓴 오토바이 운전자들은 고무로 만든 '쾌걸 조로' 인형처럼 내달았다. 행인들은 바람 때문에 옷이 몸에 착 달라붙은 모습으로 폭풍우와 싸우고 있었다. 그들의 옷은 아직 완성되지 않은 조각 작품에 씌어 놓은 젖은 아마포처럼 보였다. 갈색과 검은색이 주조를 이루고 이따금 거뭇한 기름이 은빛과 병적인 빛을 띠며 반짝이는 거리에서 모든 것이 춤을 추고 있었다.

안나는 메신 대로를 따라서 걸었다. 밝은 색 건물들과 아름드리 나무들이 양쪽으로 늘어서 있는 거리였다. 그녀는 자신이 어디로 가고 있는지에 개의치 않고 그냥 발길 닿는 대로 걸었다. 그녀의 머릿속에서 기억이 방황하듯 그녀의 발걸음이 거리를 헤매고 있는 것이었다.

그 때 그것이 안나의 눈에 들어왔다.

건너편 보도의 한 진열창에 채색 초상화 한 점이 전시되어 있었다. 안나는 차도를 건넜다. 진열창의 그림은 복제였다. 일그러지고 비틀리고 상처 입은 얼굴이 강렬한 색으로 그려져 있었다. 안나는 홀린 듯이 그림에 다가갔다. 그림의 선 하나하나가 환각 상태에서 보았던 얼굴들을 생각나게 했다.

안나는 화가의 이름을 찾아보았다. 〈프랜시스 베이컨. 자화상. 1956년 작.〉 이 화가의 전시회가 화랑 2층에서 열리고 있었다. 안나는 건물 모퉁이를 오른쪽으로 돌아 테헤란 거리로 들어선 다음 몇 개의 문을 지나 화랑 입구를 찾아내고 계단으로 올라갔다.

첫 번째 전시실에는 동일한 소재를 형상화한 2미터 높이의 그림들이 모여 있었다. 모두 옥좌에 앉아 있는 고위 성직자를 그린 그림들이었다. 자주색 수단을 입은 성직자가 마치 전기의자에 앉은 채로 구워지고 있기라도 한 것처럼 울부짖고 있었다. 성직자가 빨간색으로 그려진 그림이 있는가 하면, 검은색이나 청보라색으로 그려진 것들도 있었다. 하지만 세부 묘사는 어느 그림이나 매한가지였다. 팔걸이에 놓인 꼭 그러쥔 손들은 시커멓게 탄 나무에 들러붙은 채 불타고 있는 듯했다. 비명을 지르고 있는 입은 구멍처럼 뻥 뚫린 모습이 상처를 연상시켰다. 그런 인물의 주위로는 보라색 불꽃들이 여기저기에서 솟구치고 있었다…….

안나는 첫 번째 커튼을 지나갔다.

다음 전시실에는 벌거벗은 남자들을 그린 그림들이 걸려 있었다. 남자들은 색의 웅덩이, 혹은 원색의 우리에 갇힌 채 몸을 웅크리고 있었다. 기형적인 몸들을 그렇게 웅크리고 있으니 야수처럼 보이기도 했고, 여러 동물 종의 특성이 조금씩 섞인 새로운 피조물처럼 보이기도 했다. 그들의 얼굴은 그저 장미꽃 모양의 무늬이거나 짐승의 피 묻은 주둥이이거나 일부가 잘려 나간 흉측한 몰골일 뿐이었다. 그 괴물들 뒤쪽의 단일 색조는 푸줏간이나 도살장의 타일 바닥을 연상시켰다. 말하자면 몸을 해골이나 가죽이나 살코기 상태로 만들어버리는 희생의 장소를 상징하고 있는 셈이었다. 어느 그림에서나 선이 떨리고 흔들린 자국이 있었다. 마치 어깨에 카메라를 얹고 들썩거리며 황급하게 찍은 다큐멘터리 영상을 보는 듯했다.

안나는 불안감이 새록새록 더해 가는 것을 느끼고 있었지만, 관람을 중단하고 싶지는 않았다. 자신이 찾으러 온 것, 즉 고통에 겨워 하는 얼굴들을 아직 찾아내지 못했기 때문이었다.

그것들은 마지막 전시실에서 그녀를 기다리고 있었다.

규모가 한결 소박하고 빨간 벨벳 줄을 쳐서 관객의 접근을 막아 놓은 열두 점의 그림들. 찢기고 부서지고 능욕 당한 얼굴들. 입술과 코와 뼈들이 빚어내는 혼돈. 그 속에서 절망적으로 제 길을 찾고 있는 눈들.

이 그림들은 세 폭으로 이루어진 연작 별로 모여 있었다. 첫 번째 연작은 〈인간의 머리에 관한 세 폭의 시험작〉이라는 제목이 붙은 1953년 작품이었다. 송장처럼 파르스름한 얼굴들을 그린 작품인데, 이 얼굴들에는 원초적인 상처의 흔적들이 담겨 있는 듯했다. 두 번째 연작은 첫 번째 것을 자연스럽게 계승하면서 폭력성을 한 단계 심화시킨 작품으로 보였다. 〈세 개의 머리를 위한 시험작, 1962.〉 기력을 모아 상처를 더욱 노골적으로 드러내려는 듯 시선을 옆으로 돌리고 있는 하얀 얼굴들. 그 상처투성이의 얼굴들이 왠지 모르게 어릿광대처럼 우스꽝스러운 느낌을 주었다. 마치 중세 사람들이 익살꾼이나 어릿광대를 만들기 위해 잔혹하게 망가뜨렸던 아이들의 얼굴처럼.

안나는 그림들을 더 둘러보았다. 그녀가 환각 상태에서 보았던 얼굴들과 비슷한 그림은 찾을 수가 없었다. 그저 무시무시한 가면들이 그녀를 에워싸고 있을 뿐이었다. 입과 광대뼈와 눈들이 빙빙 돌면서 차마 눈 뜨고 볼 수 없는 기형들의 소용돌이를 만들고 있었다. 프랜시스 베이컨이라는 화가는 그렇게 흉측한 얼굴에 강하게 집착했던 것으로 보였다. 그는 붓이며 솔이며 주걱이며 칼 같은 무기들의 날을 잔뜩 세워서 얼굴들을 사정없이 찌르고 베었다. 그리하여 상처가 벌어지고 살가죽이 벗겨지고 뺨이 찢어진 것이었다…….

안나는 겁에 질려서 몸을 숙이고 목을 움츠린 채 걷고 있었다. 이제는 그림들을 제대로 볼 수가 없었다. 그저 눈꺼풀을 바들바들 떨면서 이따금씩 고개를 들 뿐이었다. 잔혹함의 절정을 보여주는 것은 이자벨 로손이라는 여자를 그린 일련의 작품들이었다. 이 여자의 얼굴은 말 그대로 산산조각이 나 있었다. 안나는 뒷걸음질을 치면서 그 살의 난장판 속에서 인간적인 표정을 찾아보려고 안간힘을 썼다. 하지만 그녀 눈에 보이는 것은 흩어진 살 조각들과 상처 그 자체가 되어버린 입들, 그리고 테두리가 베인 상처처럼 불그스름한 툭 튀어나온 눈들뿐이었다.

안나는 갑자기 공황 상태에 빠져 서둘러 출구 쪽으로 발길을 돌렸다. 화랑에 딸린 옆방을 지나가는데, 하얀 카운터 위에 놓인 전시회 카탈로그가 눈에 띄었다. 그녀는 발걸음을 멈추었다.

그를 보아야 해. 그의 얼굴을 봐야 해.

안나는 몹시 흥분된 마음으로 카탈로그의 페이지를 넘겼다. 작업실 사진들과 작품 사진들을 넘기고 나자 마침내 프랜시스 베이컨의 흑백 사진이 나왔다. 화가의 눈빛이 강렬했다. 카탈로그의 광택지보다 더 강렬하게 빛나고 있었다.

안나는 카탈로그의 양면을 두 손으로 짚고 그의 사진을 정면으로 보았다. 달덩이처럼 넓적한 얼굴, 그것을 받쳐주는 단단한 턱뼈, 무엇인가에 대한 갈구로 이글거리는 눈, 짧은 코, 빗질을 거역하는 머리털, 깎아지른 이마. 얼굴 생김새만으로도 아침마다 자기 그림들의 흉측한 얼굴들을 태연하게 대면할 수 있는 남자임을 짐작할 수 있을 법했다.

그런데 한 가지 특이한 점이 안나의 눈길을 끌었다.

프랜시스 베이컨은 한쪽 눈두덩이 다른 쪽보다 높이 올라가 있었다. 눈두덩이 높은 쪽의 눈은 무엇에 놀란 것처럼 휘둥그렇게 뜨고 있어서 마치 어떤 정해진 지점을 노려보는 맹금류의 눈처럼 보였다. 안나는 놀라운 진실을 깨달았다. 화가 프랜시스 베이컨은 신체적으로 자신의 그림들을 닮아 있었다. 그의 용모 자체가 그림에 나타난 광기나 왜곡과 통해 있었던 것이다. 비대칭적인 눈이 화가에게 일그러진 형상들에 대한 영감을 주었을까? 아니면 그런 그림들을 많이 그린 탓에 화가의 눈이 비대칭적으로 변해 버린 것일까? 어느 경우이든 작품들이 화가의 용모와 융합하고 있다는 점에서는 차이가 없었다······.

이런 사실을 확인하고 나자 안나의 마음속에 새로운 의구심이 일었다.

베이컨의 그림에 나타난 기형들에는 실제적인 원인이 있는데, 왜 나의 환각에는 현실적인 토대가 없는 것일까? 왜 나의 정신착란은 현실에 존재하는 어떤 형상이나 기호에 뿌리를 두고 있지 않은 걸까?

그녀는 또 다른 의구심에 갑자기 한기를 느꼈다. 설령 내 기억에 장애가 생겼다 할지라도 내 생각이 맞는 것은 아닐까? 로랑도 '벨벳 씨'도 정말로 얼굴을 바꾼 것은 아닐까?

그녀는 벽에 기대어 눈을 감았다. 그렇게 가정하니 모든 게 아귀가 맞아 돌아갔다. 그녀에게 기억상실 증세가 나타나자, 로랑은 그녀가 짐작할 수 없는 어떤 이유로 이 기회를 이용하여 얼굴을 바꾸었다. 성형수술을 받음으로써 자신의 얼굴 내부로 숨어 버린 것이었다. '벨벳 씨' 역시 같은 일을 벌였다.

두 남자는 공모자였다. 그들은 어떤 끔찍한 짓을 함께 저질렀고, 그 때문에 외모를 바꾼 것이었다. 그녀가 그들의 얼굴을 대할 때 불안을 느끼는 까닭이 바로 거기에 있었다.

그런 추리에는 불가능하고 불합리한 요소들이 포함되어 있었다. 하지만 안나는 몸을 한 번 부르르 떨어 그 모든 맹점들을 거부해 버렸다. 그녀는 단지 자기가 진실에 닿았다고만 느꼈다. 아무리 터무니없어 보여도 진실은 진실이었다.

이제 자신의 뇌로 다른 사람들과 맞서 싸워야 했다.

아무도 그녀의 말을 믿어주지 않을 것이므로 모두가 그녀의 적이 될 판이었다.

안나는 문 쪽으로 달려갔다. 계단 참에서 그녀는 난간 위쪽에 걸린 그림 한 점을 보았다. 들어올 때는 미처 보지 못했던 그림이었다.

갖가지 상처들이 한데 뭉쳐서 그녀에게 미소를 지으려 하고 있었다.

17

메신 대로의 아래쪽으로 카페 겸 레스토랑이 하나 보였다. 안나는 카운터에서 페리에 생수 한 병을 주문하고 전화번호부를 찾아 곧바로 지하의 공중전화부스로 내려갔다.

이건 이미 그녀가 경험한 장면이었다. 바로 그 날 아침 생제르맹 대로에서 정신과 의사의 전화번호를 찾을 때도 같은 일이 있었다. 어쩌면 그녀는 진실에 도달하기 위해서 이런 일을 하나의 의식처럼 반복해서 치러야 하는 것인지도 몰랐다. 마치 진리를 전수 받으려는 사람들이 입문 의식을 치르고 반복적인 시련을 거치듯이…….

안나는 구깃구깃한 페이지들을 넘기면서 '성형외과' 란을 찾았다. 그녀는 이름보다 주소를 먼저 보았다. 인근에 있는 의사를 찾아내야 하기 때문이었다. 그녀의 손가락이 어떤 줄에서 멈추었다. '디디에 라페리에르, 부아시 당글라 거리 12번지.' 그녀가 기억하기로, 그 거리는 마들렌 광장 근처에 있었다. 거기에서는 5백 미터밖에 떨어지지 않은 곳이었다.

전화벨이 여섯 번 울리고 나서 한 남자의 목소리가 들려왔다. 안나가 물었다.

"라페리에르 박사님 계신가요?"

"접니다."

행운이 따라주고 있었다. 전화교환기의 장벽을 거치지 않아도 되었으니 말이다.

"약속을 잡으려고 전화 드렸습니다."

"내 비서가 오늘 나오지 않았어요. 잠깐만요……. (안나의 귀에 컴퓨터 자판 두드리는 소리가 들려왔다.) 언제 오실 건가요?"

목소리가 이상했다. 소리를 빨아들이는 무언가를 거쳐서 나온 듯 울림이 전혀 없는 목소리였다. 그녀가 대답했다.

"당장이요. 급한 일이에요."

"급한 일이라고요?"

"가서 말씀드릴게요. 저를 만나 주세요."

잠시 아무 말이 없었다. 경계심이 묻어나는 망설임의 순간이었다. 그러고 나서 울림이 없는 목소리가 다시 들려왔다.

"여기 오는 데 시간이 얼마나 걸리죠?"

"30분요."

안나는 그의 목소리에 미세한 웃음기가 배여 있음을 감지했다. 결국 그녀의 다급해 하는 태도가 그의 관심을 끈 모양이었다.

"기다리겠습니다."

18

"이해를 못 하겠군요. 대체 어떤 수술에 관심이 있는 거죠?"
디디에 라페리에르는 중성적인 용모와 곱슬곱슬하고 숱이 많은 머리가 울림이 없는 목소리와 완벽하게 어울리는 자그마한 남자였다. 동작이 조심스럽고 은근한 품이 무척이나 신중한 인물로 보였다. 그가 말하는 것을 듣고 있으면 마치 화선지로 된 칸막이를 사이에 두고 있는 것처럼 느껴졌다. 안나는 자기가 원하는 정보를 얻어내려면 그 칸막이를 뚫어야만 하리라는 것을 깨달았다.
"아직 마음을 정하지 못했어요. 먼저 얼굴을 변화시키는 수술에 대해서 알고 싶어요."
"어느 정도까지 변화시키는 수술을 말하는 거죠?"
"완전히 딴사람으로 보이게 하는 수술요."
의사는 전문가의 어조로 설명을 시작했다.
"차이가 많이 나도록 안면 윤곽을 고치려면 뼈의 구조에 변경을 가해야 합니다. 수술 방식으로는 크게 두 가지가 있습니다. 하나는 절삭 수술인데, 이는 돌출한 얼굴 선을 부드럽게 만들기 위한 것입니다. 다른 하나는 골 이식입니다. 절삭 수술과 반대로 특정 부위를 두드러져 보이게 하는 것이죠."

"수술을 정확히 어떤 방식으로 하죠?"

의사는 잠시 숨을 돌리며 생각할 짬을 마련했다. 사무실은 희미한 빛 속에 잠겨 있었다. 창문들은 블라인드로 가려져 있었다. 아시아 풍의 가구들 위로 희미한 빛살이 어른거렸다. 성당의 고해실을 연상케 하는 분위기였다. 의사가 말을 이었다.

"절삭 수술의 경우에는 살갗 밑으로 기구를 집어넣어 뼈의 돌출부를 깎아냅니다. 이식의 경우에는 먼저 골편을 채취합니다. 대개는 두정골, 즉 두개골 꼭대기 부분에서 채취하죠. 그 다음에는 원하는 부위에 골편들을 끼워 넣습니다. 때로는 뼛조각 대신 보형물을 사용하기도 하죠."

그는 두 손을 벌리면서 한결 부드러워진 목소리로 말끝을 달았다.

"무엇이든 가능합니다. 중요한 건 오로지 손님의 만족이죠."

"그런 수술을 받고 나면 흔적이 남지 않나요?"

그의 얼굴에 미소가 살짝 스쳤다.

"전혀 남지 않습니다. 우리는 내시경 시술을 합니다. 극소형 카메라가 들어있는 튜브와 아주 작은 기구들을 피하 조직 속으로 집어넣은 다음 화면을 보면서 수술을 하죠. 절개를 하긴 하지만 아주 미세하게 합니다."

"그 흉터들을 사진으로 볼 수 있을까요?"

"물론이죠. 하지만 너무 앞질러 가지 마시고 처음으로 다시 돌아갑시다. 먼저 관심을 갖고 계신 수술 형태가 어떤 것인지를 분명히 해 주십시오."

안나는 의사가 보여줄 사진들은 수술 흔적을 찾아볼 수 없도록 손질을 가한 것들뿐이라는 것을 알아차렸다. 그녀는 이야기를 다른 쪽으로 이끌었다.

"그럼 코는 어떤가요? 코에 대해서는 어떤 수술이 가능하죠?"

의사는 이맛살을 찌푸리며 의구심을 드러냈다. 안나의 코는 곧고 좁고 작았다. 고칠 게 전혀 없는 코였다.

"변화를 주고 싶어 하는 부위가 코인가요?"

"모든 가능성을 염두에 두고 있어요. 코 성형은 어떤 식으로 하죠?"

"그 분야에서는 그 동안 많은 진보가 이루어졌어요. 우리는 말 그대로 조각을 하듯이 손님이 바라는 코를 만들어낼 수 있습니다. 원하신다면, 저와 함께 코의 선을 그리시게 될 겁니다. 우리에게 컴퓨터 프로그램이 하나 있는데, 그걸 사용하게 되면……."

"그런데 수술은 어떤 식으로 하죠?"

의사는 가운 대신 흰색의 짧은 외투를 걸친 상체를 좌우로 흔들었다.

"그 부위 전체를 유연하게 만든 다음에……."

"뭐라고요? 연골을 부순다는 얘긴가요?"

의사는 여전히 미소를 잃지 않고 있었지만, 그의 눈에는 무언가를 탐색하는 기색이 역력했다. 그는 안나의 의도를 알아내려고 애쓰는 중이었다.

"우리는 물론 상당히…… 과격한 단계를 거쳐야 합니다. 하지만 시술은 마취 상태에서 이루어집니다."

"그리고 나서는 어떻게 하는데요?"

"결정된 선에 따라서 뼈와 연골을 배치하죠. 다시 한 번 말하지만, 우리는 손님이 주문하신 대로 만들어 드릴 수 있습니다."

안나는 계속 자기가 원하는 쪽으로 이야기를 이끌어가고 있었다.

"그런 수술이라면 흔적이 남겠네요. 안 그런가요?"

"전혀 남지 않습니다. 기구들이 콧구멍을 통해서 들어가니까요. 살갗은 건드리지 않아요."

"그럼 안면의 주름살을 제거할 때는 어떤 방법을 사용하시죠?"

"역시 내시경으로 시술을 하죠. 아주 작은 겸자들을 이용해서 피부와 근육을 당겨줍니다."

"그런 수술도 자국이 남지 않나요?"

"감쪽같죠. 귓바퀴의 위쪽 뒤로 해서 기구를 넣으니까 전혀 흔적이 보이지 않습니다."

의사는 한 손을 흔들며 동을 달았다.

"흉터 문제는 잊어버리세요. 그건 옛날이야기예요."

"그럼 지방흡입수술은 어떤가요?"

디디에 라페리에르는 눈살을 찌푸렸다.

"얼굴을 고칠 거라고 하지 않았나요?"

"목의 군살을 없애기 위해서 지방흡입수술을 하는 경우도 있지 않나요?"

"그건 그렇죠. 지방흡입수술은 가장 쉽게 할 수 있는 수술 가운데 하나예요."

"그 수술을 받으면 흉터가 생기지 않나요?"

그건 도를 넘어선 질문이었다. 의사의 어조가 퉁명스럽게 변했다.

"이해를 못 하겠군요. 미용 성형에 관심이 있는 거예요, 흉터에 관심이 있는 거예요?"

안나는 냉정을 잃었다. 화랑에서 느꼈던 공포가 순식간에 되살아나는 듯했다. 목에서 이마에 이르는 살갗 밑으로 후끈한 열기가 올라왔다. 그런 순간이면 얼굴에 붉은 반점이 생기기가 십상이었다.

안나는 중얼거리는 소리로 겨우 낱말들을 이어나갔다.

"죄송해요. 제가 너무 겁이 많아서요. 제가…… 제가 원하는 건…… 그러니까, 마음을 정하기 전에 수술 사진들을 보는 거예요."

라페리에르는 목소리를 다시 부드럽게 바꾸었다. 홍차에 탄 약간의 꿀처럼 그늘진 마음을 누그러뜨리는 목소리였다.

"그건 곤란합니다. 이미지들이 매우 충격적이거든요. 과정을 염두에 두지 마시고 결과만 생각하세요. 나머지는 제가 할 일입니다."

안나는 의자의 팔걸이를 그러쥐었다. 어떤 식으로든 의사에게서 진실을 알아내야만 했다.

"제가 어떤 일을 겪게 되는지 제 눈으로 확인하지 않고서는 절대로 수술을 받지 않겠어요."

의사는 자리에서 일어서며 사과를 하는 듯한 몸짓을 했다.

"미안합니다. 아직 마음의 준비가 되지 않아서 성형 수술을 받으실 수가 없겠어요."

안나는 자리에 그대로 앉아 있었다.

"도대체 감출 게 뭐가 있나요?"

의사의 표정이 딱딱해졌다.

"죄송하지만 지금 뭐라고 하셨어요?"

"제가 흉터 얘기를 하니까, 선생님은 흉터가 남지 않는다고 하셨어요. 그래서 제가 수술 사진을 보고 싶다고 하니까 안 된다고 하셨고요. 감출 게 뭐가 있죠?"

의사는 몸을 숙여 두 주먹으로 책상을 짚었다.

"아주머니, 저는 하루에 스무 명도 넘는 환자들을 수술합니다. 살페트리에르 병원에서 성형외과학을 가르치고 있기도 하죠. 저는 제가 할 일이 무엇인지 잘 압니다. 제 일은 사람들의 얼굴을 아름답게 고쳐줌으로써 행복을 가져다주는 것입니다. 환자들에게 칼자국을 들먹이거나 부서진 뼈의 사진들을 보여주면서 충격을 주는 건 아니란 말입니다. 아주머니가 무엇을 찾고 있는지는 모르겠지만, 번지수를 잘못 알고 오신 것 같군요."

안나는 그의 눈길을 피하지 않고 똑바로 마주보았다.

"선생님은 사기꾼이에요."

그는 숙였던 몸을 일으키며 어이가 없다는 듯 실소를 흘렸다.

"뭐…… 뭐라고요?"

"시술 과정을 보여 달라고 하는데 거절하시잖아요. 수술 결과에 대해서 거짓말을 하고 계신 거예요. 선생님은 마술사 행세를 하고 싶어 하시지만, 또 한 명의 사기꾼일 뿐이에요. 선생님 직종에 숱하게 존재하는 사기꾼들 가운데 하나일 뿐이라고요."

'사기꾼'이라는 말이 기대하던 효과를 발휘했다. 라페리에르의 얼굴이 하얘지기 시작했다. 희미한 빛 속에서 환하게 빛날 정도로 하얘졌다. 그는 홱 돌아서서 수납장을 열었다. 탄력성 있는 얇은 판들이 층층이 배열되어 있는 수납장이었다. 그는 거기에서 클리어파일 하나를 꺼내어 책상 위에 탁 붙이듯이 거칠게 내려놓았다.

"보고 싶다는 게 이건가요?"

그는 클리어파일을 펼쳐 첫 번째 사진을 보여주었다. 지혈 겸자로 살가죽을 이리저리 벌리고 있어서 마치 장갑을 뒤집어놓은 것처럼 보이는 얼굴이었다.

"아니면 이거예요?"

그는 두 번째 사진을 펼쳐보였다. 뒤집힌 입술, 유혈이 낭자한 잇몸 속에 박혀 있는 수술용 끌.

"아니면 이건가요?"

세 번째 비닐 피복지에 들어 있는 사진은 망치로 콧구멍 속에 끌을 박아 넣는 장면을 보여주고 있었다. 안나는 마음을 다잡고 억지로 들여다보고 있었다.

그 다음 사진에는 툭 튀어나온 것처럼 휘둥그렇게 뜬 눈 위쪽에 메스를 대서 눈꺼풀을 자르는 장면이 담겨 있었다.

안나는 사진에서 눈을 떼고 고개를 들었다. 의사를 함정에 빠뜨리는 데 성공한 셈이었다. 내친 김에 계속 밀고 나가는 수밖에 없었다.

"이런 수술을 받고도 흔적이 남지 않는다는 건 불가능해요."

의사는 한숨을 내쉬었다. 그는 다시 수납함을 뒤지더니 또 다른 클리어파일을 책상 위에 내려놓았다. 그런 다음 지친 목소리로 첫 번째 사진에 관해서 설명했다.

"이마의 뼈를 깎아내는 수술을 받은 환자입니다. 내시경을 이용한 시술이었죠. 수술한 지 4개월 지나서 찍은 사진입니다."

안나는 얼굴에 수술 자국이 있는지 주의 깊게 살폈다. 이마 위, 머리털 뿌리 부분에 각각 15밀리미터쯤 되는 세로줄 세 개가 나 있었다. 의사가 페이지를 넘겼다.

"골 이식을 위해 두정골에서 골편을 채취한 환자입니다. 수술하고 나서 두 달이 지난 뒤의 모습이죠."

이 사진은 짧은 머리털이 솔처럼 곤추선 머리를 보여주고 있었다. 머리털 속으로 S자 모양의 발그스레한 흉터가 분명하게 보였다. 의사가 말끝을 달았다.

"수술 자국은 이내 머리털에 가려지고 결국에는 사라지게 되죠."

의사는 비닐 피복지들의 부스럭대는 소리를 내면서 페이지를 넘겼다.

"내시경을 이용해서 세 군데에 걸쳐 주름살 제거 수술을 받은 경우입니다. 피부 조직에 녹아 들어가는 실을 사용해서 피부 안쪽을 봉합했지요. 한 달 지나면 사실상 아무 흔적도 보이지 않게 됩니다."

한쪽 귀를 정면과 측면에서 찍은 두 장의 사진이 같은 페이지에 실려 있었다. 안나는 귓바퀴 위쪽 뒤에 가느다란 흉터가 지그재그로 남아 있는 것을 보았다.

의사는 또 다른 사진을 펼쳐 보이면서 설명을 계속했다.

"목의 선을 아름답게 하기 위해서 지방흡입수술을 받은 환자입니다. 수술하고 나서 두 달 반이 지났을 때의 모습이죠. 여기 보이는 이 선은 곧 사라지게 됩니다. 이건 상처가 가장 잘 아무는 수술이죠."

그는 다시 페이지를 넘기고는 가학적이다 싶을 만큼 도발적인 어조로 말을 이었다.

"수술 흔적의 극치를 보고 싶으시다면, 여기 광대뼈 이식 수술을 받은 얼굴의 단층촬영 사진이 있습니다."

그것은 가장 충격적인 사진이었다. 머리가 마치 죽은 사람을 찍어놓은 것처럼 파르스름했고, 뼈에 박힌 나사들과 뼈의 균열이 적나라하게 보였다.

안나는 클리어파일을 도로 덮었다.

"고맙습니다. 저는 이것을 꼭 보고 싶었어요."

의사는 책상을 빙 돌아와서 그녀를 뚫어지게 바라보았다. 안나의 얼굴에서 방문의 숨겨진 동기를 찾아내려고 여전히 애쓰고 있는 듯한 눈초리였다.

"그런데…… 정말 이해를 못 하겠군요. 도대체 뭘 알고 싶은 거죠?"

안나는 자리에서 일어나 하늘하늘한 검은 외투를 걸쳤다. 그러고는 처음으로 미소를 지었다.

"먼저 서류상으로 판단해 보려고요."

19

오전 2시.

아직 비가 내리고 있다. 빗방울이 또르륵 구르는 소리, 리듬에 맞춰

따닥이는 소리, 아주 작은 망치로 두드리는 것 같은 미약한 소리가 섞여 들린다. 창유리며 발코니며 돌 난간에 떨어지는 빗방울의 강약과 싱커페이션과 울림이 제각각이다.

안나는 거실 창문을 마주하고 서 있다. 스웨트 셔츠와 조깅 바지 차림이지만 실내 공기가 차서 몸이 바들바들 떨린다.

그녀는 어둠 속에서 창유리 너머로 백년 된 플라타너스의 검은 실루엣을 바라보고 있다. 나무껍질로 덮인 해골이 허공에 떠 있는 것만 같다. 가는 섬유 같은 이끼가 군데군데 달라붙어 있는 앙상한 뼈들이 가로등 불빛을 받아 거의 은빛으로 빛난다. 해골은 기다란 손톱을 드리운 채 살—봄의 잎—이 다시 돋아나기를 기다리고 있다.

안나는 눈길을 낮춘다. 앞의 탁자에는 그녀가 오후에 성형외과 의사를 만나고 나서 사 온 물건들이 놓여 있다. '매그라이트' 상표가 찍힌 손전등. 야간 촬영이 가능한 폴라로이드 카메라.

로랑은 한 시간 전부터 침실에서 자고 있다. 안나는 그가 잠들었는지를 살피면서 옆에 누워 있다가 나온 길이다. 초조한 기다림 끝에 잠에 빠져들기 시작했음을 알리는 가벼운 소스라침을 확인했다. 그리고 무의식 상태에 빠져든 그의 고른 숨소리도 들었다.

수면의 첫 번째 사이클. 가장 깊은 잠.

안나는 장비를 한데 모아 집어 든다. 그러면서 마음속으로 작별인사를 건넨다. 창밖의 나무와 물결무늬 마루가 깔린 넓은 거실과 하얀 소파를 향해서. 그리고 정든 아파트에 배여 있는 자신의 자취를 향해서. 그녀 생각이 맞다면, 그녀가 상상한 것이 사실이라면, 그녀는 어딘가로 달아나지 않으면 안 될 것이다. 그런 다음 일의 앞뒤 사정과 까닭을 알아내야만 하리라.

안나는 복도를 되짚어 간다. 걸음걸이가 너무나 조심스러워서 집의 숨결—마루의 삐걱거림, 보일러의 윙윙거림, 비에 시달리는 창문의 떨림 등—이 느껴진다.

안나는 침실로 살그머니 들어간다.

침대 가까이에 다다르자, 그녀는 카메라를 침대 머리맡 탁자에 소리 나지 않게 내려놓는다. 그런 다음 손전등을 방바닥 쪽으로 기울이고 한 손으로 위쪽을 가린 채 스위치를 켠다. 작은 할로겐 빛줄기가 손바닥에 온기를 전해 온다.

그녀는 그렇게 준비를 끝내고 숨소리를 죽이며 남편 쪽으로 몸을 숙인다.

손전등 불빛에 잠든 남편의 옆얼굴이 드러난다. 이불이 흐릿한 굴곡을 그리며 몸의 윤곽을 보여주고 있다. 그 모습을 보니 갑자기 목이 멘다. 마음이 약해지고 모든 것을 그만두고 싶은 충동이 인다. 하지만 안나는 이내 냉정을 되찾는다.

그녀는 손전등의 빔이 남편의 얼굴 위로 지나가게 해본다.

아무 반응이 없다. 시작해도 되겠다 싶다.

그녀는 먼저 앞쪽의 머리카락을 살짝 들어올리고 이마를 살펴본다. 아무것도 찾아낼 수가 없다. 라페리에르의 사진에서 보았던 세 줄의 흉터가 보이지 않는다.

그녀는 손전등 불빛을 관자놀이 쪽으로 내린다. 아무 자국도 없다. 얼굴의 아래쪽으로 불빛을 가져가 이리저리 살펴보지만 사정은 마찬가지다. 턱에도 턱밑에도 수술 자국으로 의심할 만한 것이 전혀 없다.

공포가 다시 엄습해 온다. 내가 이러고 있는 것 역시 미치광이의 행동이 아닐까? 내 광기가 새로운 국면으로 접어든 것은 아닐까? 안나는 얼굴을 찡그리며 조사를 계속한다.

그녀는 귀 쪽으로 다가가 귓바퀴의 윗부분을 살살 누르면서 숨겨진 흉터가 있는지 살핀다. 베였다가 아문 자국은 어디에도 없다. 이번에는 눈꺼풀을 가만가만 만져가며 절개의 흔적을 찾는다. 역시 아무것도 없다. 콧방울과 코의 내벽을 살펴보아도 마찬가지다.
그녀는 이제 땀에 젖어 있다. 숨소리를 죽이려고 여전히 애를 쓰고 있지만, 입과 콧구멍으로 자꾸 숨이 새어나간다.
그녀는 사진에서 본 또 다른 흉터를 기억해 낸다. 머리에 남아 있던 S자 꼴의 봉합 자국. 그녀는 몸을 일으켜 로랑의 머리털 속으로 한 손을 천천히 집어넣은 다음, 머리카락을 한 올 한 올 들어올리면서 두피에 손전등 불빛을 비춰 본다. 아무것도 없다. 흠집도 없고 불규칙하게 솟아오른 자리도 보이지 않는다. 없다, 없다, 아무것도 없다.
안나는 오열을 삼키면서 이제는 조심성 없는 손놀림으로 남편의 머리를 헤집는다. 자신의 기대를 저버린 머리, 자기가 미쳤다는 것을 증명해 보이고 있는 그 머리를······.
그 때 손 하나가 그녀의 손목을 사납게 움켜쥔다.
"당신 뭐 하는 거야?"
안나는 소스라치며 뒷걸음질을 친다. 손전등이 방바닥에 굴러 떨어진다. 로랑이 벌써 윗몸을 일으킨 터라 무엇을 어떻게 해볼 겨를이 없다. 그가 침대 머리맡의 전등을 켜면서 다시 묻는다.
"당신 뭐 하는 거야?"
방바닥에 떨어진 매그라이트 손전등과 탁자 위에 놓인 폴라로이드 카메라에 로랑의 눈길이 닿는다.
"이게 뭘 뜻하는 거지?"
그 말끝에 그는 한숨을 내쉬며 입술을 일그러뜨린다.
안나는 벽에 기대어 웅크린 채 아무 대꾸가 없다. 로랑은 이불을 젖히고 일어나 손전등을 집어 든다. 그러더니 불쾌하다는 표정으로 손전등을 바라보다가 그녀의 얼굴 앞으로 들이댄다.
"나를 관찰하고 있었어? 그런 거야? 한밤중에? 제기랄, 대체 뭘 찾고 있는 거야?"

안나는 여전히 말이 없다.

로랑은 한 손을 자기 이마에 갖다대고 지겹다는 듯이 한숨을 내쉰다. 그가 몸에 걸치고 있는 것은 사각팬츠뿐이다. 그는 옷 방으로 쓰이는 옆방 문을 열고 청바지와 풀오버를 집어 들어 말없이 입는다. 그러고는 안나를 고독과 광기 속에 버려두고 침실을 나선다.

안나는 벽에 기댄 채 죽 미끄러져 내려 카펫 위에 웅크리고 앉는다. 아무 생각도 나지 않는다. 가슴이 두방망이질 치는 것 말고는 아무것도 느낄 수가 없다. 가슴의 두근거림이 자꾸자꾸 심해지고 있는 것만 같다.

로랑이 문턱에 다시 나타난다. 한 손에 휴대폰이 들려 있다. 그는 연민 어린 표정으로 고개를 끄덕이며 기이한 미소를 짓고 있다. 몇 분 사이에 냉정을 되찾고 사려가 깊어지기라도 한 모양이다.

그가 휴대폰을 가리키며 부드러운 목소리로 말문을 연다.

"잘될 거야. 에릭한테 전화했어. 내가 내일 의료원에 데려다줄게."

그는 그녀 위로 몸을 숙여 그녀를 일으켜 세우더니 침대 쪽으로 천천히 이끈다. 안나는 일절 저항하지 않는다. 그는 아주 조심스럽게 그녀를 침대에 앉힌다. 마치 그녀가 부서질까 저어하는 것처럼. 아니면 반대로 그녀 안에 있는 어떤 위험한 힘이 터져 나올까 두려워하기라도 하듯이.

"이제 모든 게 잘될 거야."

그녀는 고개를 끄덕이면서 침대 머리맡 탁자에 놓인 카메라와 손전등을 말끄러미 바라보다가 중얼거린다.

"생체검사는 안 돼. 탐침도 안 돼. 난 수술 받고 싶지 않아."

"에릭은 당분간 다른 검사들만 할 거야. 생체검사를 피하기 위해 최선을 다할 거라고. 내가 약속할게. (그는 안나에게 입을 맞춘다.) 모든 게 잘될 거야."

그는 그녀에게 수면제를 권한다. 그녀는 도리질을 친다.

"그러지 말고 내 말 들어, 제발."

그녀는 마지못해 약을 삼킨다. 그러자 그는 그녀를 시트 속으로 가만가만 밀어 넣고 자기도 옆에 누워서 그녀를 다정하게 끌어안는다. 그는 자신이 무엇을 걱정하고 있는지에 대해서는 한 마디도 하지 않는다. 아내가 미친 것이 분명해진 상황에서 자신의 충격이 얼마나 큰지에 관해서도 일절 말이 없다.

이 사람은 정말 무슨 생각을 하고 있을까?

미친 아내를 쫓아버리게 되어서 안도하고 있는 것은 아닐까?

그녀는 이내 잠에 떨어진 그의 고른 숨결을 느낀다. 이런 순간에 어떻게 다시 잠들 수가 있지? 아냐, 어쩌면 벌써 시간이 많이 흘렀는지도 몰라…….

그녀는 남편의 가슴에 뺨을 대고 심장 박동 소리를 듣는다. 미치지 않은 사람, 두려움이 없는 사람의 차분한 박동 소리를.

그녀는 수면제의 효과가 조금씩 나타나고 있음을 느낀다.

그녀의 몸 속에서 잠의 꽃이 피어나고 있는 중이다…….

침대가 방바닥을 떠나 표류하고 있다는 느낌이 든다. 그녀는 어둠 속에서 천천히 부유하고 있다. 이젠 애써 버틸 까닭도 없고 이 흐름에 맞서 싸우기 위해 무언가를 시도할 필요도 없다. 그저 빠르게 밀려가는 물결에 자신을 내맡기기만 하면 되는 것이다…….

그녀는 로랑에게 바싹 다가들어 몸을 웅크린 채 거실 창문 앞의 빗물에 반짝이는 플라타너스를 떠올린다. 새싹과 잎으로 다시 덮이기를 기다리는 헐벗은 가지들. 바야흐로 봄이 시작되고 있으나 그녀는 이 봄을 보지 못하리라.

그녀는 정신이 온전한 사람들의 세계에서 자신의 마지막 계절을 보낸 것이다.

20

"안나? 뭐 하는 거야? 이러다 지각하겠어."
안나는 뜨거운 물로 샤워를 하고 있던 터라 로랑의 목소리를 거의 알아듣지 못했다. 그저 발밑에서 부서지는 물방울을 물끄러미 내려다보면서 물줄기가 목덜미에서 타닥거리는 것을 즐기고 이따금 고개를 들어 얼굴에 물세례를 받고 있을 뿐이었다.
그녀의 몸이 온통 말랑말랑해지고 나른해졌다. 물의 유동성이 구석구석으로 퍼져나가 온몸이 물처럼 유순해진 모양이었다.
간밤에 그녀는 수면제 덕분에 몇 시간 동안 푹 잘 수 있었다. 아침에 일어나니 몸에 윤기가 도는 듯하고 자신에게 무슨 일이 일어나든 아무 상관이 없다는 생각이 들었다. 그녀의 절망이 기이한 차분함으로, 현실과 거리를 둔 일종의 평온함으로 변해 가고 있었다.
"안나? 빨리빨리 해!"
"다 됐어요! 곧 나가요."
그녀는 샤워실에서 나와 세면대 앞에 높인 격자형 디딤판에 뛰어올랐다. 8시 30분. 옷을 차려입고 향수까지 바른 로랑은 욕실 문 앞에서 안달을 부리고 있었다. 얼른 옷을 입고 나가지 않으면 볼멘소리가 또 터져 나올 판이었다. 그녀는 속옷을 꿰어 입은 다음 검은 모직 드레스를 걸쳤다. 몸에 착 달라붙는 이 '겐조' 표 드레스는 미래파 디자이너가 만든 상복처럼 보였다. 계제에 딱 맞는 옷이었다.

그녀는 브러시를 집어 들고 머리를 빗었다. 거울에 샤워의 증기가 서려 그녀의 모습이 흐릿하게 보였다. 오히려 그 편이 더 낫다는 생각이 들었다.

며칠 또는 몇 주일 후에는 그녀의 일상적인 현실이 이 불투명한 거울과 비슷해질 터였다. 그녀는 아무것도 알아보지 못할 것이고, 자신을 둘러싸고 있는 모든 것을 낯설게 느낄 것이었다. 자신이 미쳤다는 것조차 잊고 이성의 마지막 조각들이 파괴되도록 방치할지도 모를 일이었다.

"안나?"

"다 됐어요!"

그녀는 로랑의 안달복달에 실소를 흘렸다. 제 시간에 출근을 못 하게 될까 봐 저러는 걸까? 아니면 미친 마누라를 한시라도 빨리 내치고 싶은 것일까?

거울에 서린 김이 스러지고 있었다. 뜨거운 물에 발갛게 부풀어 오른 얼굴이 나타났다. 그녀는 안나 에메스에게 마음속으로 작별인사를 했다. 클로틸드와 '초콜릿의 집'과 입술이 개양귀비꽃처럼 붉은 마틸드에게도······.

그녀는 벌써부터 앙리 베크렐 의료원에 갇힌 자신의 모습을 상상하고 있었다. 현실로부터 차단된 하얀 방. 이제 그녀에게 필요한 것은 바로 그것이었다. 이왕 이렇게 된 바에는 어서 병원에 들어가 낯선 사람들이 시키는 대로 하고 간호사들에게 몸을 내맡기는 편이 낫겠다 싶었다. 생체검사를 하든 탐침이 자신의 뇌 속으로 천천히 내려가 병의 근원을 찾아내든 무슨 상관이랴 하는 생각마저 들기 시작했다. 사실 그녀는 치료에 관심이 없었다. 그저 어디로든 사라져서 다른 사람들에게 방해가 되지 않기를 바랄 뿐이었다…….

안나를 계속 머리를 빗다가 갑자기 손을 멈추었다.

거울에 비친 자기 모습에서 무언가 이상한 것을 보았다는 느낌이 들었다. 이마에 늘어뜨린 머리카락의 뿌리 쪽에 가느다란 세로줄 모양의 흉터가 눈에 띄었다. 도저히 믿을 수 없는 일이었다. 안나는 왼손으로 거울에 서렸던 김의 마지막 흔적을 지우고 숨을 죽인 채 바싹 다가갔다. 자국은 아주 미세했다. 하지만 분명히 이마와 두피의 경계 부분에 세로줄 세 개가 남아 있었다.

성형수술 때문에 생긴 흉터였다.

간밤에 그녀가 그토록 애를 쓰고도 찾아내지 못한 바로 그 흉터였다.

안나는 비명을 지르지 않으려고 주먹을 깨물었다. 그리고 금방이라도 토사가 날 것처럼 속이 울렁거려서 허리를 꺾었다.

"안나! 도대체 뭐하는 거야?"

로랑이 부르는 소리가 딴 세상에서 들려오는 소리 같았다.

안나는 부들부들 떨면서 몸을 일으켜 거울에 비친 자기 그림자를 다시 살폈다. 이번에는 고개를 돌려 손가락으로 오른쪽 귓바퀴를 젖혀 보았다. 귓바퀴의 경계를 따라서 길게 이어진 희끄무레한 선이 보였다. 왼쪽 귓바퀴 뒤에도 똑같은 자국이 있었다.

그녀는 두 손으로 세면대를 짚고 부들거림을 억제하려고 애쓰면서 뒤로 물러섰다. 그러다가 또 다른 증거를 찾으려고 턱을 들어올렸다. 지방흡입수술을 입증하는 아주 작은 흔적을 찾아내는 데에는 별로 어려움이 없었다.

현기증이 엄습해 왔다.

속에서 무엇이 철컥 내려앉았다.

그녀는 고개를 숙이고, 마지막 증거, 즉 뼈가 절취되었음을 보여주는 S자 모양의 봉합선을 찾아서 머리털을 헤집었다. 발그족족하고 고불고 불한 흉터가 징그럽고 더러운 파충류처럼 두피에서 그녀를 기다리고 있었다.

그녀는 세면대를 더욱 세게 부여잡으며 기절하지 않으려고 애썼다. 머릿속에서 진실이 폭발하고 있었다. 그녀는 고개를 숙이고 앞머리를 늘어뜨린 채 치켜뜬 눈을 흉터에 붙박고 있었다. 그러면서 자신이 빠져든 심연이 얼마나 깊은지를 헤아렸다.

정작 얼굴이 바뀐 사람은 그녀 자신이었다.

21

"안나? 빌어먹을, 대답 좀 해!"

로랑의 목소리가 욕실을 울리면서 마지막 남은 증기 사이를 떠돌다가 열린 여닫이창으로 들어온 축축한 바깥 공기와 뒤섞였다. 그가 목청을 높여서 다시 안나를 불렀다. 이 소리는 건물의 안뜰로 퍼져 나가면서 그녀가 막 발을 디딘 벽의 돌림띠까지 뒤따라왔다.

"안나? 문 열어!"

그녀는 등을 벽에 대고 아슬아슬하게 균형을 잡으면서 옆으로 움직이고 있었다. 석벽의 냉기가 어깨뼈 속으로 파고 들어왔다. 그녀의 얼굴로는 빗물이 줄줄 흘러내렸고 젖은 머리가 바람 때문에 눈에 자꾸 달라붙었다.

그녀는 20미터 아래의 안뜰로 눈을 주지 않고 줄곧 맞은편 건물의 벽만 똑바로 바라보고 있었다.
"문 열어!"
그녀는 욕실 문이 우지끈 부러지는 소리를 들었다. 잠시 후 그녀가 도망쳐 나온 채광창으로 로랑이 얼굴을 내밀었다. 그의 표정은 잔뜩 일그러져 있었고 눈에는 핏발이 서 있었다.

그 순간 안나는 발코니의 가장자리에 둘린 격자 칸막이에 다다랐다. 그녀는 발코니의 돌난간을 잡고 단숨에 뛰어넘어 발코니 바닥에 무릎을 대며 떨어졌다. 욕실을 빠져 나오면서 드레스 위에 걸쳐 입은 기모노식의 검은 실내 가운이 펄럭거렸다.

"안나! 돌아와!"

그녀는 난간 기둥 사이로 남편을 보았다. 그는 눈으로 그녀를 찾고 있었다. 그녀는 다시 일어나 발코니를 가로지르고 또 하나의 격자 칸막이를 우회했다. 그런 다음 벽에 찰싹 달라붙어 좁다란 돌림띠 위의 곡예를 다시 시작했다.

목숨을 건 무모한 탈주였지만, 그런 것을 따지고 있을 계제가 아니었다.

로랑의 손에는 어느새 초단파 무전기가 들려 있었다. 그가 몹시 당황해 하는 목소리로 부르짖었다.

"모든 대원에게 알린다. 여자가 달아나고 있다. 반복한다. 여자가 도망치는 중이다!"

몇 초 후, 두 남자가 안뜰에 나타났다. 사복 차림이었지만 경찰의 붉은 완장을 두르고 있었다. 그들은 그녀를 향해서 소총을 겨누었다.

그와 거의 동시에 맞은편 건물의 4층에서 채색 유리창 하나가 열리더니, 한 남자가 크롬강 권총을 쥔 채 두 팔을 내밀었다. 그는 몇 차례 두리번거리다가 그녀를 찾아냈다. 그녀는 더없이 좋은 표적이었다.

아래쪽에서 다시 뜀박질 소리가 들려왔다. 세 남자가 처음 나타났던 두 남자와 합류했다. 그들 중에는 운전기사인 니콜라도 있었다. 그들은 모두 탄창이 굽은 자동소총을 들고 있었다.

안나는 눈을 감고 균형을 잃지 않기 위해 두 팔을 벌렸다. 깊은 고요가 그녀를 휘감으며 일체의 상념을 쫓아내고 기이한 평온함을 가져다 주었다.

그녀는 눈을 감고 팔을 벌린 채 계속 나아갔다. 로랑이 다시 외치는 소리가 들려왔다.

"쏘지 마! 젠장, 여자를 생포해야 한다!"

그녀는 다시 눈을 떴다. 이해할 수 없는 거리감과 함께 그 활극의 완벽한 균형미에 경이감이 느껴졌다. 오른쪽에는 공들여 머리를 빗은 로랑이 그녀를 집게손가락으로 가리키면서 무전기에 대고 소리를 지르고 있었다. 정면에서는 권총을 그러쥔 사격수가 부동자세로 그녀를 겨누고 있었다. 그의 입술 가까이에 고정되어 있는 마이크가 이제는 분명하게 눈에 들어왔다. 아래쪽에서는 다섯 남자가 사격 자세를 취한 채 꼼짝달싹 않고 그녀를 올려다보고 있었다.

그 활극의 한복판에는 그녀가 있었다. 검은 천에 싸인 백묵 같은 모습으로, 십자가에 매달린 그리스도의 자세를 취한 채.

그녀의 손끝에 빗물받이 홈통의 곡선이 느껴졌다. 그녀는 한 손을 홈통 건너편으로 미끄러뜨리고 윗몸을 약간 뒤로 젖혀 등이 휘게 한 다음 재빨리 장애물을 넘어갔다. 몇 미터를 더 나아가자 창문이 나왔다. 그녀는 기억을 되살려 건물의 구조를 머릿속에 그려보았다. 이 창문은 가정부들과 배달원들이 이용하는 뒷계단으로 통하고 있었다.

그녀는 한쪽 팔꿈치를 들어올렸다가 뒤로 격렬하게 내리질렀다. 창유리는 그 충격을 버티어냈다. 그녀는 다시 있는 힘을 다해 내리쳤다. 마침내 유리가 와장창 깨졌다. 그녀는 두 발로 힘껏 바닥을 딛고 등으로 창문을 밀며 뒤로 넘어졌다.

그 압력에 창틀이 부서졌다. 그녀가 뒤로 떨어짐과 동시에 로랑의 외마디 외침이 들려왔다.

"쏘지 마!"

그녀는 잠시 허공에 떠 있었다. 그녀에게는 영겁처럼 길게 느껴지는 순간이었다. 그리고 나서 그녀는 단단한 바닥에 떨어졌다가 튀어 올랐다. 검은 불꽃이 온몸을 훑고 지나가는 느낌이 들었다. 갖가지 충격이 그녀에게 몰려왔다. 등이며 팔이며 발꿈치가 단단한 모서리에 쿵쿵 부딪힐 때마다 통증이 무수한 반향을 일으키며 온몸으로 퍼져 나갔다. 그녀는 데굴데굴 굴렀다. 다리가 머리 위로 지나가는가 하면, 턱이 가슴에 눌려 숨이 턱턱 막혔다.

그 다음은 무(無)의 상태였다.

먼지 냄새, 그리고 피비린내. 그녀에게 의식이 돌아오고 있었다. 그녀는 잔뜩 웅크린 자세로 계단 아래에 쓰러져 있었다. 눈을 들어보니 잿빛 천장과 노란 전구가 보였다. 그녀는 자기가 기대했던 대로 뒷계단에 와 있음을 알아차렸다.

그녀는 계단 난간을 잡고 몸을 일으켰다. 언뜻 보기에 부러진 데는 전혀 없었다. 하지만 오른팔에 길게 째진 상처가 나 있었다. 유리 조각 하나가 살갗을 찢고 어깨 가까이에 박힌 것이었다. 잇몸에도 상처가 났는지 입안에 피가 그득했다. 그래도 이들은 성한 듯했다.

그녀는 유리 조각을 천천히 뽑아낸 다음 기모노식 가운의 아랫자락을 북 찢어서 지혈대 겸 붕대의 대용을 만들었다.

그녀의 머릿속에서는 벌써 생각이 가닥을 잡아가고 있었다. 뒤로 데굴데굴 굴러서 한 층을 내려왔으니까 그녀가 있는 곳은 3층의 층계참이었다. 추격자들은 곧 1층으로부터 몰려올 터였다. 그녀는 계단을 성큼성큼 올라가 자기네 층을 지나고 5층과 6층도 내처 통과했다.

그 때 갑자기 로랑의 목소리가 계단의 나선을 타고 울려 퍼졌다.

"서둘러라! 그 여자는 하녀방[15]들을 거쳐서 다른 건물로 갈 것이다."

그녀는 그 정보를 알려준 로랑에게 마음속으로 감사하면서 걸음을 재우쳐 8층에 다다랐다.

하녀방들의 복도가 나타났다. 그녀는 문과 유리창과 세면대들을 지나치며 내달렸다. 마침내 또 다른 계단이 나왔다. 그녀는 계단을 뛰어내려가 다시 몇 개의 층계참을 통과했다. 그 때 '이건 함정이다' 하는 생각이 섬광처럼 뇌리를 스쳤다. 추격자들은 무전기로 교신하고 있었다. 그들 가운데 일부가 그녀의 뒤를 쫓아 몰려오는 동안 다른 자들은 건물 아래쪽에서 그녀가 내려오기를 기다리고 있을 터였다.

같은 순간에 그녀는 자기 왼쪽에 있는 문 너머에서 진공청소기 소리가 나고 있음을 감지했다. 그녀는 이제 자기가 몇 층에 있는지 모르고 있었다. 하지만 그건 중요하지 않았다. 누구네 아파트로 통하는 것이든 간에, 그 문으로 들어갈 수만 있다면, 또 다른 계단으로 내려갈 수 있을 것이었다.

그녀는 있는 힘을 다해 문을 두드렸다.

그녀는 아무것도 느끼지 못하고 있었다. 손으로 전해져 오는 충격도 가슴속에서 심장이 두방망이질 치는 것도 느끼지 못했다.

그녀는 다시 문을 두드렸다. 위쪽에서는 추격자들이 요란한 발소리를 내며 빠르게 다가오고 있었다. 아래쪽에서도 다른 발소리가 들려오는 듯했다. 그녀는 다시 문에 달려들어 주먹을 망치처럼 내지르면서 도와 달라고 울부짖었다.

마침내 문이 열렸다.

---

[15] 도시 건물의 지붕 바로 밑에 낸 옹색한 방. 승강기가 닿지 않아 건물 뒷계단으로만 오르내릴 수 있다.

분홍색 작업복을 입은 자그마한 여자가 빠끔히 열린 틈새로 나타났다. 안나는 어깨로 그녀를 떼밀고 들어가 철문을 도로 닫았다. 그런 다음 열쇠를 두 번 돌려 자물쇠를 채우고 열쇠를 빼내어 자기 호주머니에 쑤셔 넣었다.

주위를 둘러보니 그곳은 환하게 빛나는 넓고 새하얀 주방이었다. 분홍색 작업복을 입은 가정부는 대걸레를 든 채 어찌할 바를 몰라 하고 있었다. 안나는 그녀의 얼굴에다 대고 소리쳤다.

"이제부터는 열어주지 마세요, 알겠어요?"

안나는 그녀의 두 어깨를 잡고 다시 다짐을 두었다.

"다시는 열어주지 마세요, 알았죠?"

말이 끝나기가 무섭게 문 두드리는 소리가 울렸다.

"경찰입니다! 문 열어요!"

안나는 아파트를 가로질러 달아났다. 복도로 내달아 몇 개의 방을 지나가다가 그녀는 이 아파트의 구조가 자기네 아파트와 동일하다는 사실을 깨달았다. 오른쪽으로 돌자 거실이 나왔다. 커다란 그림들, 붉은 나무로 된 가구들, 오리엔트 풍의 융단, 매트리스보다 더 넓은 소파. 현관으로 나가자면 다시 왼쪽으로 돌아야 했다.

그녀는 현관을 향해 돌진하다가 캐러멜 빛깔의 개에 발이 걸렸다. 개는 덩치가 컸지만 다행히도 온순하게 굴었다. 그러고 나서 그녀는 머리에 수건을 두른, 목욕 가운 차림의 여자와 마주쳤다.

"누구…… 당신 누구예요?"

여자는 머리에 두른 수건을 소중한 단지라도 되는 양 부여잡으면서 그렇게 소리쳤다.

안나는 하마터면 웃음을 터뜨릴 뻔했다. 자신이 누구인지 몰라서 도망치고 있는 그녀에게는 어울리지 않는 질문이었다. 안나는 여자를 떠다밀고 현관에 다다라 문을 열었다. 막 나가려는 찰나에 마호가니 가구

위에 놓인 열쇠 꾸러미와 주차장에 드나들 때 사용하는 리모컨이 눈에 띄었다. 이 건물과 안나네 아파트가 들어 있는 건물은 모두 같은 지하 주차장으로 통하게 되어 있었다. 안나는 리모컨을 집어들고 자주색 벨벳으로 벽을 장식한 계단을 뛰어 내려갔다.

그들을 따돌릴 수 있으리라는 느낌이 들었다.

그녀는 곧장 지하층으로 내려갔다. 가슴이 타는 듯하고 숨이 가빴다. 그 와중에서도 그녀의 머릿속에서는 건물을 빠져나갈 방도가 강구되고 있었다. 경찰관들은 곧 1층을 봉쇄하고 그녀가 덫에 걸리기를 기다릴 것이다. 그 틈을 타서 주차장의 비탈진 출입로로 빠져나가야 한다. 주차장의 출구는 블록의 반대쪽인 다뤼 거리로 나 있다. 그들은 십중팔구 이 출구까지는 미처 생각하지 못했을 것이다…….

주차장에 다다르자 그녀는 불을 켜지 않은 채로 출구를 향해 콘크리트 공간을 가로질러 내달렸다. 그녀가 리모컨을 들어 누르려는데, 시소처럼 아래위로 움직이는 문이 저절로 열렸다. 네 남자가 비탈길을 내리닫고 있었다. 그녀가 적을 얕잡아본 셈이었다. 그녀는 얼른 두 손으로 바닥을 짚고 자동차 뒤에 숨었다.

그녀는 그들이 지나가는 것을 보았다. 그들의 둔중한 구두 밑창의 진동이 그녀의 살 속으로 전해져 왔다. 그녀는 하마터면 울음을 터뜨릴 뻔했다. 사내들은 손전등으로 바닥을 샅샅이 비춰가며 자동차들 사이를 뒤지고 있었다.

그녀는 벽에 찰싹 달라붙었다. 한쪽 팔이 피 때문에 끈적거리고 있다는 느낌이 들었다. 지혈대가 느슨해져 있었다. 그녀는 천을 이빨로 당겨서 다시 단단하게 조였다. 그러면서 머릿속으로는 계속 탈출할 방도를 생각했다.

추격자들은 주차장의 각 구역을 이리저리 살피고 뒤지면서 천천히 멀어져 가고 있었다. 하지만 그들은 곧 되돌아 올 것이고 마침내 그녀를 찾아내게 될 터였다. 그녀는 다시 주위를 둘러보았다. 오른쪽으로 몇 미터 떨어진 곳에 회색 문 하나가 보였다. 그녀의 기억이 정확하다면, 그 문으로 들어가는 건물 역시 다뤄 거리에 접해 있었다.

더 생각할 겨를이 없었다. 그녀는 벽과 자동차 범퍼들 사이로 살금살금 나아가 회색 문에 다다랐다. 그런 다음 문을 조금만 열고 살짝 빠져나갔다. 몇 초 뒤에 그녀는 밝고 현대적인 홀로 들어섰다. 아무도 없었다. 그녀는 현관 계단 위로 훌쩍 몸을 날려 밖으로 나왔다.

그녀는 빗방울이 몸에 닿는 것을 느끼며 차도로 돌진하다가, 격렬한 급제동 소리에 놀라 우뚝 멈춰 섰다. 자동차 한 대가 몇 센티미터를 사이에 두고 급정거하면서 그녀의 기모노식 가운을 살짝 스쳤다.

그녀는 사색이 되어 뒤로 물러섰다. 자동차 운전자가 창유리를 내리고 고함을 질렀다.

"야, 이 칠칠치 못한 것아! 눈을 어디다 두고 다니는 거야!"

안나는 그에게 전혀 주의를 기울이지 않았다. 그저 다른 경찰관들이 있지 않나 해서 좌우를 재빨리 살피고 있을 뿐이었다. 천둥비가 쏟아지려고 할 때처럼 공기에 전기와 긴장이 충만해 있다는 느낌이 들었다.

천둥비는 그녀 자신이었다.

운전자는 천천히 그녀를 앞질렀다.

"야, 너 맛이 갔구나!"

"찌그러져!"

남자는 브레이크를 밟았다.

"뭐, 뭐라고?"

안나는 피가 벌겋게 묻은 집게손가락으로 그를 위협했다.

"꺼지란 말이야!"

남자는 머뭇거렸다. 그의 입술로 한 차례 경련이 스치고 지나갔다. 그는 무언가 심상치 않은 일이 벌어지고 있다는 것, 상황이 단순한 길거리 말다툼을 넘어서 있다는 것을 짐작한 듯했다. 그는 어깨를 으쓱해 보이고는 가속 페달을 밟았다.

안나에게 새로운 묘안이 떠올랐다. 그녀는 몇 번지 떨어진 곳에 있는 파리 동방정교회 성당을 향해 죽자고 달아났다. 철책을 따라 달리다가 자갈이 깔린 뜰을 가로질러 계단을 오르자 정면 현관이 나왔다. 그녀는 반들거리는 낡은 나무문을 밀고 어둠속으로 뛰어들었다.

성당 안이 칠흑 같은 어둠에 잠겨 있다 싶었는데, 사실은 맥박이 너무 빨라서 잠시 눈앞이 캄캄해졌던 것이었다. 가쁜 숨을 조금씩 가누자, 갈색으로 변한 금붙이며 적갈색을 띤 성화, 사위어 가는 불꽃을 닮은 구릿빛 의자 등받이 등이 차츰차츰 눈에 들어왔다.

그녀는 조심스럽게 나아갔다. 한결같이 은은한 빛을 발하는 다른 물건들이 눈에 띄었다. 여기에서는 스테인드글라스로 방울방울 흘러드는 빛과 촛불과 시우쇠의 광택을 놓고 모든 물건이 서로 다투고 있었다. 프레스코 속의 인물들조차 약간의 빛을 들이마시기 위해 어두운 배경에서 빠져나오려 하는 것 같았다. 온 공간에 은색의 빛이 후광처럼 감돌고 있었다. 아른아른한 미광 속에서 빛과 어둠이 암투를 벌이고 있었다.

안나는 아직 숨을 고르고 있었다. 가슴이 터질 것처럼 뜨거웠다. 살과 옷이 온통 땀에 젖어 있었다. 그녀는 걸음을 멈추고 원주에 기대어 돌의 찬 기운을 쐬었다. 심장의 고동이 이내 가라앉았다. 성당 안의 모든 것에 마음을 진정시키는 효과가 있는 듯했다. 촛대에서 가물거리는 촛불에도, 밀랍 덩어리처럼 윤곽이 희미해진 그리스도의 기다란 얼굴에도, 달 모양의 열매처럼 매달려 있는 금갈색 램프에도.

"어디가 안 좋아요?"

안나는 몸을 돌렸다. 그림에서 본 러시아의 차르 보리스 고두노프의 실물이 거기에 있었다. 검은 수단을 입고 기다란 수염을 가슴받이처럼 늘어뜨리고 있는 거구의 신부였다. 그녀는 자기도 모르게 그가 어떤 그림에서 걸어 나왔을까 하고 생각했다. 그가 바리톤의 음성으로 다시 물었다.

"괜찮아요?"

그녀는 문 쪽을 힐끔 보고 나서 물었다.

"여기 지하 묘소가 있나요?"

"죄송하지만 뭐라고 하셨지요?"

그녀는 단어 하나하나를 또박또박 말하려고 애썼다.

"지하 묘소요. 장례를 치를 장소가 필요해서요."

신부는 그 요구의 의미를 자기 나름대로 이해했다. 그는 짐짓 애도의 표정을 짓고 두 손을 수단의 소매 속으로 들이밀었다.

"그런데 누구를 묻을 건가요?"

"저요."

22

성(聖) 앙투안 병원의 응급실에 들어서면서, 그녀는 자기 앞에 또 다른 시련이 가로놓여 있음을 새삼스레 깨달았다. 질병과 광기에 맞서 싸워야 하는 고된 시련이 그녀를 기다리고 있었다.

대기실의 형광등 불빛이 하얀 타일 벽에 반사되면서 밖으로부터 들어오는 모든 빛을 주눅 들게 하고 있었다. 오전 8시나 밤 11시나 대기실의 밝기에는 차이가 없을 듯했다. 열기 때문에 대기실 분위기가 더욱 답답하게 느껴졌다. 소독약 냄새를 품은 갑갑하고 둔중한 기운이 납덩이처럼 몸을 짓눌러댔다. 삶과 죽음 사이에 자리한 통과 지대, 시간의 흐름이 정지된 지대에 들어와 있는 듯한 기분이었다.

나사로 벽에 고정되어 있는 의자들에는 병든 인류의 굉장한 표본들이 한데 모여 있었다. 먼저 머리를 빡빡 밀어 버린 남자가 눈에 띄었다. 그는 머리를 손으로 감싼 채 바닥에 노르께한 가루를 떨어뜨리면서 아래팔을 계속 긁어대고 있었다. 그 옆에 있는 거지 행색의 남자는 휠체어에 끈으로 묶여 있었다. 그는 창자가 뒤틀려 죽겠다면서 목을 긁는 소리로 간호사들에게 욕설을 퍼부어댔다. 그들 가까이에는 한 노파가 종이 가운을 입고 서 있었다. 노파는 알아들을 수 없는 말을 중얼거리면서 가운을 자꾸 벗으려고 했다. 그 때마다 코끼리처럼 주름이 많고 아기 기저귀를 찬 잿빛 몸이 드러나곤 했다. 그래도 한 사람만은 정상적으로 보였다. 그는 옆얼굴을 보이며 창가에 앉아 있었다. 하지만 그가 몸을 돌리자 유리 파편이 박히고 핏자국이 실처럼 달라붙어 있는 반대쪽 얼굴이 드러났다.

안나는 거지와 부랑배들의 소굴에 들어온 것 같은 그 광경에 놀라거나 겁먹지 않았다. 오히려 그런 곳이야말로 사람들의 눈길을 끌지 않고 머물 수 있는 이상적인 장소라고 생각했다.

네 시간 전에 그녀는 동방정교회 신부와 함께 지하 묘소로 내려갔었다. 그녀는 자기가 러시아계의 독실한 신자라고 둘러대고, 자기가 중병에 걸렸으며 죽으면 그 성스러운 장소에 묻히고 싶다고 너스레를 놓았다. 신부는 미심쩍어 하는 눈치였지만 30분 넘게 그녀의 이야기에 귀를 기울여 주었다. 그럼으로써 신부는 빨간 완장을 찬 남자들이 동네를 샅샅이 뒤지고 다니는 동안 본의 아니게 그녀를 숨겨준 셈이었다.

그녀가 지상으로 다시 올라왔을 때는 도망칠 길이 열려 있었다. 상처에서 흐르던 피도 완전히 엉겨 붙은 뒤였다. 그녀는 다친 팔을 가운으로 가리고 사람들의 눈길을 별로 끌지 않으면서 거리를 돌아다닐 수 있었다. 뜀박질을 하듯이 종종걸음을 치면서, 그녀는 기모노식 실내 가운을 만든 겐조 사와 유행을 따르는 척하면서 실내 가운을 입고 거리를 활보할 수 있게 하는 별난 세태에 감사하였다.

비는 계속 추적거리는데, 어디로 가야 할지 마음을 정할 수가 없었다. 그녀는 샹젤리제 대로의 군중 속에 섞여서 두 시간이 넘도록 그렇게 정처 없이 헤매고 다녔다. 그녀는 깊은 상념에 빠지지 않으려고, 자신의 의식 주위에서 입을 쩍 벌리고 있는 깊은 수렁에 빠지지 않으려고 애썼다.

나는 자유롭다. 나는 살아 있다.

이것만으로도 대단하지 않은가.

정오 무렵에 그녀는 콩코르드 광장에서 지하철을 탔다. 1호선 뱅센 성 방향의 열차였다. 차량의 한 구석에 앉아서 그녀는 달아날 길을 찾기에 앞서 한 가지 사실을 확인해 보기로 결심했다. 그녀는 1호선이 지나는 길에 있는 병원들을 마음속으로 짚어 가다가 바스티유 역에서 아주 가까운 성 앙투안 병원으로 가기로 결정했다.

20분 정도 기다리자 커다란 엑스선 사진 봉투를 든 의사가 나타났다. 그는 봉투를 아무도 앉아 있지 않은 접수대 위에 올려놓고 몸을 기울여 책상 서랍을 뒤지고 있었다. 그녀는 의사를 만나러 뛰어갔다.

"당장 뵈었으면 하는데요."

"차례를 기다리세요. 간호사들이 성함을 부를 거예요."

의사는 그녀를 돌아보지도 않고 자기 어깨 너머로 그렇게 퉁을 놓았다.

안나는 그의 팔을 잡고 사정했다.

"부탁이에요. 저 엑스선 검사를 꼭 받아야 해요."

의사는 짜증을 내며 돌아섰다. 하지만 그녀를 보자마자 그의 표정이 바뀌었다.

"접수하셨어요?"

"아뇨."

"진료 카드 안 내셨어요?"

"가져오지 않았어요."

응급처치 전문의는 그녀를 아래위로 훑어보았다. 그는 하얀 가운을 입고 코르크로 만든 실내화를 신고 있었다. 진한 갈색머리의 크고 건장한 남자였다. 구릿빛으로 그을린 피부와 가운의 V자 깃 사이로 보이는 가슴의 털과 목에 걸린 금 사슬 등으로 인해서 이탈리아의 코미디 영화에 나오는 바람둥이처럼 보였다. 그는 입술에 달라붙은 듯한 노련한 미소를 머금고 아무런 거리낌 없이 그녀를 아래위로 훑어보았다. 그러고는 한 번의 손짓으로 찢어진 실내 가운과 엉겨 붙은 피를 가리켰다.

"팔 때문에 그러시나요?"

"아뇨. 전…… 저는 얼굴이 아파요. 엑스선 사진을 찍어보아야 해요."

그는 한쪽 눈썹을 찌푸리고 가슴에 난 털—종마의 말총 같은 털—을 긁적였다.

"낙상하셨어요?"

"아뇨. 안면 신경통이 아닌가 싶어요. 잘은 모르겠어요."

"아니면 부비강염일 겁니다. (그는 그녀에게 한쪽 눈을 찡긋해 보였다.) 요즘에 그게 많거든요."

그는 대기실의 환자들에게 눈길을 던졌다. 마약중독자, 술주정뱅이, 치매에 걸린 할머니……. 여느 때와 다름없는 군상이었다. 그는 한숨을 내쉬었다. 안나와 함께 잠시 숨을 돌리고 싶다는 생각이 갑자기 든 듯했다.

그는 남프랑스의 해수욕장에서나 어울릴 법한 시원스런 미소를 지어 보이며 후끈한 목소리로 속삭였다.

"스캐너로 찍어 드리죠, 아가씨. 얼굴 속을 파노라마처럼 볼 수 있을 겁니다."

그는 그녀의 찢어진 소매를 잡으며 말끝을 달았다.

"하지만 그러기에 앞서 상처부터 치료해야겠군요."

한 시간 후, 안나는 병원의 정원 가장자리를 따라 뻗어 있는 돌 회랑에 앉아 있었다. 거기에서 검사 결과를 기다려도 좋다고 의사가 허락했던 터였다.

날씨가 달라져 있었다. 빗줄기 속으로 햇살이 녹아들어 비가 은빛 안개처럼 보였다. 현실이 아닌 것처럼 느껴지는 기이한 빛이었다. 안나는 나뭇잎에서 튀어 오르는 빗방울이며 반짝반짝 빛나는 물웅덩이, 자갈들과 관목 덤불의 뿌리 사이에 생겨난 가느다란 물줄기 등을 주의 깊게 바라보고 있었다. 잠깐이나마 놀이를 하는 기분으로 그러고 있으니 마음에 다시 여유가 생기고 두려움이 누그러졌다. 섣부른 단정은 금물이었다. 아직은 모르는 일이었다.

오른쪽에서 코르크 실내화 소리가 울렸다. 의사가 손에 사진을 들고 회랑의 아케이드를 따라 다가오고 있었다. 그의 얼굴에서는 이제 웃음기가 사라져 있었다.

"사고 당한 적이 있다는 얘기를 왜 안 하셨어요?"

안나는 자리에서 일어나며 되물었다.

"사고라뇨?"

"도대체 무슨 일이 있었던 거죠? 교통사고였나요?"

그녀는 질겁하며 뒤로 물러섰다. 의사는 믿기지 않는다는 듯한 표정으로 고개를 가로저었다.

"요즘 성형외과에서는 완전히 미친 짓을 하고 있군요. 겉으로 보아서는 전혀 모르겠더니……."

안나는 그의 손에서 스캐너 사진을 빼앗았다.

사진은 균열과 봉합선과 다시 붙인 자국이 여기저기에 있는 머리를 보여주고 있었다. 이마와 광대뼈 쪽의 검은 선은 골 이식의 흔적이었다. 콧구멍 주위의 균열은 코를 완전히 다시 만들었다는 사실을 알려주고 있었다. 턱뼈와 관자놀이 구석에 박힌 나사들은 보형물을 지탱해 주고 있었다.

안나는 낙담한 웃음, 울음 섞인 웃음을 터뜨리며 아케이드 아래로 달아났다.

그녀의 손에 들린 스캐너 사진이 파란 불꽃처럼 일렁거렸다.

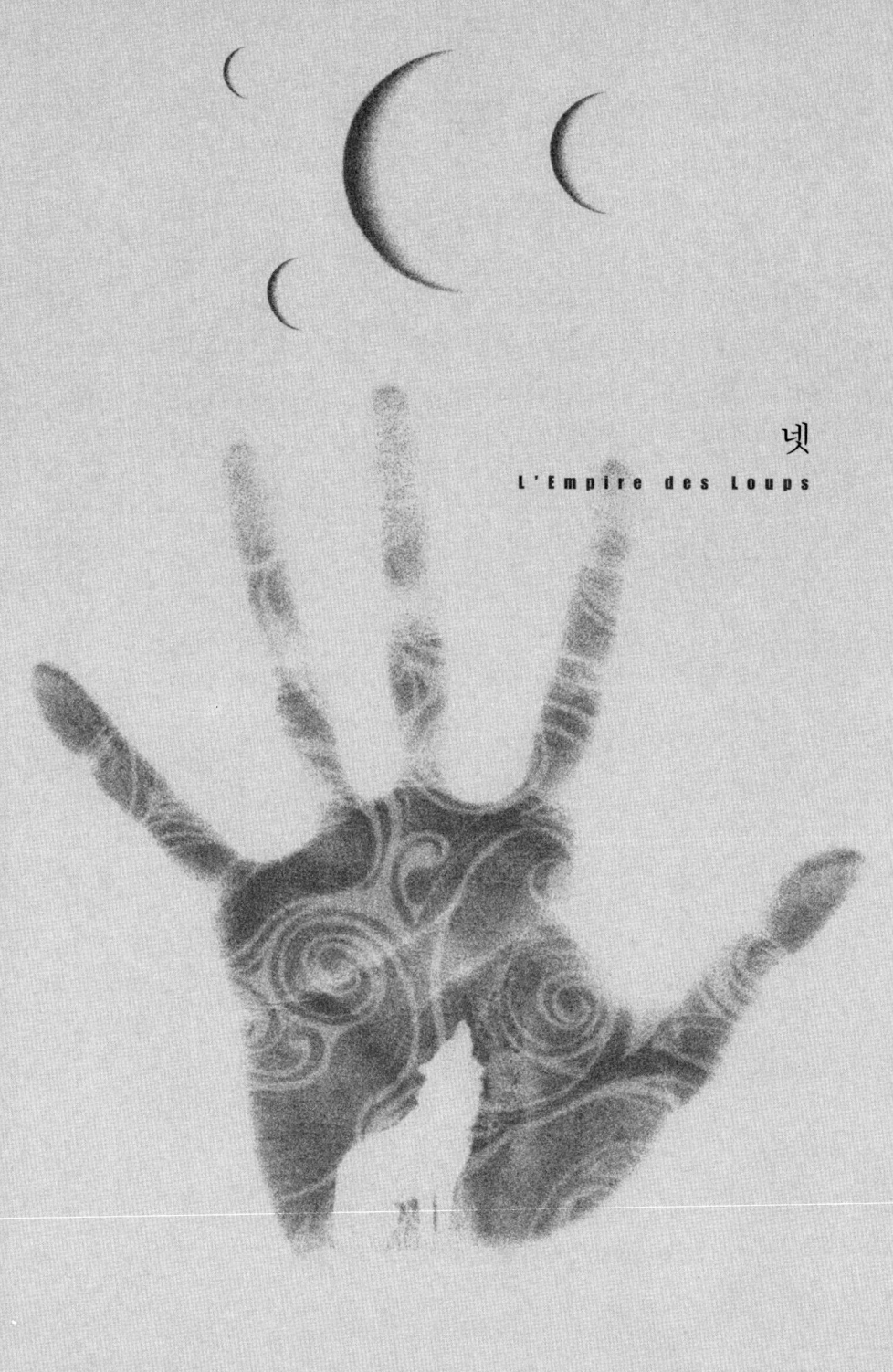

넷

L'Empire des Loups

23

 이틀 전부터 그들은 터키 타운을 누비고 있었다. 폴 네르토는 시페르의 꿍꿍이를 이해할 수 없었다. 일요일 저녁에 바로 터키 불법 이주자들의 주된 조직망인 이스켈레의 책임자 마레크 제시우즈, 일명 마리우스의 사무실로 쳐들어갔어야 했다. 노예 장사를 하는 그 작자를 따끔하게 혼내주고 세 피살자의 신원이 기록된 카드를 찾아냈어야 했던 것이다.
 그런데 시페르는 그 일을 제쳐두고 '자기' 구역과의 관계를 회복하는 데에만 골몰했다. 그의 말마따나 자기의 흔적을 되찾는 데에만 관심이 있어 보였다. 이틀 전부터 그는 누구에게 무엇을 물어보는 일도 없이 그저 왕년의 자기 영역을 돌아다니면서 냄새를 맡고 요모조모 살피기만 했다. 비가 세차게 내린 덕분에 자동차 안에서 주민들 눈에 띄지 않고 거리를 살필 수 있었던 게 그나마 다행이었다.
 폴은 초조한 마음을 간신히 억누르고 있었다. 그래도 터키 타운에 관해 이틀 만에 배운 것이 3개월 동안 수사를 하면서 알게 된 것보다 많다는 사실은 인정하지 않을 수 없었다.

시페르는 터키 타운으로 들어가기에 앞서 다른 나라들에서 온 이주민들의 집단 거주 지역을 먼저 알게 해주었다. 그들은 스트라스부르 대로의 인도 타운 한복판에 있는 브라디 상가로 갔다. 기다란 유리 지붕 아래로 잡다한 소상점들과 차폐물을 드리운 어두운 식당들이 늘어서 있었다. 식당의 남자 종업원들은 행인들에게 너스레를 떨었고, 사리를 입은 여자들은 향신료 냄새가 진동하는 속에서 말 대신 배꼽으로 손님들을 끌고 있었다. 비바람이 들이닥쳐 각각의 냄새에 활기를 불어넣으니, 그야말로 몬순이 한창 부는 우기에 봄베이의 저잣거리에 와 있는 듯한 기분이 들었다.

시페르는 인도와 파키스탄과 방글라데시에서 온 사람들이 만남의 장소로 이용하는 가게들을 일러주었다. 힌두교, 자이나교, 시크교, 불교 등 각 종교 공동체의 지도자가 누구인지도 알려주었다. 또 몇 군데 가게를 지나쳐 가면서 이국정취가 농축되어 있는 그 구역에 관해 상세한 설명을 해 주기도 했다. 그는 이곳의 종교적 다양성이 점차 약해질 수밖에 없으리라고 내다보면서 이렇게 빈정거렸다.

"몇 년 지나면, 파리 10구에서는 시크교도들이 활개를 칠걸세."

그 다음에 그들은 포부르 생마르탱 거리의 중국인 상점들 맞은편에 자리를 잡고 가게들을 살폈다. 마늘과 생강 냄새로 가득 찬 동굴 속 같은 식료품 가게들. 벨벳으로 된 보석 상자를 조금 열어 놓은 것처럼 보이는, 커튼이 쳐진 식당들. 진열창과 크롬강 카운터가 번쩍거리고 샐러드와 노릇노릇한 튀김이 알록달록한 조리식품 가게들. 시페르는 이 동네의 건물들을 멀리서 손가락으로 가리켜 알려주었다. 그들도 가게를 운영하고 있지만, 그들의 활동 중에서 장사가 차지하는 비중은 5퍼센트밖에 되지 않을 거라고 했다.

"저 개자식들은 절대로 믿지 말게. 믿을 만하게 행동하는 자가 한 놈도 없어. 저들의 머리는 저들의 음식과 같아. 정체를 알 수 없게 토막 낸 것들로 가득 차 있고, 글루타민산나트륨이 잔뜩 들어 있어서 머리를 아프게 하지."

이어서 그들은 다시 스트라스부르 대로로 갔다. 앤틸 제도와 아프리카에서 온 이발사들이 싸구려 화장품 장수들이며 장난감 장수들과 보도를 서로 차지하려고 다투고 있었다. 가게의 차양 아래에는 흑인들이 옹기종기 모여서 비를 피하고 있었다. 스트라스부르 대로를 생활 근거지로 삼고 있는 아프리카 종족들의 완벽한 만화경이 펼쳐지고 있었다. 코트디부아르에서 온 바울레 족과 음보시 족과 베테 족, 콩고에서 온 라리 족, 구(舊) 자이르에서 온 바콩고 족과 바울라 족, 카메룬에서 온 바멜레케 족과 에원도 족······.

폴은 그 아프리카인들에게 호기심을 느끼고 있었다. 그들은 하는 일이 없이 늘 거리에서 빈둥거렸다. 그는 그들 대다수가 마약 밀거래자이며 사기꾼이라는 것을 알고 있었다. 하지만 그는 그들에 대해서 애정을 느끼지 않을 수 없었다. 그들의 유머, 정신의 경쾌함, 그리고 아스팔트 바닥에서조차 시들지 않는 그 열대의 생명력이 그를 열광시켰다. 그는 특히 여자들에게 매력을 느꼈다. 그녀들의 윤기 흐르는 검은 눈매는 '아프로 2000'이나 '로얄 미용실' 같은 곳에서 갓 펴고 나온 반들반들한 머리와 신비롭도록 잘 어울렸다. 불탄 숲에서 나온 요정들, 커다란 검은 눈에 공단처럼 윤이 나는 얼굴들······.

하지만 시페르는 그들에 대해 더 사실적이고 상세한 설명을 늘어놓았다.

"카메룬 사람들은 위조의 왕일세. 지폐건 신용카드건 뭐든지 위조하지. 콩코인들의 전공은 옷이야. 옷을 훔치거나 가짜 상표를 만드는 일에 능하다네. 코트디부아르 사람들은 별명이 '3615[16]'야. 가짜 자선단체를 전문으로 하고 있지. 그들은 에티오피아의 굶주린 사람들과 앙골

라의 고아들을 위한 거라면서 계속 자네 돈을 뜯어낼 거야. 사회적 연대의 멋진 본보기지. 하지만 가장 위험한 자들은 자이르인들일세. 그들의 영역은 마약이야. 그들이 이 구역을 주름잡고 있지. 요컨대 이 구역에서는 흑인들이 가장 고약한 자들일세. 영락없는 기생충들이지. 그들의 존재 이유는 그저 우리의 피를 빠는 것뿐일세."

폴은 그런 식의 인종차별주의적 견해에 일절 대꾸하지 않았다. 수사와 직접 관련되지 않은 것에는 개의치 않기로 결심했던 터였다. 그는 오로지 결과만 겨냥하고 있을 뿐 여타의 것은 염두에 두지 않고 있었다. 사실 그는 은밀하게 다른 방면으로도 수사를 진행하고 있었다. 그는 10구 수사대의 두 형사, 노브렐과 마트코프스카를 시켜서 고압 잠함이 있는 곳을 알아내게 했다. 두 형사는 이미 병원 세 곳을 찾아가 보았지만 부정적인 대답밖에는 얻지 못했다. 그들은 이제 파리의 땅속 깊은 곳에서 일하는 토목 기술자들을 상대로 탐문을 벌이고 있었다. 공사장이 지하수에 침수되는 것을 막기 위해 높은 압력을 견디며 일을 해야 하는 그 기술자들은 저녁마다 감압용 잠함을 사용하고 있다고 했다. 폴은 그들이 경험하는 땅속의 암흑을 마치 자신이 직접 겪어본 것처럼 생생하게 느끼고 있었다. 그는 그 날 안으로 두 형사의 보고서를 받게 되어 있었다. 또한 폴은 보안방범대의 젊은 경관을 시켜 터키에 관한 다른 안내서와 고대 유적 카탈로그들을 수집하게 했다. 전날 그 경관은 일차적으로 수집한 자료들을 11구의 슈맹 베르 거리에 있는 그의 집으로 가져왔다. 아직 시간이 없어서 검토를 못했지만 곧 밤을 새워서 읽어야 할 자료들이었다.

폴과 시페르는 첫날을 그렇게 보내고 이튿날이 되어서야 엄밀한 의미에서 진짜 터키 타운이라고 할 만한 구역으로 들어갔다. 이 구역은

---

16) 프랑스의 정보통신망인 미니텔의 서비스에 접속하기 위한 번호.

남쪽으로 본 누벨 대로와 생드니 대로에 닿아 있다. 동쪽으로는 포부르 생마르탱 거리가 서쪽으로는 포부르 푸아소니에르 거리가 경계를 짓고 있다. 북쪽으로는 라파예트 거리와 마젠타 대로가 만나 꼭지점을 이루면서 이 구역에 모자를 씌운다. 이 구역의 척주는 스트라스부르 대로이다. 생드니 대로에서 동역까지 곧장 올라가는 이 척주로부터 양쪽으로 프티트 에퀴리 거리나 샤토 도 거리 같은 신경이 갈라져 나간다. 동방의 파편과도 같은 이 구역에 피를 공급하는 심장은 스트라스부르 생드니 지하철에서 고동치고 있다.

건축의 관점에서 보면, 이 구역은 전혀 특별한 것이 없어 보였다. 낡은 회색 건물들은 어쩌다 보수가 된 것들이 있기는 했지만 대개는 무수한 세대가 거쳐 간 허름한 건물들이었다. 건물들의 층별 구성은 한결같았다. 1층과 2층에는 가게들이 들어앉아 있었고, 3층과 4층은 작업장으로 쓰였다. 5층부터 꼭대기층까지는 주거용이었다—아파트 한 채를 둘 또는 서넛으로 나눈 좁디좁은 공간에 너무나 많은 사람이 모여 살고 있었다.

다른 곳으로 가기 전에 거쳐가는 곳, 뜨내기들이 머무는 곳 같은 분위기가 거리에 물씬했다. 많은 가게들이 이동, 방랑, 늘 경계하며 사는 불안정한 삶과 연관되어 있는 듯했다. 보도에 선 채 급히 끼니를 때우기 위한 샌드위치 오두막, 도착하고 다시 떠나는 것을 도와주는 여행사, 유로를 얻는 데에 필요한 환전소, 신분증을 복사해 주는 복사 가게 등이 곳곳에 있었다. 부동산 중개소와 '임대', '매매' 등의 팻말이 무수히 눈에 띄는 것은 말할 것도 없었다.

폴은 그 모든 징후에서 집단 이주의 도도한 물결, 머나먼 곳에서 발원하여 이곳의 거리들 속으로 쉼 없이 흘러드는 인간의 강물을 감지했다.

하지만 이 구역은 그저 경유지로 그치는 것이 아니라 의류 제조라는 또 다른 존재 이유를 지니고 있었다. 의류 제조업은 상티에 상가의 유태인 공동체가 장악하고 있었으므로 터키인들이 이 분야를 좌지우지하는 것은 아니었다. 하지만 1950년대의 대이주 이후 터키인들은 의류업계라는 사슬의 핵심적인 고리로 인정받게 되었다. 그들은 수백 개의 공장과 무수한 가내 노동자 집단을 거느리고 도매상들에게 제품을 공급하고 있었다. 그들의 노동력은 중국인들과 경쟁을 벌일 수 있을 정도로 막강했다. 비록 수에서는 중국인들에게 밀렸지만, 그들에게는 역사가 더 깊고 사회적 지위가 조금 더 합법적이라는 이점이 있었다.

두 경찰관은 번잡하고 시끌벅적한 그들의 거리로 잠입했다. 배달원들이 자기들 멋대로 트럭을 세워놓고 봉지며 보따리며 옷 따위를 손에서 손으로 옮기고 있는 거리로.

시페르는 다시 안내자 역할을 맡았다. 가게마다 주인이 누구고 전문 분야가 무엇인지를 잘 알고 있는 그였다. 그는 자신의 끄나풀 노릇을 했던 터키인들과 이러저러한 이유로 자신이 '거느리고 있던' 심부름꾼들, 자기에게 '빚을 진' 식당들을 일러주었다. 그 명단은 끝이 없어 보였다. 폴은 그가 불러대는 이름들을 받아 적다가 중도에 포기하고 말았다. 그 다음부터는 그저 시페르가 이르는 대로 이리저리 시선을 돌리면서 아우성과 자동차 경적 소리와 오염의 냄새에 흠씬 젖은 채 주위의 북새통을 관찰하였다.

화요일 정오 무렵에 그들은 마침내 중심부로 진입하기 위한 마지막 경계선을 넘었다. 이 중심부는 '작은 터키' 라 불리는 과밀 구역으로서, 프티트 에퀴리 거리와 동명의 상가 및 막다른 골목, 앙갱 거리, 에시키에 거리, 포부르 생드니 거리를 포괄하고 있었다. 면적은 몇 헥타르밖에 안 되지만, 대부분의 건물이 지하층에서 꼭대기층에 이르기까지 완전히 터키인들로 가득 차 있는 곳이었다.

시페르는 이 독특한 동네를 이해하기 위한 암호와 열쇠를 폴에게 넘겨주면서 곳곳에 숨겨져 있는 비밀을 밝혀 주었다. 어떤 건물의 뒷마당으로 들어가면 창고가 나오는데, 거기에 사실은 회교사원이 들어앉아 있다라든가, 어떤 건물의 안뜰 깊숙한 곳에 있는 방은 극좌파의 집합소이다 하는 식으로……. 시페르는 몇 주 전부터 폴의 골치를 아프게 하던 수수께끼들의 장막을 걷어내고 그의 모든 궁금증을 풀어 주었다. 금발의 사내들이 검은 옷을 입고 프티트 에퀴리 골목에 죽치고 있는 것도 그 수수께끼 중 하나였다. 그들에 대한 시페르의 설명은 이러했다.

"라즈 족일세. 터키 북동쪽의 흑해에서 온 사람들이지. 그들은 전사의 후예일세. 터키의 국부 무스타파 케말도 그들 중에서 자신의 경호원들을 뽑았다네. 그들의 전설은 오랜 역사를 가지고 있어. 그리스 신화에 황금 양털의 수호자로 나오는 콜키스 사람들이 바로 그들의 선조일세."

또 프티트 에퀴리 거리에는 어두운 술집이 하나 있었고, 거기에 들어서면 콧수염을 기른 뚱뚱한 남자의 사진이 눈에 잘 띄게 걸려 있었다. 그것에 대해서 시페르는 이렇게 설명했다.

"그 술집은 쿠르드 족의 본부일세. 사진 속의 남자는 아포야. 아저씨라는 뜻이지. 쿠르드 족 무장독립운동 단체인 쿠르드 노동당(PKK)의 지도자 압둘라 외잘란을 쿠르드 사람들은 그렇게 부른다네. 그는 현재 터키 감옥에 갇혀 있어."

그러고 나서 시페르는 엄숙하고 거창한 어조로 덧붙였다.

"쿠르드 족은 나라가 없는 최대의 민족일세. 전체 인구가 2천 5백만 명쯤 되는데, 그 중 1천 2백만 명은 터키에 살고 있네. 그들은 터키인들처럼 회교도이고, 터키인들처럼 콧수염을 기르지. 그들 역시 기성복 공장에서 일을 하고 있어. 다만 한 가지 문제가 있다면, 그들은 터키인이 아니라는 걸세. 그 무엇도 그 누구도 그들을 동화시키지 못할 거야."

시페르는 앙갱 거리에 모이는 알레비 파에 대해서도 알려주었다.

"그들의 별명은 '빨간 머리' 일세. 자기들만의 비밀 의식을 거행하는 시아파 회교도지. 정말 고집이 엄청나게 센 사람들이라네……. 대부분 좌파 성향을 지닌 반골들이야. 그들은 종교와 형제애를 바탕으로 결속력이 매우 강한 공동체를 이루고 있어. 그들은 저마다 '의형제', 즉 깨달음의 동반자를 한 사람씩 선택하네. 그런 다음 둘이서 함께 알라신 앞으로 나아가는 것이지. 전통적인 이슬람에 맞서는 진정한 저항 세력일세."

터키 사람들에 관해서 이야기할 때 보면, 시페르는 그들을 끊임없이 모욕하면서도 다른 한편으로는 그들을 은근히 존경하고 있는 듯한 느낌을 주었다. 사실 그는 터키 세계에 대해서 증오와 애정 사이를 왔다 갔다 하고 있었다. 폴이 기억하고 있는 소문 중에는 시페르가 터키 여자와 결혼할 뻔했다는 얘기도 있었다. 과연 무슨 일이 있었던 것일까? 그 이야기는 어떻게 끝이 났을까? 폴이 시페르와 터키 사이의 어떤 낭만적인 관계를 상상할라 치면, 시페르는 고약하기 짝이 없는 인종차별주의적 발언으로 산통을 깨기가 일쑤였다.

두 남자는 경찰 표지가 없는 자동차에 옹색하게 죽치고 있었다. 이 자동차는 수사가 시작될 때 경찰청에서 폴에게 제공한 낡은 골프였다. 그들은 프티트 에퀴리 거리와 포부르 생드니 거리 모퉁이에 자리잡고 있는 샤토 도라는 레스토랑 바로 앞에 차를 세워놓고 있었다.

날이 어두워지고 있었다. 어둠이 비와 뒤섞이자 풍경이 녹아내리고 흙탕물과 무채색의 물웅덩이가 번들거렸다. 폴은 손목시계를 보았다. 8시 30분.

"시페르, 여기서 뭐하는 거예요? 오늘은 마리우스를 치기로 했는데……."

"조금만 더 참아. 곧 콘서트가 시작될 거야."

"무슨 콘서트요?"

시페르는 바버 재킷의 주름을 문지르며 좌석에서 몸을 비비꼬았다.

"내가 이미 말했을 텐데. 마리우스는 스트라스부르 대로에 콘서트 홀을 가지고 있어. 포르노 영화관이었던 건물을 개조한 거야. 오늘밤에 콘서트가 열려. 그의 경호원들이 경비 업무를 맡을 거야. (그는 한쪽 눈을 찡긋해 보였다.) 그를 기습하기에는 이보다 좋은 때가 없지."

그는 앞쪽으로 뻗어 있는 큰 길을 가리키며 덧붙였다.

"자아, 시동 걸고 샤토 도 거리로 가세."

폴은 언짢은 기분으로 그의 말에 따랐다.

'당신에게 기회는 한 번뿐이오' 하고 폴은 마음속으로 별렀다. 마리우스를 찾아갔다가 시페르의 악명 높은 방식 때문에 일이 잘못된다면, 당장 롱제르의 퇴직자 보호 시설로 그를 도로 데려갈 작정이었다. 하지만 한편으로는 동물적인 감각이 탁월하다는 그의 솜씨를 어서 보고 싶기도 했다.

"스트라스부르 대로 건너편에 차를 대게. 말썽이 생길 경우에는 내가 아는 비상 출구로 빠져나올 거니까."

폴은 스트라스부르 대로를 건너 한 블록을 지난 다음 부샤르동 거리 모퉁이에 차를 세웠다.

"말썽이 생기면 안 돼요, 시페르."

"사진이나 주게."

폴은 잠시 망설이다가 시신들의 사진이 담긴 봉투를 건네주었다. 시페르는 싱긋 웃으며 조수석의 문을 열었다.

"나한테 맡겨. 모든 게 잘될 거야."

폴은 자기도 차문을 열고 나가면서 생각했다. '기회는 한 번뿐이오.

두 번은 없소.'

24

홀에 들어서니 온몸을 뒤흔드는 강한 진동 때문에 다른 감각들이 갑자기 둔해졌다. 충격의 파동은 뱃속을 관통하고 신경을 긁은 다음 발꿈치로 내려갔다가 척주를 타고 다시 올라갔다. 척주가 비브라폰의 음판처럼 떨렸다.
폴은 갑자기 덮쳐오는 타격을 피하기라도 하듯 본능적으로 목을 움츠리고 몸을 숙였다. 하지만 진동의 공격을 피할 수는 없었다. 벌써 배와 가슴이 짜르르 하고 얼굴 양쪽에 가해진 타격 때문에 고막이 터질 듯했다.
무대의 투광기들이 빙빙 돌면서 여기저기 빛을 비추고 있었지만, 담배연기 자욱한 실내는 어두컴컴했다. 그는 어둠에 익숙해지기 위해 눈을 깜박였다.
마침내 실내장식이 눈에 들어왔다. 새김이 들어간 황금빛 난간, 모조 대리석 기둥, 가짜 수정으로 만든 샹들리에, 답답한 느낌을 주는 진홍색 벽지……. 시페르는 영화관을 개조한 것이라고 말했지만, 이런 실내장식은 오히려 예전의 카바레나 싸구려 오페레타를 공연하는 콘서트 카페 같은 곳의 진부한 키치를 연상시켰다. 격렬한 네오 메탈 그룹보다는 포마드를 바른 유령들이 더 잘 어울릴 법한 공연장이었다.

무대에서는 연주자들이 '퍼킹'과 '킬링' 따위의 영어 단어를 되뇌면서 몸을 흔들어대고 있었다. 그들은 땀과 열기로 번들거리는 상반신을 알몸으로 드러낸 채 기타와 마이크와 디스크플레이어를 공격용 무기처럼 다루며 객석의 앞쪽 몇 줄을 단속적인 파동으로 일렁거리게 했다.

폴은 바를 떠나 뒷좌석 쪽으로 갔다. 군중 속에 파묻히자 친숙한 기분과 함께 과거에 대한 향수가 일었다. 젊은 시절의 콘서트들. 영국 펑크록 그룹 '더 클래시'의 성난 리프에 맞춰서 마치 격렬하게 스카이콩콩을 타듯이 펄쩍거렸던 일. 중고 기타로 익힌 네 개의 코드. 하지만 기타 줄이 아버지가 몰던 택시 운전석의 피로 얼룩진 줄무늬를 너무나 생생하게 연상시키는 바람에 기타를 다시 팔아 버렸던 일.

그는 시페르가 시야에서 사라진 것을 알아차렸다. 그는 몸을 돌려 바 근처의 계단 위쪽에 있는 관객들을 살폈다. 그들은 한 손에 술잔을 들고 거드름을 피우면서, 무대의 강렬한 비트에 허리를 살살 흔드는 것으로 응답하고 있었다. 폴은 후광처럼 에워싸는 투광기 불빛 때문에 음영이 어른거리는 그 얼굴들을 죽 훑어보았다. 시페르는 보이지 않았다.

갑자기 어떤 목소리가 그의 귓전을 울렸다.

"주전부리 좀 줄까?"

폴은 몸을 돌렸다. 챙 달린 모자 아래로 창백한 얼굴이 보였다.

"뭐?"

"끝내주는 블랙 봄베이가 있는데."

"뭐가 있다고?"

사내는 몸을 숙이더니 폴의 어깨에 손을 얹었다.

"블랙 봄베이가 있다니까. 네덜란드 산 봄베이야. 이봐, 너 어디에서 왔냐?"

폴은 사내의 손을 뿌리치고 경찰 신분증을 꺼냈다.

"여기에서 나왔다, 이 자식아. 감옥에 처넣기 전에 어서 꺼져."

사내는 차력사가 입으로 뿜어내는 불꽃처럼 사라졌다. 폴은 경찰 표시가 찍힌 자신의 신분을 잠시 바라보며, 옛날의 콘서트와 오늘날의 자기 모습 사이에 가로놓인 심연이 얼마나 깊은지를 헤아렸다. 타협을 모르는 고지식한 경찰관. 진흙탕을 휘젓고 다니는, 공권력의 가차 없는 대리인. 내 나이 스무 살 때 내가 이렇게 되리라고 상상이나 했을까?

그 때 시페르가 그의 등을 탁 치며 버럭 소리를 질렀다.

"자네, 왜 이래? 이거 집어넣어."

폴은 땀에 젖어 있었다. 그는 언짢은 기분을 다스리려고 애썼다. 주위의 모든 것이 흔들거렸다. 번쩍이는 불빛 때문에 얼굴들이 부서지고 알루미늄 호일처럼 구겨졌다.

시페르는 그의 팔에 한결 부드러운 스트레이트를 다시 한 방 먹였다.

"가세. 마리우스가 있어. 그를 잡으러 그의 소굴로 들어가자고."

그들은 빽빽하게 모여서 흔들흔들 움직이는 몸들 사이로 비집고 들어갔다. 어깨와 허리가 만들어내는 광란의 물결이 규칙적으로 일렁거리고 있었다. 무대에서 토해내는 리듬에 대한 거리낌 없고 본능에 충실한 화답이었다. 두 형사는 팔꿈치와 무릎을 열심히 놀려 마침내 무대 앞에 다다랐다.

스피커에서 기타들의 째지는 소리가 분출하고 있었다. 시페르는 오른쪽으로 방향을 틀었다. 폴은 겨우겨우 그를 따라가고 있었다. 확성장치가 격렬하게 숨을 토해내고 있는 가운데 시페르가 한 경비원과 이야기를 나누고 있는 모습이 눈에 띄었다. 경비원은 고개를 끄덕이며 벽의 일부로 감쪽같이 위장되어 있던 문을 열어주었다. 폴은 재빨리 달려가서 문의 벌어진 틈새로 간신히 빠져 들어갔다.

그들은 조명이 거의 되어 있지 않은 좁다란 통로로 들어섰다. 양쪽 벽에는 포스터들이 번쩍이고 있었다. 대부분의 포스터에는 터키를 나타내는 초승달과 함께 공산주의를 뜻하는 망치가 그려져 있었다. 정치적인 색채가 농후한 상징이었다. 시페르가 설명했다.

"마리우스는 자리 거리에 본거지를 둔 극좌파 집단의 우두머리 행세를 하고 있네. 작년에 터키 감옥에 불을 지른 자들이 바로 그의 패거리일세."

폴은 그 폭동에 관해서 어렴풋하게 들은 적이 있었다. 하지만 그는 아무것도 묻지 않았다. 터키의 정치 상황에 관심을 가질 기분이 아니었다. 두 남자는 계속 걸어갔다. 홀을 진동시키는 음악의 둔중한 메아리가 등 뒤에서 울리고 있었다. 시페르가 걸음을 늦추지 않고 빈정거리는 어조로 말했다.

"콘서트를 여는 속셈은 뻔해. 고객을 끌어들여서 자기네 물건을 강매하자는 수작이지!"

"무슨 얘긴지 모르겠어요."

"마리우스는 마약 장사도 하고 있네. 엑스타시와 암페타민도 팔고, 스피드나 엘에스디를 가지고 만드는 온갖 것을 팔지. 그는 콘서트를 열어서 자신의 고객을 늘려나가. 기회주의적으로 여기저기에 다리를 걸쳐서 돈을 벌고 있지."

폴이 불쑥 물었다.

"블랙 봄베이가 뭔 줄 아세요?"

"최근 몇 년 사이에 부쩍 유행하고 있는 거야. 엑스타시를 잘라서 헤로인과 섞은 거지."

퇴직자 보호 시설에서 갓 나온 58세의 퇴물이 엑스타시 분야의 최근 경향을 어떻게 알 수 있지? 또 하나의 수수께끼였다. 시페르가 덧붙였다.

"올라갔다가 다시 내려가게 하는 데에는 아주 그만이지. 엑스타시가 흥분시키고 나면, 헤로인이 다시 차분하게 만들어 주는 걸세. 눈동자가 찻잔받침 만하게 커졌다가 이내 바늘귀처럼 작아지지."

"바늘귀처럼 작아진다고요?"

"그렇다니까. 헤로인은 잠이 오게 해. 언제나 사람을 꾸벅거리게 만들지. (그는 잠시 멈추었다가 말을 이었다.) 정말 몰라서 그래? 자네, 전에 마약 팀에서 일하지 않았어?"

"4년 동안 일했습니다. 그렇다고 마약중독자가 되란 법은 없지요."

'시프르'는 더없이 멋진 미소를 지어 보였다.

"악을 맛보지 않고 어떻게 악과 싸우겠다는 거지? 적의 강점을 알지 못하면서 적을 안다고 할 수 있겠어? 그 너절한 것에서 아이들이 무엇을 얻으려 하는지를 알아야 해. 마약의 강점이 뭘 줄 알아? 그걸 복용하면 기분이 좋아진다는 것, 그게 바로 무서운 점이야. 젠장, 만일 자네가 그걸 모른다면 마약 중독을 비난할 자격도 없어."

폴은 시페르를 놓고 자기가 처음에 생각했던 것을 기억해 냈다. 장·루이 시페르는 모든 경찰관의 아버지이고, 영웅인 동시에 악마이며, 최선과 최악을 한 몸에 지니고 있는 인물이라는 생각을.

폴은 다시 화가 치솟는 것을 꾹 눌러 참았다. 그의 파트너는 다시 앞장서서 나아갔다. 마지막으로 한 번 더 방향을 틀자 검은 페인트를 칠한 문 양쪽에 가죽 외투를 입은 거한 두 명이 나타났다.

스포츠머리를 한 전직 경찰관은 경호원들의 눈앞에 경찰 신분증을 들이댔다. 폴은 경악했다. 아니, 저 유물이 어디서 났지? '시프르'가 현역 경찰 행세를 한다는 것은 이제부터 수사의 주도권을 자기가 쥐겠다는 뜻이었다. 마치 그런 새로운 상황을 기정사실로 쐐기를 박기라도 하듯 그는 터키 말을 하기 시작했다.

경호원은 머뭇거리는 기색을 보이다가 문을 두드리려고 손을 올렸다. 시페르는 얼른 그를 제지하고 스스로 문의 손잡이를 돌렸다. 안으로 들어서면서 그가 어깨 너머로 폴에게 다짐을 두었다.

"내가 심문할 테니까 자네는 그냥 가만히 보고만 있어."

폴은 따끔하게 일침을 놓고 싶었지만 더 이상 대꾸할 겨를이 없었다. 시페르의 능력을 시험할 수 있는 면담이 시작될 참이었다.

25

"셀라뮈날레이쿰, 마리우스!"

안락의자에 늘어져 있던 남자는 하마터면 뒤로 벌렁 나자빠질 뻔했다.

"시페르?…… 알레이쿰셀람, 카르데심[17]!"

마레크 제시우즈는 금세 냉정을 되찾았다. 그는 만면에 웃음을 띠고 자리에서 일어나 철제 책상을 빙 돌아 나왔다. 그는 빨간색과 금색이 섞인 셔츠를 입고 있었다. 갈라타사라이 클럽의 축구복이었다. 비쩍 마른 몸에 반들거리는 천으로 된 헐렁헐렁한 옷을 입고 있으니, 마치 축구장의 관람석에서 깃발을 몸에 두르고 있는 사람처럼 보였다. 그의 정확한 나이를 가늠하기는 쉽지 않았다. 희끗희끗한 적갈색머리는 불씨가 아직 남아 있는 재를 연상시켰다. 명랑하면서도 쌀쌀맞은 표정이 얼굴에 깊이 배여, 아이 같기도 하고 노인 같기도 한 느낌을 주었다. 구릿빛

---

17) '셀라뮈날레이쿰' 과 '알레이쿰셀람' 은 평안을 기원하는 인사. '카르데심' 은 형제를 부르는 말.

살결은 자동인형을 닮은 용모를 더욱 두드러지게 하면서 적갈색머리털과 어우러지고 있었다.

두 남자는 진심 어린 태도로 서로 끌어안았다. 서류 더미가 어지럽게 널려 있는 사무실에는 담배연기가 자욱했다. 바닥에 깔린 카펫은 담배꽁초에 탄 자국으로 얼룩져 있었다. 은도금한 수납장과 둥근 천창, 탐탐처럼 생긴 의자, 원추형 갓을 쓴 채 모빌처럼 매달려 있는 전등 따위의 장식물들은 모두 1970년대 것들로 보였다.

폴은 한쪽 구석에서 인쇄 장비를 발견했다. 복사기, 두 대의 제본기, 종이 재단기 등 정치 운동을 하는 사람의 필수품이었다.

마리우스의 흐드러진 웃음소리에 멀리서 들려오던 음악소리가 묻혀 버렸다.

"이게 얼마만이야?"

"내 나이가 되면 날짜 따위는 세지 않는 법일세."

"보고 싶었네. 정말 보고 싶었어."

마리우스는 터키인의 말투가 섞이지 않은 프랑스어를 하고 있었다. 그들은 다시 얼싸안았다. 코미디도 그런 코미디가 없었다.

시페르가 장난기 어린 말투로 물었다.

"애들은 어때?"

"너무 빨리 자라고 있지. 녀석들에게 눈을 뗄 수가 없어. 한눈 파는 사이에 무언가를 놓칠까 봐 말이야."

"꼬마 알리는?"

마리우스는 시페르의 배 쪽으로 훅을 날리다가 배에 닿기 직전에 동작을 멈추었다.

"그 녀석이야말로 며칠만 안 보면 몰라볼 정도로 빨리 자라지."

마리우스는 갑자기 폴에 신경이 쓰이는 듯한 기색을 보였다. 입술은 여전히 웃음을 띠고 있었지만 눈초리가 차가워졌다.

그가 시페르에게 물었다.

"현역에 복귀한 거야?"

"그냥 고문 노릇을 좀 하고 있어. 폴 네르토를 소개하지. 수사부의 팀장일세."

폴은 머뭇거리다가 한 손을 내밀었다. 하지만 마리우스는 내민 손을 잡지 않았다. 폴은 허공에 떠 있는 자기 손가락들을 머쓱하게 바라보았다. 조명은 너무나 밝았고, 거짓 미소와 담배 냄새가 방 안에 가득했다. 그는 침착성을 잃지 않기 위해 자기 오른쪽에 놓인 전단 더미에 눈을 주었다.

시페르도 그 쪽으로 눈길을 돌리면서 물었다.

"여전히 볼셰비키의 구호를 써먹고 있나 보지?"

"이념이란 우리를 살아 있게 만들어주는 것일세."

시페르는 터키어로 된 전단 한 장을 집어 들고 목청을 높여 바로 번역했다.

"노동자들이 자신들의 생산수단을 지배하게 되는 날에는……."

그는 읽다 말고 실소를 흘렸다.

"이런 멍청한 소리를 믿을 나이는 지난 걸로 아는데."

"여보게, 시페르. 그 멍청한 소리는 우리가 죽은 뒤에도 살아남을 걸세."

"이 따위 전단을 계속 읽어주는 사람들이 있다면 그렇게 되겠지."

마리우스는 입술과 눈이 서로 호응하는 온전한 미소를 되찾고 두 사람을 둘러보며 물었다.

"친구들, 차이[18] 한잔 하겠나?"

그는 대답을 기다리지 않고 커다란 보온병을 잡더니 세 개의 도기 찻

---

18) 터키식 홍차.

잔을 채웠다. 홀의 박수갈채에 벽이 흔들렸다.
"이젠 저런 음악에 싫증이 날 때도 되지 않았어?"
마리우스는 다시 책상 뒤로 가서 바퀴 달린 의자를 벽에 기대어 놓고 앉았다. 그리고는 찻잔을 천천히 입술로 가져갔다.
"음악은 평화의 요람일세. 저런 음악도 마찬가지야. 똑같은 그룹들의 음악을 터키 젊은이들도 듣고 이곳의 아이들도 듣네. 록 음악은 미래의 세대들을 하나로 이어줄 거야. 우리 세대에 아직 남아 있는 차이들을 넘어서게 해 줄 거란 말일세."
시페르는 종이 재단기에 기대며 찻잔을 들어올렸다.
"하드 록을 위하여, 건배!"
마리우스는 축구복 차림으로 우스꽝스럽게 건들건들 움직이면서 즐거운 듯도 하고 권태로운 듯도 한 표정을 짓고 있었다.
"시페르, 자네가 음악이나 우리의 해묵은 이념에 관한 이야기나 하자고, 젊은 친구까지 대동하고 이렇게 어려운 걸음을 한 건 아니겠지?"
시페르는 책상 모서리에 걸터앉아 잠시 터키인을 톺아보더니 봉투에서 주검의 사진들을 꺼냈다. 책상 위에 놓인 포스터의 밑그림들 위로 상처 입은 얼굴들이 펼쳐졌다. 마리우스는 안락의자에 등을 기대며 물러앉았다.
"이게 뭔데 나한테 보여주는 거지?"
"세 여인일세. 작년 11월부터 자네 구역에서 발견된 세 구의 변시체야. 내 동료는 불법체류 노동자들이라고 생각하고 있네. 자네가 이 여자들에 대해서 잘 알겠다 싶어서 왔지."
시페르의 어조가 달라져 있었다. 말 한 마디 한 마디에 가시가 돋쳐 있었다.
"난 금시초문인데."
시페르는 그럴 줄 알았다는 듯한 미소를 지었다.

"첫 살인이 벌어진 뒤로 주민들이 온통 이 사건을 놓고 쑤군거리고 있을 걸. 자네가 알고 있는 대로 말해주게. 시간을 아끼자고."

마리우스는 무의식적으로 터키의 필터 없는 담배인 카로를 한 개비 빼어 들었다.

"카르데심, 무슨 얘기를 하는 건지 모르겠어."

시페르는 바닥에 내려서더니 시장바닥의 입심 좋은 장사꾼 말투로 받아쳤다.

"마레크 제시우즈. 위조와 거짓말의 황제. 마약 밀거래와 술수의 왕……."

그러고는 포효와도 같은 요란한 웃음을 터뜨리더니 상대를 잔뜩 꼬나보았다.

"불어, 이 나쁜 자식아. 내 성질 돋구지 말고."

터키인의 얼굴이 유리처럼 딱딱해졌다. 그는 안락의자에 꼿꼿하게 앉아서 담배에 불을 붙였다.

"시페르, 자네에겐 아무것도 없어. 영장도 없고 증인이나 증거도 없네. 자넨 그저 나에게 조언을 구하러 온 거고, 나는 자네에게 해 줄 말이 없는 것뿐이야. 미안하네. (그는 문 쪽으로 잿빛 연기를 길게 내뿜었다.) 이제 자네 친구를 데리고 나가는 게 좋을 거야. 오해는 이쯤에서 끝내고 말이야."

시페르는 담배꽁초에 불탄 카펫을 구두 뒤축으로 힘껏 디디며 책상을 마주하고 섰다.

"여기에 뭔가를 잘못 생각하고 있는 사람이 있다면, 그건 너뿐이야. 이 빌어먹을 놈의 사무실에 있는 것은 뭐든지 가짜야. 이 바보 같은 소리가 적힌 전단도 가짜지. 너는 너희 나라 감옥에 갇혀 있는 마지막 공산주의자들을 속이고 있어."

"자네……."

"가짜야. 음악에 대한 너의 열정도. 너 같은 회교도는 음악을 사탄의 발현이라고 생각하지. 너는 너 자신의 콘서트 홀에 불을 지르라 해도 거리낌 없이 할 놈이야."

마리우스가 자리에서 일어날 기미를 보이자, 시페르는 그를 도로 떠밀어 앉혔다.

"이 집기들을 가득 채우고 있는 서류도 가짜고, 할 일이 많은 척하는 네 놈의 그 표정도 가짜야. 모두 네 놈의 노예장수 짓거리를 감추기 위한 수작이라고!"

시페르는 재단기로 다가가서 그 날을 어루만졌다.

"너도 알고 나도 알다시피, 이 기계의 용도는 한 가지뿐이야. 네 동업자가 리본에 묻혀서 보내오는 엘에스디를 분리해낼 때 사용하는 거지."

시페르는 뮤지컬 코미디에 나올 법한 동작으로 두 팔을 벌려 때묻은 천장을 가리키며 빈정거렸다.

"오 나의 형제여, 어서 그 세 여자에 대해서 말해 주게! 이 사무실에서 자네를 감옥에 보낼 만한 것을 찾아내는 것은 쉬운 일일세. 플뢰리 교도소에서 몇 년 동안 썩고 싶지 않으면 순순히 부는 게 좋을 거야."

마리우스는 계속 문 쪽을 힐끔거리고 있었다. 시페르는 그의 뒤로 가서 귀 쪽으로 몸을 숙였다.

"세 여자 말이야, 마리우스. (그는 마리우스의 두 어깨를 주무르고 있었다.) 네 달 사이에 세 여자가 고문을 당하고 온몸에 흉한 상처를 입은 채 거리에 버려졌어. 그 여자들을 프랑스에 오게 한 건 바로 너야. 그 여자들의 서류를 내게 줘. 그러면 그냥 조용히 갈게."

멀리 콘서트 장에서 전해져 오는 진동이 정적을 채우고 있었다. 비쩍 마른 마리우스의 몸 속에서 심장이 쿵쾅거리는 소리가 아닐까 싶기도 했다. 마리우스가 중얼거렸다.

"이젠 없어."

"왜 없지?"

"내가 없애 버렸어. 여자들이 죽을 때마다 신상카드를 폐기했네. 흔적을 없애야 귀찮은 일이 생기지 않거든."

폴은 한편으로 무서움을 느끼면서도 그 고백을 고맙게 여겼다. 수사의 대상이 비로소 현실성을 띠어가고 있었다. 세 피해자의 존재가 현실이 되어 가고 있는 중이었다. 그가 '코르푸스'라고 명명한 존재들은 정말로 불법체류 노동자들이었다.

시페르는 다시 책상을 마주하고 서더니 폴을 향해 눈길 한 번 주지 않고 말했다.

"문을 감시해."

"뭐…… 뭐라고요?"

"문을 지키라고."

폴이 미처 손을 쓸 새도 없이, 시페르는 마리우스에게 덤벼들어 그의 얼굴을 책상 모서리에 대고 짓이겼다. 펜치로 호두를 으스러뜨릴 때처럼 코뼈가 우드득 소리를 내며 부러졌다. 시페르는 피투성이가 된 그의 얼굴을 들어올려 이번에 벽에다 대고 짓쩛었다.

"신상카드 달라고, 이 더러운 자식아."

폴이 달려들었지만 시페르는 팔꿈치를 휘둘러 그를 밀어버렸다. 폴은 권총에 손을 댔다. 하지만 44구경 마뉘랭의 검은 총구가 그를 꼼짝 못하게 했다. 시페르가 어느새 마리우스를 놓고 총을 빼어든 것이었다.

"문을 지키라고 했잖아."

폴은 아연실색했다. 저 총이 어디서 났지? 그 때, 마리우스가 바퀴 달린 의자에 앉은 채 미끄러져 가더니 책상 서랍을 열고 있었다.

"뒤를 조심해요!"

시페르는 재빨리 돌아서서 마리우스의 얼굴 한복판에 총을 들이댔다. 마리우스는 의자에 앉은 채 한 바퀴를 빙 돌아 전단 더미 사이로 고꾸라졌다. 시페르는 그의 셔츠를 움켜쥐고 그의 목 아래에 총구를 박았다.

"신상카드 내놔, 이 인간쓰레기 터키 놈아. 안 그러면, 분명히 말하지만, 네 놈이 고통 속에서 죽어가도록 내버려두겠어."

마리우스는 부들부들 떨고 있었다. 부러진 이빨 사이로 피가 솟고 있는데도, 그의 얼굴에는 평소의 명랑한 표정이 아직 남아 있었다. 시페르는 총을 집어넣고 그를 재단기가 있는 곳으로 끌고 갔다.

이번에는 폴이 총을 빼어 들고 소리쳤다.

"그만둬요!"

시페르는 재단기의 날을 올리고 마리우스의 오른손을 그 밑에 집어넣었다.

"서류 내놔, 이 똥물에 튀길 놈아!"

"그만둬요! 안 그러면 쏘겠어요!"

시페르는 눈도 깜짝하지 않았다. 재단기의 날이 천천히 내려갔다. 손가락 관절의 살갗이 칼날에 눌려 짜부라졌다. 검붉은 핏방울이 송송 솟아났다. 마리우스가 비명을 질렀다. 하지만 그 소리보다 폴의 고함이 더 컸다.

"시페르!"

폴은 두 손으로 권총의 손잡이를 부여잡고 시페르를 겨누었다. 쏘아야 한다. 쏘아야 한다…….

그 때 등 뒤에서 문이 벌컥 열렸다. 폴은 자신이 앞으로 튕겨나가는 것을 느꼈다. 그는 한 바퀴를 굴러 목덜미가 직각으로 꺾인 채 철제 책상다리에 처박혔다.

두 경호원이 총을 빼어 드는 찰나 그들에게 핏방울이 튀었다. 하이에나의 새된 비명이 방 안에 진동했다. 폴은 시페르가 기어이 일을 저지르고 말았음을 알아차렸다. 그는 한쪽 무릎을 바닥에 대고 다시 일어나 터키인들을 향해 권총을 흔들며 소리쳤다.

"물러서!"

사내들은 눈앞에서 벌어지고 있는 장면에 넋이 나간 듯 꼼짝도 하지 않았다. 폴은 온몸을 부들부들 떨면서 그들의 얼굴 앞으로 9밀리 구경 권총을 내밀었다.

"뒤로 물러나, 썅!"

그는 총열로 그들의 가슴을 툭툭 쳐서 뒷걸음질을 시켰다. 마침내 그들이 문턱을 넘어섰다. 그는 등으로 문을 도로 닫았다. 바야흐로 눈앞에서 악몽이 펼쳐지고 있었다.

마리우스는 오른손을 아직 재단기에서 빼내지 못한 채 무릎을 꿇고 흐느껴 울고 있었다. 그의 손가락들이 완전히 잘린 것은 아니었다. 하지만 살이 너덜너덜하게 벌어진 사이로 뼈마디가 드러나 보였다. 시페르는 찡그린 얼굴에 냉소를 머금은 채 여전히 재단기 손잡이를 잡고 있었다.

폴은 총을 다시 집어넣었다. 어떻게든 그 정신병자를 진정시켜야만 했다. 그가 시페르에게 막 덤벼들려고 하는데, 터키인이 성한 손으로 복사기 옆에 있는 은도금 수납장을 가리켰다.

"열쇠는 어딨어?"

시페르의 호통에 마리우스는 자기 허리띠에 달려 있는 열쇠 꾸러미를 잡으려고 했다. 시페르는 열쇠 꾸러미를 빼앗더니 열쇠를 하나씩 그의 코앞에 들이댔다. 터키인은 고갯짓으로 맞는 열쇠를 알려주었다.

시페르는 수납장을 뒤지기 시작했다. 폴은 그 틈을 타서 고문 받던 자를 풀어주었다. 폴은 불그죽죽한 피가 묻어서 끈적거리는 칼날을 조심스럽게 들어올렸다. 터키인은 신음을 토하며 수납장 발치로 무너져 내리며 몸을 잔뜩 웅크렸다.

"병원…… 병원……."

시페르가 환각에 사로잡힌 듯한 표정으로 몸을 돌렸다. 그의 손에는 서류철 하나가 들려 있었다. 판지에 싸인 채 천으로 된 끈으로 묶여 있는 서류철이었다. 그는 찬찬하지 못한 손놀림으로 끈을 풀고 판지를 넘겼다. 세 피살자의 폴라로이드 사진과 함께 신상카드가 들어 있었다.

폴은 아직 충격에서 벗어나지 못한 상황에서도 자기네가 이겼다는 사실을 분명히 깨달았다.

26

그들은 비상구로 빠져나가 골프를 주차해 놓은 곳까지 달음박질을 쳤다. 폴은 난폭하게 차를 출발시켰다. 하마터면 그 순간에 지나가던 자동차를 들이받을 뻔했다.

그는 전속력으로 달리다가 오른쪽으로 돌아 뤼시앵 샹페 거리로 들어섰다. 일방통행로에서 금지된 방향으로 달리고 있다는 사실도 모르고 있다가 시페르가 팔꿈치로 툭툭 치고 나서야 뒤늦게 알아차렸다. 부랴부랴 왼쪽으로 다시 방향을 틀었더니 마젠타 대로가 나왔다.

현실이 그의 눈앞에서 춤을 추고 있었다. 눈물에 앞유리창의 빗물이 더해져서 모든 게 흐릿하게 보였다. 신호등도 겨우 보일 정도였다. 빗속의 신호등이 상처에서 흐르는 피처럼 느껴졌다.

그는 브레이크를 밟지 않고 교차로 두 곳을 통과했다. 그 바람에 다른 차들이 옆으로 미끄러지고 경적을 울려대는 소동이 벌어졌다. 그는 세 번째 신호등에 이르러서야 급히 브레이크를 밟았다. 몇 초 동안 머릿속이 윙윙거렸다. 그러고 나니 어디로 가야 할지 마음의 갈피가 잡혔다.

신호가 초록색으로 바뀌었다.

가속 페달을 밟기 전에 클러치에서 발을 떼는 바람에 엔진이 꺼져 버렸다. 그는 욕설을 내뱉었다.

그가 시동 열쇠를 돌리고 있을 때 시페르의 목소리가 들렸다.

"어디 가는 거야?"

"경찰서. 당신을 체포하겠어."

광장 건너편의 동역이 유람선처럼 빛나고 있었다. 폴이 자동차를 출발시키려는데 시페르가 조수석에서 다리를 뻗어 가속 페달을 세게 밟았다.

"이런 빌어먹을……."

시페르는 운전대를 잡고 오른쪽으로 꺾었다. 그들은 성 로랑 성당을 따라 비스듬하게 난 시부르 거리로 돌진했다. 시페르는 한 손으로 다시 방향을 틀었다. 골프는 자전거 전용로를 덜컹거리면서 가로질러 보도에 부딪혔다.

폴은 운전대에 갈비뼈를 받혀 쿨룩거렸다. 그의 얼굴이 땀에 젖어 번들거렸다. 그는 주먹을 꽉 쥐고 시페르의 턱뼈를 부서뜨릴 기세로 몸을 돌렸다.

하지만 시페르의 창백한 얼굴을 보는 순간 주먹이 저절로 내려가고 말았다. 시페르는 실제 나이보다 스무 살쯤 더 먹은 모습으로 돌아가 있었다. 옆얼굴의 윤곽이 목으로 흘러내리면서 쭈글거리는 선을 이루고 있었다. 그의 눈은 눈동자가 없는 것처럼 보일 만큼 흐릿했다. 그야말로 죽은 사람의 얼굴이었다. 폴은 혐오감의 표시로 다시 말을 높였다.

"당신은 미쳤습니다. 고약한 정신병자라고요. 두고 보십시오. 어떻게든 당신을 그냥 두지 않을 겁니다. 당신은 감방에서 생을 마감하게 될 거예요. 추악한 고문자 같으니!"

시페르는 들은 척도 하지 않고 글러브 박스에서 낡은 파리 지도를 찾아내더니 몇 페이지를 북 뜯어내어 재킷에 묻은 피를 닦았다. 검버섯이 핀 손을 떨면서 그가 말문을 열었다.

"그런 개자식을 다루는 데는 여러 가지 방법이 있는 거야."

"우리는 경찰입니다."

"마리우스는 쓰레기야. 놈이 이곳에 있는 여자들을 어떻게 노예로 만드는지 알아? 저쪽 터키에 있는 그녀들 자식의 사지를 절단하는 거야. 아이들의 팔 하나 다리 하나가 잘릴 때마다 터키 어머니들이 놈의 노예가 되어 가는 거지."

"우리는 법이에요."

폴은 숨을 가누며 침착성을 되찾아 가고 있었다. 주위의 풍경이 다시 눈에 들어오기 시작했다. 성당의 검고 불룩한 벽. 그들의 머리 위로 교수대처럼 솟아 있는 이무깃돌. 그리고 여전히 어둠을 적시고 있는 비.

시페르는 불그스름한 종잇장들을 바닥에 버리고 유리창을 내려 침을 뱉었다.

"나를 떼어버리기에는 너무 늦었어."

"내가 겁이 나서 당신을 가만둘 거라고 생각하는 모양인데…… 그건 큰 오산입니다. 당신은 감옥에 가게 될 거예요. 내가 당신과 같은 감방에 갇히는 한이 있어도, 그냥 넘어가지 않을 겁니다."

시페르는 한 손으로 천정등을 켜고 자기 무릎에 놓인 폴더를 열었다. 그는 세 피살자의 신상카드를 집어들었다. 레이저 프린터로 인쇄된 낱장마다 호치키스로 철해 놓은 폴라로이드 사진이 한 장씩 딸려 있었다.

그는 사진들을 떼어내어 마치 타로 카드를 늘어놓기라도 하듯 계기판에 올려놓았다.

그러고는 목을 가다듬고 물었다.

"뭐 보이는 거 없나?"

폴은 미동도 하지 않았다. 운전대 위쪽에 놓인 세 장의 사진이 가로등 불빛에 반짝였다. 두 달 전부터 폴이 찾고 있었던 얼굴들이었다. 마음속에 그렸다가 지우기를 수도 없이 되풀이한 바로 그 얼굴들이었다……. 그런데 이제 막상 그 얼굴들을 마주하고 있으니, 첫 성경험을 앞둔 숫총각의 긴장 같은 것이 느껴졌다.

시페르는 그의 목덜미를 잡고 억지로 고개를 숙이게 하면서 목을 긁는 소리로 말했다.

"뭐 보이는 거 없느냐니까?"

폴은 눈을 동그랗게 떴다. 얼굴선이 부드러운 세 여자가 플래시 때문에 약간 얼떨떨해 하는 표정으로 그를 바라보고 있었다. 적갈색머리가 그녀들의 동그란 얼굴을 둘러싸고 있었다.

시페르가 다시 물었다.

"뭐 눈에 띄는 거 없어?"

폴은 머뭇거리다가 대답했다.

"서로 닮지 않았어요?"

시페르는 웃음을 터뜨리면서 되물었다.

"서로 닮았어? 그렇다면 살인자가 매번 같은 얼굴을 표적으로 삼았다는 얘기로군!"

폴은 그를 돌아보았다. 자기가 말귀를 제대로 알아들었는지 확신이 서지 않았다.

"그래서요?"

"그러니까 자네 생각이 옳았다는 거야. 살인자는 오로지 한 얼굴을 쫓고 있어. 놈이 사랑하면서도 동시에 증오하는 얼굴이겠지. 놈의 머리를 떠나지 않고 놈에게 상반된 충동을 불러일으키는 얼굴 말이야. 놈의 동기에 대해서는 숱한 가정이 가능해. 하지만 이제 우리는 놈이 하나의 표적을 쫓고 있다는 것을 알게 되었어."

폴의 증오가 승리감으로 바뀌었다. 그러니까 그의 직감이 맞아떨어졌다는 얘기였다. 피살자들은 불법체류 노동자들이었고, 용모가 비슷했다……. 그렇다면 살인자가 고대의 조각상을 본떠 얼굴에 상처를 냈다는 가정도 사실일까?

시페르가 말끝을 달았다.

"이 얼굴들을 찾아낸 것은 정말이지 엄청난 진전일세. 우리에게 아주 중요한 정보를 주고 있으니까 말이야. 살인자는 이 구역을 손바닥 들여다보듯 훤히 알고 있네."

"그건 새로운 사실이 아닌데요."

"우리는 그가 터키인이라고 가정했을 뿐 이 구역의 공장이며 지하창고까지 속속들이 알고 있는 자라고 생각하지는 않았네. 이 동네에서 서로 닮은 여자들을 찾아내자면 얼마나 많은 참을성과 집념이 필요한지 짐작이 가지 않나? 놈은 어디든 제 마음대로 드나들고 있어."

폴은 한결 차분해진 목소리로 말했다.

"좋아요. 당신이 없었다면 내가 이 사진들을 손에 넣지 못했으리라는 걸 인정해요. 그래서 당신의 감옥행을 면제해 주겠어요. 당신을 경찰서 유치장에 처넣는 대신 곧장 롱제르의 양로원에 데려가겠어요."

폴이 시동을 걸려고 하자 시페르가 그의 팔을 잡았다.

"자네 실수하는 거야. 지금 자네는 다른 어느 때보다 내가 필요해."

"당신하고는 이제 끝났어요."

시페르는 신상카드 하나를 집어 들어 천정등 불빛에 대고 흔들었다.

"우리가 찾아낸 것은 단지 피해자들의 얼굴과 신원만이 아니야. 이 서류엔 그녀들이 일했던 공장의 주소와 연락처도 나와 있어. 이건 아주 확실한 거야."

폴은 잡고 있던 자동차 열쇠를 도로 놓았다.

"피해자들의 직장 동료들이 무언가를 보았을 수도 있겠군요?"

"법의관이 했던 말을 기억해 보게. 피해자들은 뱃속이 비어 있었어. 퇴근길에 변을 당했지. 매일 저녁 같은 길로 퇴근했던 노동자들을 신문(訊問)해야 해. 공장주들도 신문해야지. 그러자면 자네에겐 내가 필요해."

시페르가 굳이 강조하지 않아도 그런 사정은 폴이 누구보다 잘 알고 있었다. 이미 석달 전에 그런 장벽에 부딪혀 본 터였다. 그는 혼자서 탐문 수사를 벌이다가 결국 아무것도 얻지 못하게 될 자신의 모습을 벌써부터 상상하고 있었다.

"좋아요. 하루의 시간을 주겠어요. 함께 공장을 찾아가서 동료들에게 물어보기로 하죠. 이웃사람들도 만나보고, 배우자들이 있다면 그들도 신문해요. 그런 다음에는 양로원으로 돌아가세요. 경고하는데, 또 추악한 짓을 하면 당신을 쏘아버릴 거예요. 이번에는 주저 없이 쏠 거예요."

시페르는 애써 웃음을 지었다. 하지만 폴은 그가 약간 겁을 먹고 있다고 느꼈다. 두 사람은 이제 서로 두려워하는 사이가 되어 있었다. 폴은 시동을 걸려다가 다시 손길을 멈추었다. 한 가지 분명하게 해 두고 싶은 것이 있어서였다.

"마리우스에게 왜 그런 폭력을 쓴 거죠?"

시페르는 이무깃돌의 조각상들을 올려다보았다. 횃대에 웅크리고 있는 악마, 주둥이를 까뒤집은 채 잠든 여인을 능욕하려 하는 몽마(夢魔), 박쥐 날개가 달린 사탄 따위의 형상이 밤하늘을 배경으로 돌출해 있었다. 시페르는 잠시 침묵을 지키다가 나직하게 말했다.

"다른 방법이 없었어. 그들은 아무 말도 하지 않기로 작정했거든."

"'그들'이라는 게 누구죠?"

"터키인들. 온 구역에 빗장이 걸려 있어, 빌어먹을! 이제부터 진실의 조각들을 하나씩 얻어내야 해."

폴의 목소리가 고음으로 올라가면서 약간 떨렸다.

"그런데 그들이 왜 그러는 거죠? 왜 우리를 도와주려고 하지 않죠?"

시페르는 여전히 돌로 된 조각상들을 살펴보고 있었다. 천정등의 불빛 때문에 그의 안색이 더욱 창백해 보였다.

"아직 모르겠어? 그들은 살인자를 보호하고 있는 거야."

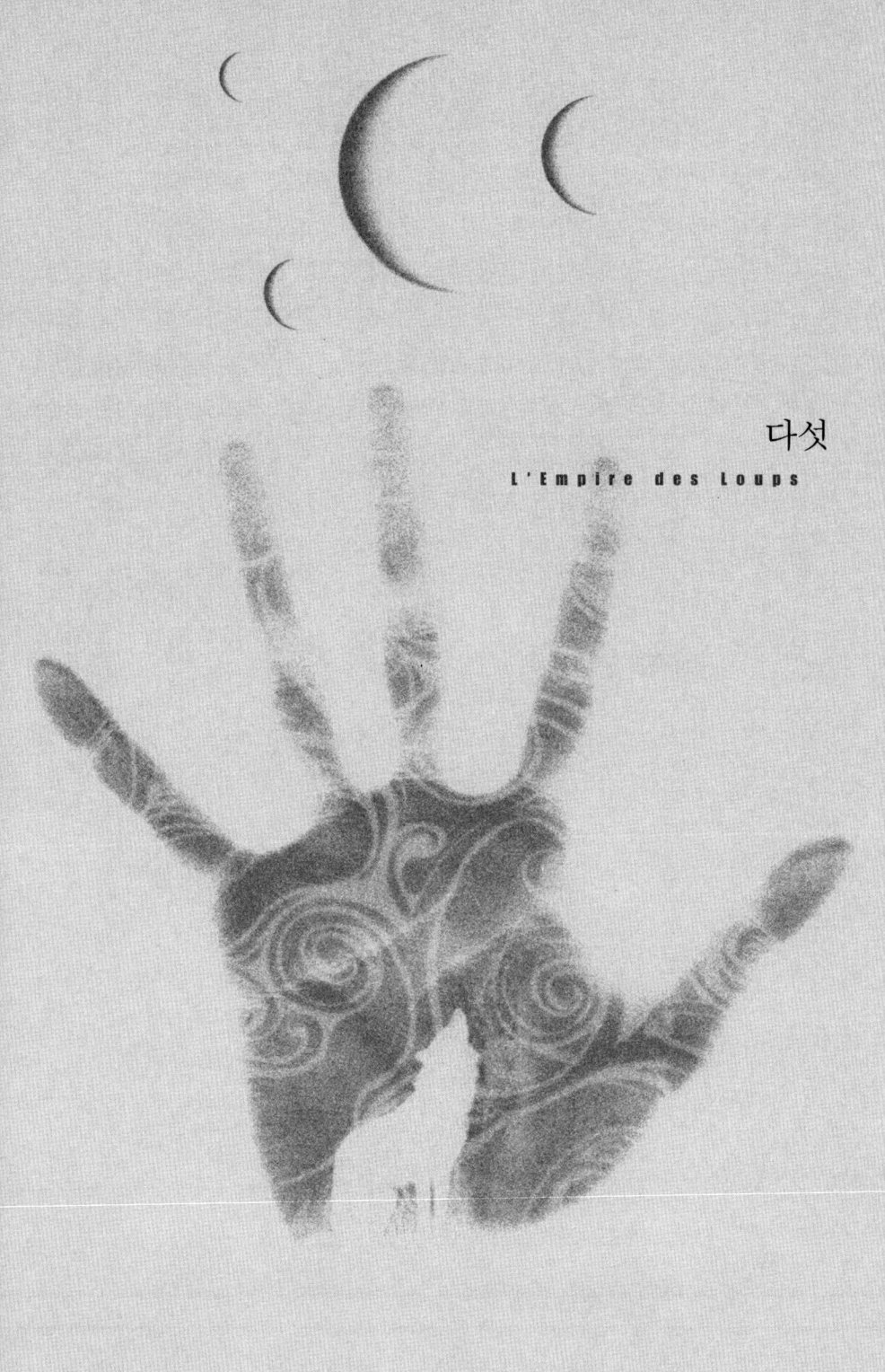

27

그의 품에 안겨 있을 때 그녀는 강물이었다. 유연하면서도 도도한 물줄기였다. 물결이 강기슭에서 자라는 풀들의 우거짐과 시듦을 변화시키는 일 없이 그냥 스쳐 지나가듯, 그녀는 낮과 밤을 가볍게 어루만지며 보냈다. 그의 손길이 닿을 때면, 그녀는 숲의 미광과 물이끼 낀 강바닥과 바위들의 그늘을 가로질러 흘렀다. 그러다가 눈앞에 환하게 펼쳐지는 숲 속의 빈터를 마주하고 상체를 뒤로 젖히면 쾌감이 찾아왔다. 그러고 나면 그녀는 그의 애무에 몽롱해진 채 느린 움직임에 다시 몸을 내맡기곤 했다……

세월이 흐르면서 강물의 흐름도 철에 따라 뚜렷한 차이가 생겼다. 가볍고 즐겁게 졸졸 흐르는 철이 있는가 하면, 분노에 요동치며 물보라를 갈기처럼 휘날리는 철도 있었다. 또 여울을 이루며 얕게 흐르는 때도 있었고, 서로의 몸에 손을 대지 않고 지내는 휴지기도 있었다. 하지만 그 휴식은 감미로웠고, 갈대의 가벼움과 햇살을 받은 조약돌의 따사로움을 지니고 있었다. 그러다가 강물이 다시 흐르면 그들은 조금 벌어진 입술로 신음을 토하는 것에 그치지 않고 최후의 기슭까지 밀려가곤 했다. 휴지기는 언제나 너와 내가 따로 없는 공통의 오르가슴에 더 잘 도달하기 위한 과정일 뿐이었다.

"박사님, 이해하시겠어요?"

마틸드 빌크로는 소스라치게 놀랐다. 그녀는 자기로부터 2미터쯤 떨어진 곳에 있는 놀(Knoll) 소파—방에 있는 가구 중 18세기에 만들어지지 않은 유일한 것—에 눈을 주었다. 거기에 한 남자가 길게 누워 있었다. 환자였다. 그녀는 그를 까맣게 잊어버리고 자신의 몽상에 빠져 있었던 것이었다. 그 바람에 그의 이야기를 한 마디도 듣지 못했다.

그녀는 당황한 기색을 보이지 않고 되받았다.

"아뇨. 이해를 못 하겠어요. 진술이 명확하질 않군요. 그 이야기를 다른 말로 바꿔서 해 보세요."

남자는 가슴에 두 손을 포개고 천장을 바라보며 다시 이야기를 시작했다. 마틸드는 서랍에서 수분 크림을 몰래 꺼내 들었다. 시원한 크림을 손에 바르자 제정신이 들었다. 환자의 이야기에 주의를 기울이지 않는 일이 점점 빈번해지고 갈수록 정도가 심해지고 있었다. 치료 과정에 개입하는 것을 자제해야 한다는 이른바 정신분석가의 중립성을 극단으로 밀고 가는 셈이었다. 개입하지 않는 정도가 아니라 아예 정신을 딴 데 팔고 있으니 말이다. 전에는 환자들의 이야기를 주의 깊게 들었다. 그들이 말을 하다가 저지르는 가벼운 실수나 머뭇거림, 본줄기에서 벗어난 딴 이야기 등이 모두 신경증의 원인이나 트라우마를 밝혀내는 실마리가 될 수 있다고 보고 어느 것 하나 놓치지 않으려고 애썼다. 하지만 오늘날엔 어떠한가?

그녀는 수분 크림 튜브를 도로 넣어두고 손가락들을 계속 문질렀다. 수분과 영양을 공급하고 피부를 차분하게 만들어 준다는 광고 문구를 떠올리면서. 남자의 목소리는 이제 그녀 자신의 우울한 기분을 달래주는 음향일 뿐이었다.

그랬다. 그의 품에 안겨 있을 때 그녀는 강물이었다. 하지만 세월이 흐를수록 여울은 늘어나고 휴지기는 점점 길어졌다. 그녀는 처음에 강물의 흐름이 멎는 것을 불안해하거나 거기에서 관계 악화의 초기 징후들을 읽어내려고 하지 않았다. 사랑을 믿고 희망에 이끌린 나머지 청맹과니가 되고 말았던 것이다. 그러다가 그녀의 혀는 먼지의 맛을 알게 되었고 그녀의 팔다리는 찌르는 듯한 통증을 경험했다. 혈관이 바싹 말라 생명 없는 광물의 대롱처럼 느껴지기도 했다. 그녀는 자신의 몸이 텅 비어 있다고 느꼈다. 그들이 처한 상황에 마음이 무어라 이름을 붙이기 전에 몸이 먼저 말을 한 것이었다.

그러고 나서 마음이 결별을 확인했고 말이 그 흐름을 매듭지었다. 그들의 이별은 공식적인 것이 되었다. 그들은 형식적인 절차를 밟기 시작했다. 판사를 만나고 양육비를 계산하고 이사를 준비해야 했다. 마틸드는 빈틈이 없어 보였다. 언제나 조심스럽고 사려 깊게 행동했다. 하지만 그녀의 정신은 이미 딴 곳에 가 있었다. 그녀는 틈만 나면 지난 날을 추억하면서 자기의 내면과 개인사를 탐구하려고 했다. 하지만 놀랍게도 그녀의 기억 속에는 옛날의 흔적이 별로 남아 있지 않았다. 지나온 모든 삶이 불타 버린 사막이나 고대의 유적지 같았다. 그저 너무나 하얀 돌들의 표면에 남은 약간의 불행한 자취만이 과거를 상기시키고 있었다.

그녀는 자신의 아이들을 생각하면서 다시 힘을 냈다. 아이들은 그녀의 운명을 구현하는 존재들이었고 마지막 남은 삶의 원천이었다. 그녀는 자신을 오롯이 바쳐 그 길로 매진했다. 자신을 잊고, 자신을 지우고 아이들의 교육에 매달렸다. 하지만 결국에는 그들도 그녀 곁을 떠나 버렸다. 아들은 칩과 마이크로프로세서로만 이루어진 아주 작고도 거대한, 이상한 도시로 사라져 버렸다. 딸은 그와 반대로 여행과 인류학에서 자아를 발견했다고 주장했다. 딸아이는 부모로부터 멀어지는 것이 자신의 운명이라고 확신하고 있었다.

따라서 그녀는 가정이라는 배에 마지막으로 남은 사람, 곧 자기 자신에게 관심을 갖지 않으면 안 되었다. 그녀는 옷이나 가구에 대해서건 연인에 대해서건 온갖 변덕과 까탈을 자신에게 허용했다. 유람선 여행이며 자기가 늘 꿈꾸던 명승지 관광도 즐겼다. 모두 허망한 짓이었다. 일시적인 기분을 좇는 그런 행위들은 그녀의 무너짐을 재촉하고 점점 빨리 늙게 만드는 듯했다.

사막화의 피폐가 날로 더해가고 있었다. 모래바람의 상처가 그녀 안으로 계속 퍼져나갔다. 몸뿐만 아니라 마음까지도 사막을 닮아 갔다. 그녀는 타인에 대해 더욱 엄격해지고 혹독해졌다. 그녀의 판단은 언제나 단호했으며, 그녀의 견해는 단정적이고 강경하기 일쑤였다. 관용, 이해, 연민 따위는 그녀에게서 멀어져 갔다. 조금이라도 너그럽고 인자한 태도를 취하려면 일부러 애를 써야 했다. 그야말로 감정의 마비라는 병을 앓고 있어서 툭하면 남과 대립했다.

급기야는 가장 가까운 친구들과도 사이가 틀어져 그녀는 정말로 외톨이가 되었다. 싸울 상대가 아무도 없게 되자 그녀는 자기 자신에 맞서기 위해 스포츠를 시작했다. 등산, 조정, 패러글라이딩, 사격 등을 거치며 기록 갱신의 행진이 이어졌다. 훈련은 끊임없는 도전이 되었고 불안과 고뇌를 흡수하는 강박관념이 되었다.

이제는 그 모든 과도함에서 벗어났지만 그녀는 여전히 도전을 되풀이하며 살고 있었다. 중부 산악지대의 세벤 지방에서 패러글라이딩 연수도 받았고, 샤모니 근처의 암벽을 해마다 등반하고 있으며, 이탈리아의 발레 다오스타에서 열리는 3종경기에도 참가했다. 나이가 쉰두 살이나 되었음에도 그녀의 몸매는 어느 젊은 아가씨라도 샘을 부릴 만큼 아름다웠다. 오페노르 파의 로코코 양식 작품으로 인정받은 서랍장 위에는 번쩍이는 트로피들이 놓여 있었다. 그녀는 약간의 허영심을 가지고 매일 그것들을 바라보곤 했다.

 하지만 그녀를 무엇보다 만족시켰던 것은 그녀가 거둔 또 다른 승리였다. 그것은 그녀만이 아는 내밀한 성취였다. 외톨이로 보낸 그 세월 동안 단 한 번도 약에 의지하지 않았다는 게 바로 그것이었다. 그녀는 항불안제나 항우울제 따위를 복용한 적이 없었다. 그녀는 아침마다 거울에 자신을 비춰 보면서 그 성공을 되새겼다. 그것은 그녀가 가장 소중하게 여기는 보석이었고, 자기 안에 용기와 의지력이 고갈되지 않고 남아 있음을 입증하는 개인적인 내구력 시험 합격증이었다.

 대부분의 사람들은 더 나아지리라는 희망을 가지고 살아간다.

 마틸드 빌크로는 더 나빠지는 것을 두려워하지 않으며 살고 있었다.

 물론 사막 같은 삶의 한복판에는 일이 남아 있었다. 파리 성 안나 정신병원에서 진료를 하고 자신의 개인병원에서 환자들을 만나는 게 그녀의 일이었다. 정신과 치료와 정신분석을 겸하고 있으니 무술에서 흔히 말하는 강한 방식과 부드러운 방식을 똑같이 실행하고 있는 셈이었다. 하지만 두 곳을 계속 오가다 보니 결국엔 두 개의 극이 뒤섞이게 되었다.

 그녀의 주간 일정표에는 이제 최소한으로 줄인 몇 가지 의례가 요일별로 배치되어 있었다. 그녀는 일주일에 한 번씩 아들딸을 만나 점심을 먹었다. 자식들은 저희 가정에 관한 이야기밖에 하지 않았다. 저희 부모는 실패했지만 저희는 성공적으로 가정을 꾸려가고 있다는 이야기였다. 주말이면 그녀는 스포츠 활동을 하는 틈틈이 골동품 가게를 찾아다녔다. 그리고 화요일 저녁에는 정신분석학 학회의 세미나에 참석했다. 거기에 가면 예전에 알던 낯익은 얼굴들을 아직도 만날 수 있었다. 옛 애인들을 만나는 경우도 적지 않았다. 그녀는 때로 그들의 이름조차 기억하지 못했다. 그들은 한결같이 멋대가리가 없어 보였다. 어쩌면 그녀가 사랑의 미각을 잃어버린 것일 수도 있었다. 혀를 데고 나면 더 이상 음식 맛을 느끼지 못하는 것처럼…….

마틸드는 벽시계를 흘낏 보았다. 면담 시간이 끝나기까지는 5분밖에 남아 있지 않았다. 남자는 여전히 이야기를 하고 있었다. 그녀는 의자에 앉은 채 몸을 들썩거렸다. 자기가 곧 맛보게 될 몇 가지 느낌을 생각하니 벌써부터 몸이 근질거렸다. 긴 침묵 끝에 그녀가 맺음말을 할 때는 목이 건조하다는 느낌이 들 것이고, 다음 면담 시간을 비망록에 적을 때는 몽블랑 만년필의 부드러운 촉감을 느끼게 될 것이며, 그녀가 자리에서 일어날 때는 가죽이 뽀드득거리는 소리를 듣게 될 터였다…….

잠시 후 현관에서 환자가 그녀를 돌아보며 불안한 목소리로 물었다.

"박사님, 제가 너무 멀리 나가지는 않았나요?"

마틸드는 아니라는 대답 대신 미소를 지어 보이고 문을 열었다. 오늘 이 사람이 무슨 얘기를 한 거지? 너무 멀리 나간 것을 걱정할 만큼 중요한 얘기였나? 괜찮아. 이 사람, 다음번에는 한결 나아진 모습을 보일 테니까. 마틸드는 층계참으로 나가 전등의 스위치를 눌렀다.

마틸드의 비명이 터져 나왔다. 그 여자가 거기에 있었다.

여자는 검은 실내 가운의 앞섶을 단단히 여며 쥔 채 벽에 기대어 웅크리고 있었다. 마틸드는 안나 뭐라고 하는 그 여자를 즉시 알아보았다. 정신과 치료를 받기에 앞서 좋은 안경을 쓰는 게 좋겠다 싶었던 바로 그 여자였다. 여자는 창백한 얼굴로 온몸을 부들거리고 있었다. 이 광기는 대체 뭐지?

마틸드는 남자를 계단으로 내려 보내고 성난 표정으로 갈색머리 여자를 돌아보았다. 환자가 예고도 약속도 없이 이런 식으로 갑자기 찾아오는 것은 용서할 수 없는 일이었다. 훌륭한 정신과 의사는 환자가 문 앞에서 너절하게 굴지 않도록 언제나 관리를 잘 해야 하는 법이었다.

마틸드가 꾸짖을 채비를 하고 있는데, 여자가 먼저 컴퓨터 단층촬영 스캐너로 찍은 얼굴 사진을 코앞에 들이댔다.

"그들이 내 기억을 지워 버렸어요. 그들이 내 얼굴을 지워 버렸어요."

28

　편집증적 정신병.
　진단은 분명했다. 안나 에메스는 자신이 남편과 에릭 아케르만과 프랑스 경찰에 소속된 다른 남자들에게 조종당했다고 주장했다. 자기도 모르는 사이에 세뇌를 받고 기억의 일부를 빼앗겼다는 것이었다. 안나는 그들이 성형수술을 통해 자신의 얼굴을 변화시켰다는 주장도 했다. 왜 그랬는지 어떻게 그랬는지는 알 수 없지만, 자기가 어떤 음모나 실험의 희생자가 되어 인격을 훼손당했다는 얘기였다.
　안나는 그 모든 것을 빠른 어조로 설명하면서 담배를 지휘자의 막대기처럼 흔들어댔다. 마틸드는 그 이야기를 참을성 있게 듣다가 잠시 그녀가 무척 말랐다는 사실에 주목했다. 거식증은 편집증의 한 징후일 수 있었다.
　안나 에메스는 바로 그 날 아침에 있었던 일을 설명하는 것으로 자신의 황당무계한 이야기를 끝냈다. 남편이 아케르만의 의료원에 그녀를 데려갈 채비를 하고 있을 때, 그녀는 욕실에서 자신의 얼굴에 남아 있는 흉터를 발견함으로써 그들의 음모를 알아차렸다고 했다.
　안나는 욕실 창문을 통해 도망쳤다. 총기로 무장하고 무전기를 든 사복 경찰관들이 그녀를 추격했다. 그녀는 동방정교회 성당에 숨어 있다가 성 앙투안 병원에 가서 얼굴의 엑스선 사진을 찍었다. 수술의 명백한 증거를 얻기 위해서였다. 그런 다음 그녀는 저녁때까지 거리를 헤매고 다녔다. 자기가 신뢰하는 유일한 사람인 마틸드 빌크로의 집으로 피신하기 위해서 날이 어두워지기를 기다린 것이었다. 이상이 안나의 주장이었다.
　편집증적 정신병.
　마틸드는 성 안나 병원에서 이와 비슷한 증상을 보이는 환자들을 숱하게 치료한 바 있었다. 무엇보다 먼저 필요한 것은 발작을 진정시키는 일이었다. 마틸드는 환자에게 위로의 말을 해 주면서 근육주사로 트랑셴 50밀리그램을 투여하는 데 성공했다.

안나는 이제 소파에 누워 자고 있었다. 마틸드는 여느 때와 똑같은 자세로 책상 앞에 앉아 있었다.

이제 마틸드가 할 일은 안나의 남편인 로랑 에메스에게 전화를 거는 것밖에 없었다. 마틸드는 자기가 알아서 안나를 정신병원에 보낼 수도 있었고, 그녀의 주치의인 에릭 아케르만에게 직접 알릴 수도 있었다. 몇 분이면 모든 게 해결될 수 있는 단순하고 흔해빠진 일이었다.

그런데, 나는 왜 전화를 걸지 않는 것일까?

벌써 한 시간도 넘게 마틸드는 전화기를 들지 않고 그대로 있었다. 창문으로 들어오는 빛을 받아 어둠 속에서 반짝이고 있는 집기들을 물끄러미 바라보고 있을 뿐이었다. 마틸드는 몇 년 전부터 로코코 양식의 그 고가구들에 둘러싸여 지냈다. 그 대부분은 전에 남편이 샀던 물건들이었다. 그녀는 이혼할 때 그것을 간직하기 위해 싸움을 벌였다. 우선은 남편을 골탕 먹이기 위해서였고, 그 다음으로는 그녀 자신도 깨닫고 있었던 것처럼 그와 관계된 어떤 것을 간직하고 싶어서였다. 그것들을 팔겠다는 생각은 한 번도 해본 적이 없었다. 덕분에 오늘날 그녀는 일종의 성소에서 살고 있었다. 빼곡하게 들어찬 고가구들이 진정 중요했던 유일한 세월을 상기시켜 주는 호화롭고 웅장한 무덤 속에서.

편집증적 정신병. 교과서적인 증례였다.

흉터가 실제로 있다는 점만 빼면 그러했다. 마틸드는 이 젊은 여자의 이마와 귀와 턱에 있는 수술 자국을 자기 눈으로 확인했다. 살갗을 여기저기 눌러보니 얼굴의 뼈 구조를 지탱하는 나사와 이식 골편들이 느껴지기도 했다. 무시무시한 스캐너 사진에는 수술의 흔적들이 적나라하게 드러나 있었다.

마틸드는 정신과 의사로 일해 오면서 편집증 환자들을 많이 접했다. 그들이 자기들의 망상을 뒷받침하는 구체적인 증거를 갖고 있는 것은 드문 일이었다. 안나 에메스는 그야말로 안면에 꿰매 놓은 가면을 쓰고 다니는 셈이었다. 가공되고 봉합된 살가죽이 부서진 뼈와 훼손된 근육을 감추고 있었다.

이 여자는 그저 진실을 말하고 있는 것일 수도 있지 않을까? 남자들—특히 경찰관들—이 이런 수술을 받게 한 것일 수도 있지 않을까? 그들이 이 여자의 얼굴뼈를 부서뜨리고 이 여자의 기억을 조작한 것일 수도 있지 않을까?

이 사건에는 그녀의 마음을 불안하게 하는 요소가 또 하나 있었다. 에릭 아케르만의 존재가 바로 그것이었다. 마틸드는 얼굴에 주근깨와 여드름이 많았던 그 훤칠한 적갈색머리 남자를 기억하고 있었다. 그는 대학 시절에 그녀에게 청혼했던 숱한 남자들 중 하나였다. 하지만 그녀의 기억에 특히 강한 인상으로 남아 있는 그는 머리가 뛰어나게 좋은 사람이었고 무엇에 열광하면 물불을 가리지 않고 극한으로 치닫는 사람이었다.

당시에 그는 뇌와 '내면 여행'에 몰두해 있었다. 그는 하버드 대학의 티모시 리어리 교수가 엘에스디의 효능을 알아내기 위해 행한 실험을 그대로 따라해 보고 나서, 그런 방식으로 의식의 알려지지 않은 영역을 탐사하려고 했다. 그는 갖가지 향정신성 의약품을 복용하면서 자신에게 나타나는 효과를 분석했다. 그냥 '시험 삼아' 다른 학생들의 커피에 엘에스디를 슬그머니 넣는 일까지 있었다. 마틸드는 그 광기를 떠올리면서 빙그레 웃었다. 환각을 불러일으키는 록 음악과 반체제적인 자유와 히피 운동이 맹위를 떨치던 시대였기에 가능한 일이었다.

아케르만은 기계를 이용해 뇌 속을 여행하고 뇌의 활동을 실시간으로 관찰할 수 있는 날이 오리라고 예언하곤 했다. 세월이 흐르면서 그가 옳았음이 드러났다. 신경학자인 그는 양전자 방출 단층촬영술이나 자기공명 영상법 같은 기술 덕분에 이 분야의 가장 뛰어난 전문가 가운데 하나가 되었다.

혹시 그가 이 여자를 상대로 어떤 실험을 행한 것은 아닐까?

마틸드는 비망록을 뒤져, 1995년에 성 안나 의과대학에서 자기의 강의를 들었던 한 여학생의 전화번호를 찾아냈다. 벨 소리가 네 번째로 울렸을 때 응답이 들려왔다.

"발레리 라낭이야?"

"네, 그런데요."

"나, 마틸드 빌크로야."

"빌크로 교수님이세요?"

밤 11시가 넘었는데도 말투가 쌩쌩했다.

"갑자기 전화를 해서 이상하다 싶을 거야. 더구나 이런 시각에······."

"무슨 일이세요?"

"다른 게 아니라, 발레리가 쓴 박사학위 논문에 관해서 몇 가지 물어보고 싶은 게 있어서 전화했어. 그게 정신 조작과 감각 차단에 관한 논문이었지?"

"당시에는 제 논문에 관심이 없으셨던 걸로 아는데요."

말에 뼈가 있었다. 사실 마틸드는 그 학생이 논문 지도를 부탁했을 때 받아들이지 않았었다. 그것이 연구 주제가 될 수 있다고 보지 않았기 때문이었다. 마틸드가 보기에 세뇌는 집단적인 환상이나 도회풍의 전설에 더 가까웠다. 마틸드는 미소를 지어 목소리를 부드럽게 만들었다.

"그래, 알아. 나는 다분히 회의적이었어. 하지만 지금은 그 주제에 관한 정보가 필요해. 급히 논문을 한 편 써야 하거든."

"어쨌거나 물어보세요."

마틸드는 무엇부터 물어보아야 할지 갈피를 잡지 못했다. 자기가 알고 싶어 하는 게 무엇인지도 분명치 않았다. 결국 조금은 아무렇게나 떠오르는 대로 질문을 던질 수밖에 없었다.

"논문 개요에 피실험자의 기억을 지우는 게 가능하다고 써 있었는데…… 그게 사실인가?"

"그 기술은 1950년대에 개발되었어요."

"소련 사람들이 그 기술을 실제로 사용하지 않았어?"

"러시아인들뿐만 아니라 중국인들과 미국인들도 사용했죠. 그건 냉전 시대의 주된 경쟁 분야 중 하나였어요. 그 시대에는 기억을 없애버리고 신념을 파괴하고 인격을 변화시키는 게 중요했으니까요."

"그들이 어떤 방법들을 사용했지?"

"어느 나라에서나 비슷한 방법들을 사용했죠. 전기 충격, 감각 차단, 마약 등등이요."

마틸드는 잠시 침묵하다가 다시 물었다.

"마약은 어떤 것들을 썼지?"

"저는 특히 시아이에이의 엠케이-울트라라는 프로그램에 관해서 연구했어요. 미국인들은 페노트라진, 소듐 아미탈, 클로르프로마진 같은 진정제를 사용했죠."

마틸드가 익히 아는 이름들이었다. 한 마디로 정신과의 중포(重砲)라 할 만한 약들이었다. 병원에서는 이 약들을 '화학적 구속복'이라는 용어로 총칭하고 있었다. 하지만 말이 구속복이지 사실은 정신을 갈아 버리는 분쇄기라 할 만했다.

"감각 차단은 어떤 식으로 했지?"

발레리 라낭은 냉소가 섞인 말투로 대답했다.

"가장 진전된 실험은 캐나다에서 행해졌어요. 1954년부터 몬트리올의 한 병원에서 진행되었죠. 정신과 의사들은 먼저 우울증에 걸린 여성 환자들에게 질문을 해서 그녀들이 부끄럽게 여기는 잘못이나 욕망을 고백하도록 유도했죠. 그런 다음 환자들을 온통 검은색으로 칠한 방에 가두었습니다. 바닥과 천장과 벽이 구별되지 않는 방이었죠. 그리고 나서 그들은 환자들의 머리에 미식축구 선수들이 쓰는 헬멧을 씌우고, 거기에 장착된 헤드폰을 통해 환자들의 고백 중에서 발췌한 진술을 반복해서 들려주었어요. 환자들은 자기들의 고백 중에서 가장 듣기 괴로운 대목을 똑같은 말로 계속 들어야 했죠. 환자들은 전기 충격을 받거나 화학 수면 요법을 받는 시간에만 겨우 그 소리로부터 벗어날 수 있었습니다."

마틸드는 소파에서 잠들어 있는 안나 쪽으로 잠깐 눈을 주었다. 숨결을 따라서 그녀의 가슴이 가만가만 오르내리고 있었다. 학생의 설명이 이어졌다.

"환자가 자신의 과거는 물론 이름조차 기억하지 못하게 되고 일체의 의욕을 상실하게 되었을 때, 본격적인 조건 형성이 시작되었습니다. 의사들은 녹음테이프를 바꾸어 환자들에게 어떤 명령을 들려주었습니다. 그 명령을 반복함으로써 환자의 인격을 새롭게 만들었던 것이죠."

다른 정신과 의사들과 마찬가지로, 마틸드는 그런 미친 짓에 관한 얘기를 들은 적이 있었다. 하지만 설마 그런 일이 실제로 있었으랴 싶었다. 그런 조작의 효과에 대해서는 더더욱 믿음이 가지 않았다.

그녀가 하얀 목소리로 물었다.

"결과는 어떠했지?"

"미국인들은 그저 좀비 같은 꼭두각시들을 만들어내는 데에 그쳤죠. 러시아인들과 중국인들은 거의 동일한 방법을 사용해서 더 나은 결과를 얼은 듯합니다. 한국전 때 그들에게 잡혀 있었던 미국인 포로들 중 7천 명이 공산주의 사상에 완전히 동화된 채 자기들 나라로 돌아갔다고 합니다. 그들이 조건 형성을 통해 포로들의 인격을 바꾸어 버린 것이죠."

마틸드는 자기 어깨를 문질렀다. 무덤 속 같은 냉기가 사지를 타고 올라왔다.

"그 시대 이후로도 비슷한 실험이 계속 행해지고 있다고 생각해?"

"물론이죠."

"어떤 종류의 실험실이나 연구소에서 그런 일을 벌이고 있을까?"

발레리는 빈정거리는 듯한 웃음을 흘렸다.

"현실을 정말 모르시나 봐요. 요즘 군대의 연구소들에 관해서 말들이 많은데요. 거의 모든 군대가 뇌의 조작에 관한 연구를 하고 있어요."

"프랑스에서도?"

"그럼요. 독일, 일본, 미국에서도 마찬가지고요. 어느 나라 군대나 기술적인 수단은 충분히 보유하고 있죠. 게다가 새로운 약품들이 계속 나오고 있어요. 현재는 지에이치비라는 화학물질이 자주 언급되고 있어요. 이 물질을 투여하면 그 바로 전의 12시간에 관한 기억이 지워집니다. 흔히 이 물질을 '강간범의 마약'이라고 불러요. 이것을 복용하고 나면 여자가 자신이 당한 일을 전혀 기억하지 못하기 때문이죠. 저는 군 연구소에서 현재 이런 종류의 물질에 관해 연구하고 있을 것으로 확신해요. 뇌는 여전히 세상에서 가장 위험한 무기죠."

"고마워, 발레리."

"논문을 쓰셔야 한다면서, 더 정확한 근거가 필요하지 않으세요? 참고문헌 목록을 드릴까요?"

"고마워. 필요하면 다시 전화할게."

29

 마틸드는 아직 잠들어 있는 안나에게 다가갔다. 혹시 주사 자국이 있나 하고 두 팔을 살펴보았지만 그런 흔적은 보이지 않았다. 머리도 살펴보았다. 진정제를 반복해서 복용하게 되면 두피에 정전기에 의한 염증이 생길 수도 있기 때문이었다. 역시 특별한 징후가 없었다.
 마틸드는 자기가 이 환자의 이야기를 얼마쯤은 믿고 있다는 사실에 스스로 놀라며 몸을 일으켰다. 아냐, 이건 말도 안 돼. 나까지도 정신이 이상해지고 있어…….
 그 때 안나의 이마에 남아 있는 흉터—몇 센티미터 간격으로 아주 가늘게 난 세로줄—가 다시 눈에 띄었다. 마틸드는 자기도 모르게 그녀의 관자놀이와 턱을 만져보았다. 살갗 밑에서 보형물이 움직이고 있었다.
 누가 이런 짓을 했을까? 어떻게 이 여자는 이런 수술을 받고도 까맣게 잊어버릴 수가 있을까?
 첫 방문 때 안나는 페트 스캐너 검사를 받았다는 의료원 얘기를 했다. 오르세에 있고 군인들이 많은 병원이라고 했던가. 마틸드는 메모지 어딘가에 그 이름을 적어두었던 것을 기억해 냈다.
 마틸드는 재빨리 메모지철을 뒤졌다. 그녀가 습관적으로 끼적이는 상형문자 같은 낙서로 뒤덮인 페이지가 눈에 띄었다. 그 페이지의 오른쪽 귀퉁이에 '앙리 베크렐 의료원'이라는 이름이 적혀 있었다.
 마틸드는 사무실에 딸린 작은 방에서 물병 하나를 꺼냈다. 그리고 물병을 입에 대고 죽 들이킨 다음, 전화기를 들고 어떤 번호를 눌렀다.
 "르네 르 가레크 선생님이신가요? 저 마틸드예요. 마틸드 빌크로요."
 경미한 머뭇거림. 전화를 건 시각으로 보나 그간의 격조했던 세월로 보나 놀라는 게 당연하다……. 이윽고 저음의 목소리가 들려왔다.

"어떻게 지내?"

"제가 폐를 끼치고 있는 건 아닌가요?"

"별 소릴 다하네. 마틸드의 목소리를 듣는 건 언제나 기쁜 일이지."

르네 르 가레크는 그녀가 발 드 그라스 병원의 인턴이었을 때 그녀의 지도교수였다. 그는 군병원의 정신과 의사이자 전쟁 트라우마 전문가로서 테러나 전쟁이나 자연재해의 피해자들을 위한 최초의 심리 응급실을 만든 바 있었다. 그는 군대에 소속된 사람 중에도 바보가 아닌 사람이 있을 수 있다는 것을 마틸드에게 입증해 준 개척자였다.

"그냥 뭐 좀 여쭤보려고 전화 드렸어요. 앙리 베크렐 의료원이라고 아세요?"

마틸드는 잠깐 머뭇거리는 낌새를 감지했다.

"응, 알아. 군병원 중 하나지."

"거기에서 연구하고 있는 게 뭐죠?"

"초기엔 핵의학을 연구했지."

"지금은요?"

다시 망설이는 낌새. 이제 의심의 여지가 없었다. 마틸드는 범접하면 안 될 곳에 발을 들여놓고 있는 것이었다.

"정확히는 모르겠어. 어떤 트라우마들을 치료하고 있을 거야."

"전쟁 트라우마 말인가요?"

"내가 알기로는 그래. 하지만 정확한 것을 알려면 나도 문의를 해봐야겠는데."

마틸드는 르 가레크의 팀에서 3년 동안 일한 바 있었다. 그는 이 의료원을 한 번도 언급한 적이 없었다. 자신의 거짓말이 서툴렀던 것을 만회하려는 듯 그가 공세를 취했다.

"그걸 왜 묻지?"

마틸드는 공격을 피하려고 애썼다.

"제 환자 중에 거기에서 검사를 받았다는 여자가 있어요."

"어떤 검사?"

"페트 스캐너 검사요."

"그들에게 페트 스캐너가 있는 줄 몰랐네."

"그 검사를 주도한 사람이 아케르만인 모양이에요."

"뇌 지도 작성 전문가 아케르만 말이야?"

에릭 아케르만은 전 세계 여러 팀들의 연구 성과를 집대성하여 뇌 탐사 기술에 관한 저서를 낸 바 있었다. 이 책은 하나의 준거가 되었다. 신경학자 아케르만은 이 책이 출간된 뒤로 인간의 뇌 지도를 작성하는 분야에서 가장 뛰어난 연구자로 통하고 있었다. 그는 뇌가 신대륙이라도 되는 양 누비고 다니는 탐험가였다.

"이상한데. 그 친구가 우리랑 같이 일을 하고 있다니 말이야."

마틸드는 '우리'라는 말이 재미있다고 생각했다. 군에 소속된 의사들은 단순한 동업자 집단이 아니라 한 가족이라는 말로 들렸다.

"제가 보기에도 그래요. 저는 아케르만을 대학에서 알았어요. 그 친구는 그야말로 반항아였어요. 양심에 반한다는 이유로 병역을 거부했고 마약에 절어 살았죠. 그가 군인들과 함께 일한다는 게 상상이 잘 안 돼요. 그는 마약을 불법으로 제조했다 해서 처벌을 받기까지 했어요."

르 가레크의 실소가 들려왔다.

"오히려 그게 이유가 될 수도 있겠지. 내가 거기에 연락해서 알아볼까?"

"아뇨. 고맙긴 하지만 그러실 필요는 없어요. 그의 연구에 대해서 들으신 것이 있나 알고 싶었던 것뿐이에요."

"그런데 그 환자 이름이 뭐야?"

그 순간 마틸드는 자기가 무모하게 너무 멀리 밀고 갔음을 알아차렸다. 르 가레크는 아마도 스스로 조사를 벌일 것이었다. 어쩌면 더 고약하게 군 당국에 조사를 의뢰할지도 모를 일이었다. 발레리 라낭이 말한 음모의 세계가 실제로 존재할 수도 있다는 생각이 문득 들었다. 국익을 빙자한 은밀하고 불가사의한 실험이 행해지는 세계가 있을 법했다.

마틸드는 긴장의 완화를 시도했다.

"마음 쓰지 마세요. 중요한 일 아니에요."

"그 여자 이름이 뭐냐니까?"

마틸드는 자기 몸 속으로 냉기가 더 깊이 스며드는 것을 느꼈다.

"신경 써 주시는 건 고맙지만, 제가…… 제가 직접 아케르만에게 전화할게요."

"그러든지."

르 가레크 역시 뒤로 물러섰다. 두 사람 다 평소의 태도와 자연스러운 어조를 되찾고 있었다. 하지만 그들은 알고 있었다. 방금 자기들이 똑같은 지뢰밭을 무사히 통과했다는 사실을. 마틸드는 나중에 점심 식사에 한번 초대하겠다고 약속하고 전화를 끊었다.

결국 앙리 베크렐 의료원에 어떤 비밀이 있다는 사실은 분명해진 셈이었다. 게다가 에릭 아케르만이 연루되어 있다는 점이 사건을 더욱 불가사의하게 만들고 있었다. 안나 에메스의 '망상'이 갈수록 정신병과 거리가 멀다는 느낌이 들었다.

마틸드는 자기 아파트의 사무 공간에서 주거 공간으로 넘어갔다. 그녀의 걸음걸이는 독특했다. 어깨를 펴고 팔을 자연스럽게 내린 상태에서 주먹 쥔 손을 살짝 치켜들고 허리를 약간 비스듬하게 하는 자세였다. 마틸드는 젊었을 때 이런 자세로 걷는 것이 자신의 실루엣을 더 예뻐 보이게 하는 듯해서 오랫동안 공을 들여 연습했다. 오늘날 이 걸음새는 제2의 천성이 되었다.

마틸드는 침실에 들어가서 여닫이 뚜껑이 달린 서랍장 겸 책상을 열었다. 이 가구는 종려나무 잎과 골풀 다발 무늬의 장식이 들어가 있고 니스 칠이 되어 있는, 메소니에의 1740년 작품이었다. 마틸드는 항상 지니고 다니는 아주 작은 열쇠로 서랍 하나를 열었다. 서랍 안에 든 것은 대나무로 엮고 자개를 박아 만든 작은 궤였다. 그 속에는 셈 가죽에 싸인 물건이 들어 있었다. 마틸드는 엄지와 집게손가락으로 가죽 싸개를 헤쳤다. 빛의 각도에 따라 색조가 달라 보이는 셈 가죽의 황금빛을 배경으로 금지된 물건이 드러났다.

글록 사에서 만든 9밀리 구경 자동권총.

매우 가볍고, 기계식 잠금장치와 '세이프 액션' 방아쇠 안전장치를 갖춘 무기였다. 한때 이 권총은 그녀가 국가의 면허를 받고 소지한 스포츠 사격의 도구였다. 하지만 열여섯 발의 총알이 늘 장전되어 있는 이 총은 이제 어떠한 허가의 대상도 아니었다. 프랑스 행정의 미로 속에서 잊혀져 단순한 살상의 도구가 되어 버린 것이다…….

마틸드는 권총을 손바닥에 올려놓고 무게를 가늠하면서 자신의 처지에 대해 생각했다. 이혼녀로서 음경 결핍상태에 있으며 책상 겸 서랍장에 자동권총을 숨기고 있는 정신과 의사. 그녀는 빙그레 웃으면서 '상징 해석의 전문가들에게는 이 물건이 꽤나 의미심장해 보이겠는걸……' 하고 생각했다.

진료실로 돌아와서 마틸드는 또 다른 곳에 전화를 건 다음 소파로 다가갔다. 안나를 깨워야 했다. 이름을 부르며 살살 건드려 보았지만 깨어날 기미를 보이지 않았다. 심하게 흔들어대지 않으면 안 될 듯했다.

마침내 안나가 천천히 몸을 움직였다. 그녀는 고개를 옆으로 기울인 채 전혀 놀라는 기색 없이 집주인을 바라보았다. 마틸드가 나직한 목소리로 물었다.

"여기에 온다는 거 아무에게도 말하지 않았죠?"

안나는 말하지 않았다는 뜻으로 고개를 가로저었다.

"우리가 서로 알고 있다는 사실을 아는 사람도 없죠?"

안나는 이번에도 고개를 가로저어 대답했다. 마틸드는 그녀가 미행을 당하지는 않았을까 하고 생각했다. 그랬을 가능성이 전혀 없는 것은 아니지만, 당장은 아니라는 쪽에 모든 것을 걸 수밖에 없었다.

안나는 두 손바닥으로 눈을 비볐다. 그 바람에 그녀의 특이한 눈매─느리게 깜박이는 눈꺼풀, 광대뼈 위 관자놀이 쪽으로 길게 늘어진 눈초리─가 더욱 두드러져 보였다. 그녀의 뺨에는 아직 이불 자국이 남아 있었다.

마틸드는 자신의 딸을 생각했다. '진리'를 뜻하는 한자(漢字)를 어깨에 문신으로 새겨 넣고 자기 곁을 떠났던 그 아이를.

"자아, 갑시다."

30

"그들이 저한테 무슨 짓을 한 걸까요?"

두 여자는 센 강을 향해서 생제르맹 대로 위를 전속력으로 달리고 있었다. 비는 그쳤지만, 비의 흔적은 도처에 남아 있었다. 번들거리는 부분과 거뭇한 부분이 갈마들며 물결무늬를 이루고 있는 길바닥, 금속 조각처럼 반짝이는 물웅덩이, 어둠의 비브라토 속에서 어른거리는 검푸른 반점들.

마틸드는 자기가 아직 반신반의하고 있다는 사실을 감추기 위해 학생들을 상대할 때의 말투로 대답했다.

"모종의 처치를 했겠지요."

"어떤 처지요?"

"아마도 이제껏 알려지지 않은 새로운 방법으로 안나 씨 기억의 한 부분에 영향을 미쳤을 겁니다."

"그게 가능한가요?"

"현재까지 알려진 방법만 놓고 보면 불가능하죠. 하지만 아케르만이 무언가…… 혁명적인 것을 생각해냈을 겁니다. 단층촬영이며 뇌 지도 작성과 결합된 방법을 말입니다."

마틸드는 운전을 하면서 안나를 계속 흘깃거렸다. 안나는 시선을 한 곳에 붙박고 넓적다리 사이에 두 손을 질러 넣은 채 몸을 웅크리고 있었다.

"강한 충격을 받으면 부분적인 기억 상실이 올 수 있어요. 전에 어떤 축구 선수를 치료한 적이 있어요. 경기 도중에 뇌진탕을 일으켜 기억을 상실한 사람이었어요. 그런데 그는 자기 삶의 어떤 부분은 기억하면서도 다른 부분은 전혀 기억을 못 했어요. 아마 아케르만은 화학물질이나 방사선 또는 그 밖의 어떤 것을 이용해서 그와 똑같은 현상을 일으키는 방법을 찾아냈을 거예요. 안나 씨의 기억 속에 일종의 차단막을 설치한 거죠."

"그런데 그들이 왜 저에게 그런 짓을 했을까요?"

"내가 보기에 그 문제의 열쇠는 안나 씨 남편의 직업에서 찾아야 해요. 안나 씨는 뭔가 보아서는 안 될 것을 보았거나 남편의 활동과 연관된 정보들을 알고 있어요. 아니면 그저 기니피그처럼 어떤 실험의 대상이 되었는지도 모르죠……. 모든 게 가능해요. 우리는 미치광이들을 상대하고 있으니까요."

생제르맹 대로의 끝에 다다르자 오른쪽에 아랍 세계 연구소가 나타났다. 그 건물의 유리벽에서 구름이 흘러가고 있었다.

마틸드는 자신의 차분함에 스스로 놀라고 있었다. 가방에 자동권총을 넣어두고 정신이 온전치 않은 인형 같은 여자를 옆에 앉힌 채 시속 1

백 킬로미터로 달리고 있었지만 전혀 두려움이 일지 않았다. 두려움보다는 오히려 대상과 일정한 거리를 둔 호기심이 약간의 치기 어린 흥분과 뒤섞여 있었다.

"제 기억이 돌아올 수 있을까요?"

안나의 목소리에는 집착이 담겨 있었다. 마틸드는 그런 어조를 익히 알고 있었다. 성 안나 병원에서 진료를 할 때 숱하게 들어본, 강박관념이 실린 목소리, 광기 어린 목소리였다. 다만 이번에는 광기가 진실과 일치하고 있다는 점이 달랐다.

마틸드는 조심스럽게 말을 골랐다.

"그들이 어떤 방법을 사용했는지 모르는 상태에서는 대답할 수가 없어요. 만일 화학물질을 사용했다면 아마 해독제가 있을 거예요. 외과수술을 한 경우라면 낙관하기가…… 그리 쉽지는 않겠지요."

마틸드의 소형 메르세데스는 이제 파리 식물원에 딸린 동물원의 검은 철책을 따라 달리고 있었다. 동물들이 잠들어 있고 공원에 인적이 끊긴데다 어둠이 깊어서 그런지 분위기가 사뭇 괴괴하였다.

마틸드는 안나가 울고 있음을 알아차렸다. 소리가 높고도 가녀린 소녀의 흐느낌이었다. 한참 만에 그녀가 울음 섞인 목소리로 다시 말문을 열었다.

"그런데 그들은 왜 제 얼굴까지 바꿔 버렸을까요?"

"그건 나도 이해할 수가 없어요. 안나 씨가 가서는 안 될 곳에 가서 보아서는 안 될 것을 보았다고 쳐도, 얼굴까지 변화시킬 이유는 없어 보이거든요. 굳이 얼굴을 바꿀 이유가 있었다면, 이건 훨씬 더 엄청난 사건이에요. 그들이 일부러 안나 씨를 딴사람으로 만들어 버렸다는 얘기가 되니까요."

"그 모든 일이 있기 전에는 제가 안나 에메스가 아닌 다른 사람이었을 수도 있다는 건가요?"

늑대의 제국 223

"성형수술의 흔적으로 미루어 볼 때 그런 가정이 불가능한 것은 아닙니다."

"제가…… 로랑 에메스의 아내가 아닐 수도 있다고요?"

마틸드는 대답하지 않았다. 안나가 말끝을 달았다.

"하지만 제가 느끼는 감정이 있는걸요. 그에 대해서 느끼는 친밀감은 뭐죠?"

마틸드는 불쑥 화가 치밀었다. 이 악몽의 와중에서도 안나는 자신의 사랑 이야기를 생각하고 있었다. 난파를 당하고도 사랑의 욕망과 감정에서 헤어나지 못하는 여자들을 위해서는 아무것도 해 줄 일이 없었다.

"저에겐 그 사람과 연관된 추억들이 있어요. 그 모든 추억을 제가 지어냈을 리는 없잖아요!"

마틸드는 어깨를 으쓱 추켜올렸다. 이제부터 하려는 심각한 이야기를 짐짓 대수롭지 않게 여기려는 듯한 몸짓이었다.

"그들은 마치 장기를 이식하듯 다른 사람의 추억을 안나 씨 머릿속에 옮겨 심었는지도 몰라요. 과거의 기억들이 흩어지고 있다고, 그것들이 실제로 있었던 일처럼 느껴지지 않는다고 안나 씨 스스로 말했잖아요……. 이제껏 연구된 것만 놓고 보면, 그런 조작은 불가능해요. 하지만 아케르만이 어떤 사람인지를 감안하면 모든 가정이 가능해요. 게다가 경찰관들이 그에게 무제한의 수단을 허용했을 게 틀림없어요."

"경찰관들이요?"

"안나, 정신차려요. 앙리 베크렐 의료원과 군인들, 안나 씨 남편의 직업을 생각해 봐요. '초콜릿의 집' 만 빼면 안나 씨의 세계는 경찰관이나 제복 입은 사람들로만 이루어져 있어요. 그들은 안나 씨에게 못된 짓을 했고 지금 안나 씨를 찾고 있어요."

두 여자는 개축 공사가 한창인 오스테를리츠 역 근처에 다다랐다. 건물의 한 면을 통해 마치 영화관의 내부 같은 텅 빈 공간이 들여다보였다. 하늘을 향해 뻥 뚫린 창문들은 포격의 폐허를 연상시켰다. 오른쪽 배경으로는 센 강이 흐르고 있었다. 느릿느릿 물결치는 거뭇한 흙탕물이……

긴 침묵 끝에 안나가 다시 말했다.

"제 이야기 속에는 경찰이 아닌 사람도 있어요."

"그게 누구죠?"

"저희 가게의 그 손님이요. 제가 어디선가 만난 적이 있다고 생각하는 그 남자요. 제 동료와 저는 그를 '벨벳 씨'라고 불렀어요. 어떻게 설명해야 할지 모르겠지만, 저는 그 남자가 이 모든 일의 바깥에 있다고 느껴요. 그는 그들이 지워 버린 저의 과거에 속하는 사람이지 싶어요."

"그렇다면 그가 왜 안나 씨 앞에 나타났을까요?"

"아마 우연히 그렇게 되었을 거예요."

마틸드는 고개를 가로저었다.

"이봐요. 내가 확신하는 게 한 가지 있다면, 그건 바로 이 사건에는 어떤 우연도 없다는 거예요. 그 남자도 한패인데, 안나 씨가 아니라고 믿는 것일 수도 있어요. 그 사람 얼굴이 낯설지 않다고 느끼는 건 그가 로랑과 함께 있는 것을 보았기 때문일 거예요."

"아니면 그가 지콜라를 좋아하기 때문일지도 모르죠."

"뭘 좋아한다고요?"

"아몬드 반죽을 넣은 초콜릿이요. 저희 가게의 특제품이죠. (안나는 눈물을 닦으면서 피식 웃었다.) 어쨌거나 그가 저를 알아보지 못하는 건 당연해요. 제 얼굴이 예전의 얼굴이 아니니까요."

안나는 희망에 찬 어조로 동을 달았다.

"그 사람을 찾아내야 해요. 그는 제 과거에 대해서 무언가를 알고 있을 게 틀림없어요!"

마틸드는 일체의 대꾸를 삼갔다. 자동차는 이제 고가철도의 강철 아치를 따라 오피탈 대로를 달리고 있었다.

"지금 어디로 가는 거예요?"

마틸드는 도로를 대각선으로 가로질러, 라 피티에 살페트리에르[19] 병원 앞에 차를 세웠다. 그러고는 엔진을 끄고 핸드 브레이크를 올린 다음 클레오파트라 머리를 한 안나를 돌아보았다.

"이 사건을 이해할 수 있는 유일한 길은 안나 씨가 '예전에' 누구였는지를 알아내는 거예요. 안나 씨 몸에 남아 있는 흉터로 미루어 보건대, 수술 시점은 약 6개월 전이에요. 어떤 식으로든 그 시기 이전으로 거슬러 올라가지 않으면 안 돼요."

안나는 대학병원의 표지판에 눈길을 던졌다.

"저에게 최면을 걸어 물어보시려는 건가요?"

"이제는 그럴 시간이 없어요."

"그럼 뭘 하시려고요?"

마틸드는 안나의 흘러내린 머리카락을 귀 뒤로 넘겨주며 대답했다.

"이제 안나 씨의 기억을 통해서 알아낼 수 있는 건 아무것도 없어요. 안나 씨의 얼굴도 제 모습을 잃었고요. 하지만 안나 씨의 과거에 관해서 무언가를 말해줄 수 있는 것이 하나 남아 있어요."

"그게 뭔데요?"

"안나 씨 몸이요."

---

19) 파리 제6대학의 의과대학.

31

라 피티에 살페트리에르 대학병원의 생물학 연구소는 의과대학 건물에 자리하고 있었다. 수백 개의 창문이 달린 이 기다란 건물에는 엄청나게 많은 실험실이 마련되어 있었다.

마틸드는 1960년대의 특징을 드러내는 이 건물을 보면서 자신이 공부했던 대학과 병원들을 떠올렸다. 그녀는 건물에 대해서 특별한 감수성을 지니고 있었다. 그녀의 머릿속에서 이런 유형의 건물은 언제나 학문, 권위, 지식 등과 연결되곤 했다.

두 여자는 현관 쪽으로 걸어갔다. 구두가 은빛 보도에 부딪혀 딸각거렸다. 마틸드는 현관문의 비밀번호를 눌렀다. 안으로 들어서자 어둠과 냉기가 엄습해 왔다. 그들은 거대한 홀을 오른쪽으로 가로질러 금고처럼 생긴 강철 승강기 앞에 다다랐다.

윤활유 냄새가 나는 그 화물 승강기 안에서 마틸드는 자신이 지식의 탑을 오르고 있다고 느꼈다. 나이도 먹을 만큼 먹고 경험도 쌓을 만큼 쌓았지만, 그녀는 신전이나 성역을 닮은 그곳의 분위기에 압도된 기분을 느끼고 있었다.

승강기는 계속 올라가고 있었다. 안나는 담배에 불을 붙였다. 마틸드는 오감이 극도로 민감해져 있던 터라, 담배 종이가 지지직거리며 타는 소리를 들은 듯 싶었다. 마틸드는 안나에게 자기 딸의 옷을 입혔다. 어느 해인가 딸이 제야(除夜)를 보내러 왔다가 두고 간 옷들이었다. 안나와 딸아이는 체구가 비슷했고 검은색이 어울리는 점에서도 서로 닮아 있었다.

안나는 품이 딱 맞고 소매가 갸름한 벨벳 외투에 비단 나팔바지를 입고 있었다. 신발은 에나멜 구두였다. 이런 파티 복장은 안나를 상복 입은 소녀처럼 보이게 했다.

이윽고 6층에서 승강기 문이 열렸다. 그들은 벽면이 빨간 타일로 장식된 복도를 따라, 반투명 유리를 끼운 문들을 차례차례 지나쳐 갔다. 복도 안쪽에서 희미한 빛이 새어나오고 있었다. 그들은 빛을 향해 나아갔다.

마틸드는 인기척도 없이 문을 열었다. 알랭 베네르디 교수가 하얀 실험대 근처에서 그들을 기다리고 있었다.

그는 예순 살쯤 되어 보이는 쾌활한 노인이었다. 몸집은 자그마했고 인도 사람처럼 살결이 가무잡잡했으며 파피루스처럼 건조한 느낌을 주었다. 가운도 얼룩 하나 없이 깨끗했지만, 그 속에 입고 있는 정장은 더욱 깔끔하고 완벽하다는 것을 짐작할 수 있었다. 살갗보다 희게 보이는 손톱은 손가락 끝에 붙어 있는 작고 동그란 사탕 같았다. 희끗희끗한 머리는 포마드를 발라 뒤로 빗어 넘긴 모양새가 무척 단정한 느낌을 주었다. 탱탱[20]의 만화에서 곧장 걸어 나온 듯한 채색 인형을 닮은 노인이었다. 그의 나비넥타이가 어떤 신비로운 기계 장치의 태엽 감는 쇠붙이처럼 빛나고 있었다.

마틸드는 두 사람을 서로에게 소개한 다음, 이미 전화로 늘어놓았던 거짓말의 요점을 다시 말했다.

"안나는 8개월 전에 교통사고를 당했어요. 이 사고로 자동차는 전소되었고, 신분증이며 자동차 관련 서류도 모두 타버렸어요. 안나의 기억도 사라졌지요. 게다가 얼굴에 상처를 많이 입어서 대수술을 받을 수밖에 없었어요. 결국 안나의 신원은 완전히 수수께끼가 되고 말았지요."

거의 신빙성이 없는 이야기였다. 하지만 베네르디는 꼬치꼬치 따지고 들지 않았다. 그에게 중요한 것은 오로지 안나라는 새로운 수수께끼에 과학적으로 도전하는 일이었다.

---

[20] 에르제가 1929년에 창조하여 세계적인 명성을 얻은 모험만화 연작의 주인공.

"곧바로 시작합시다."

안나가 이의를 제기했다.

"잠깐만요. 먼저 무엇을 하시려는 건지 말씀해 주시는 게 순서가 아닌가요?"

마틸드가 베네르디에게 말했다.

"교수님, 설명해 주시죠."

교수는 젊은 여자를 향해 돌아섰다.

"따분한 해부학 강의로 흐르지 않을까 걱정이네요."

"저는 어려운 말은 못 알아들으니까 쉽게 말씀해 주세요."

그의 얼굴에 미소가 살짝 스쳤다. 레몬껍질처럼 톡 쏘는 미소였다.

"인간의 몸을 구성하는 요소들은 저마다 일정한 주기에 따라 재생됩니다. 예를 들어 붉은피톨은 120일마다 다시 생성됩니다. 표피의 각질층은 일주일 정도면 완전히 새것으로 바뀌죠. 그런가 하면 창자의 내벽은 겨우 48시간 만에 다시 만들어집니다. 하지만 면역체계에 존재하는 어떤 세포들은 이 끊임없는 재생의 과정에서도 외부 요소와 접촉했던 흔적을 아주 오랫동안 간직합니다. 그것들을 일컬어 우리는 기억을 가진 세포라고 하죠."

그의 목소리는 공들여 꾸민 외모와 달리 텁텁하고 드레진 흡연자의 음성이었다.

"이 세포들은 병을 일으키는 외부인자를 만나면 방어 분자나 침입의 흔적을 지닌 인지 분자를 만들어냅니다. 이 보호의 메시지는 세포들이 재생될 때 새로 만들어진 세포들에게 전달됩니다. 말하자면 생물학적인 기억이 형성되는 셈이죠. 백신의 원리는 전적으로 이 체계에 바탕을 두고 있습니다. 인간의 몸이 병을 일으키는 인자와 단 한 번만 접촉을 해도 세포들은 몇 년에 걸쳐서 그 인자를 무찌르기 위한 분자들을 만들어내죠. 비단 병을 일으키는 인자뿐만 아니라 다른 외부 요소들에 대해서도 마찬가지입니다. 우리는 언제나 지나간 삶의 자국을 간직하고 있습니다. 외부 세계와 접촉했던 무수한 흔적들이 언제나 우리 몸에 남아 있죠. 그 자국들을 연구하는 것이 가능합니다. 언제 무엇 때문에 생긴 자국인지 알아낼 수 있다는 것이죠."

그는 가벼운 경례를 하듯이 몸을 약간 숙였다.

"아직 잘 알려지지 않은 이 분야가 바로 제 전공입니다."

마틸드는 베네르디와 처음 만났던 때를 기억하고 있었다. 그것은 1997년 마요르카 섬에서 기억에 관한 세미나가 열렸을 때였다. 초대 받은 사람들은 대부분 신경학자, 정신과 의사, 정신분석가였다. 그들은 시냅스와 신경망과 무의식을 논했고 모두가 기억의 복잡성을 운위했다. 그러다가 나흘째 되던 날 나비넥타이를 맨 생물학자가 자신의 연구 성과를 발표하면서 사정이 완전히 달라졌다. 알랭 베네르디는 뇌의 기억이 아니라 몸의 기억을 논했다.

이 학자는 향수를 가지고 행한 자신의 연구를 소개했다. 그의 주장에 따르면, 알코올을 함유한 향수를 피부에 계속 스며들게 하면 일부 세포에 그 물질이 '각인' 된다고 했다. 그래서 피실험자가 향수의 사용을 중단한 뒤에도 그 흔적을 식별할 수 있다는 것이었다. 그는 샤넬 5번을 10년 동안 사용한 여자의 사례를 제시했다. 사용을 중단한 지 4년이 지난 뒤에도 이 여자의 피부에는 샤넬 5번의 화학적인 날인이 남아 있었다고 했다.

그 날 청중은 베네르디의 발표에 넋을 잃었다. 기억이 돌연 신체적인 양상을 띠면서 화학, 분석, 현미경 등과 무관하지 않은 것으로 이야기되고 있었다. 현대의 과학기술을 초월해 있던 추상적인 정신작용이 갑자기 만질 수 있고 관찰할 수 있는 물질적인 현상으로 설명되고 있었다. 인문과학이 정밀과학으로 탈바꿈하고 있는 셈이었다.

나직한 전등 불빛이 안나의 얼굴을 환하게 비추고 있었다. 피곤한 기색이었지만 눈에서는 독특한 빛이 반짝였다. 비로소 이해가 가는 모양이었다.

"제 경우에는 무엇을 알아내실 수 있는 거죠?"

"날 믿으세요. 안나 씨의 몸은 과거의 흔적을 세포들 속에 은밀하게 간직하고 있어요. 우리는 안나 씨가 사고를 당하기 전에 살았던 물리적 환경의 자취들을 찾아낼 겁니다. 안나 씨가 숨쉬던 공기, 식습관의 흔적, 안나 씨가 사용하던 향수의 흔적 등등을 말입니다. 어쨌거나 안나 씨는 아직도 옛날의 안나 씨예요. 나는 그럴 거라고 확신해요."

32

베네르디는 몇몇 기계를 작동시켰다. 기계의 갖가지 표시등과 컴퓨터 모니터들의 불빛에 실험실의 실제 규모가 드러났다. 유리창이 여러 개 나 있고 벽을 코르크로 장식한 커다란 방이었다. 각각의 유리창을 사이에 두고 칸막이들이 늘어서 있고 분석 도구들이 곳곳에 놓여 있었다. 실험대와 스테인리스 탁자에 반사된 갖가지 불빛이 초록, 노랑, 분홍, 빨강의 가느다란 줄무늬를 만들고 있었다.

베네르디가 왼쪽에 있는 문을 가리켰다.

"이 방에 들어가서 옷을 벗고 나오세요."

안나가 사라지자, 베네르디는 라텍스 장갑을 끼고 무균 봉지들을 실험대의 타일 위에 놓은 다음 가지런히 세워져 있는 시험관 세트 뒤에 자리를 잡았다. 마치 유리로 된 실로폰을 연주하려는 음악가 같았다.

안나가 다시 나타났다. 검은 속바지 차림이었다. 그녀의 몸은 병적으로 여위어 있었다. 조금만 움직여도 앙상한 뼈 때문에 살에 상처가 날 듯했다.

"여기 누우세요."

안나는 탁자 위로 올라갔다. 몸은 말랐어도 힘을 쓸 때는 한결 강건해 보였다. 군살이 전혀 없는 근육이 불룩거리자 묘하게도 매우 강력한 느낌을 주었다. 어떤 불가사의나 억제된 에너지를 품고 있는 여자였다. 마틸드는 육식공룡의 알을 떠올렸다. 티라노사우루스의 형체를 투명하게 드러내는 알껍데기를.

베네르디는 무균 봉지에서 주사기와 바늘을 꺼냈다.

"채혈부터 하겠습니다."

그는 노련한 손놀림으로 안나의 왼팔에 바늘을 꽂았다. 그러고는 눈썹을 찌푸리며 마틸드에게 물었다.

"안나 씨에게 진정제를 주사했나요?"

"네. 트랑센을 근육주사로 투여했어요. 저녁때 너무 흥분되어 있기에……."

"얼마나요?"

"50밀리그램이요."

생물학자는 얼굴을 찡그렸다. 그 주사가 자신의 분석에 방해가 되는 모양이었다. 그는 바늘을 빼내고 팔오금에 거즈를 붙인 다음 실험대 뒤로 갔다.

마틸드는 그의 동작 하나하나를 눈으로 좇았다. 이제 뽑아낸 피에서 붉은피톨을 없애고 흰피톨의 농축액을 만들 차례였다. 그는 피를 저(低)삼투압 용액에 섞은 다음 작은 버너처럼 생긴 검은색 원통형 기기, 즉 원심분리기에 넣었다. 이 기기는 초당 1천 회의 속도로 회전하면서 흰피톨을 다른 찌꺼기로부터 분리해 냈다. 잠시 후 그는 거기에서 반투명한 침전물을 꺼내며 안나에게 설명했다.

"면역세포들입니다. 우리가 찾고 있는 흔적들을 담고 있는 세포들이지요. 이제 이것들을 더 자세히 살펴보겠습니다……."

그는 농축액을 생리 식염수로 희석시킨 다음 유속 세포분석기─각각의 피톨을 분리해 놓고 레이저 광선을 쐬어 분석하는 회색 기계장치─에 부었다. 마틸드는 그 다음 절차가 무엇인지 알고 있었다. 이 기계는 방어 분자들을 찾아낼 것이고, 베네르디가 작성한 병흔(病痕) 목록에 비추어 그것들의 정체를 밝혀낼 것이었다.

몇 분 후에 그가 말했다.

"의미 있는 흔적이 전혀 없어요. 그저 흔한 병을 일으키는 세균이나 바이러스 따위를 접촉했던 흔적뿐이에요. 양도 평균에 못 미치고요. 안나 씨는 아주 건강한 삶을 살았군요. 다른 외부 인자들의 흔적도 보이지 않아요. 향수의 자취도 없고 어떤 특이 물질이 침투했던 흔적도 없어요. 그야말로 중립지대로군요."

안나는 두 팔로 무릎을 껴안은 채 탁자 위에서 꼼짝 않고 있었다. 그녀의 반투명한 피부는 너무나 하얘서 거의 파르스름해 보이는 얼음 조각처럼 표시등들의 불빛을 반사시키고 있었다. 베네르디는 훨씬 더 기다란 바늘을 들고 그녀에게 다가갔다.

"이제 생체검사를 하겠습니다."

안나가 몸을 일으키자 그가 나직한 소리로 덧붙였다.

"겁내지 마세요. 아프지 않아요. 겨드랑이의 림프절에서 약간의 림프를 채취하는 것뿐이에요. 오른팔을 들어주세요."

안나는 오른쪽 팔꿈치를 머리 위로 들어올렸다. 그는 바늘을 찔러 넣으면서 흡연자의 탁한 목소리로 중얼거렸다.

"이 임파절은 폐 부위와 관계가 있습니다. 만일 안나 씨가 특이한 먼

지나 가스나 꽃가루처럼 뭔가 의미 있는 것을 들이마셨다면, 림프구들이 그것을 기억해 낼 거예요."

안나는 진통제의 기운이 아직 완전히 가시지 않은 터라 무슨 검사를 하든 전혀 놀라는 기색을 보이지 않고 고분고분 따르고 있었다. 생물학자는 실험대 뒤로 돌아가서 다시 분석 작업을 실시했다.

다시 몇 분이 지난 뒤에 그가 말했다.

"니코틴과 타르의 흔적이 보이네요. 안나 씨는 예전에 담배를 피웠군요."

마틸드가 토를 달았다.

"지금도 피우고 있는걸요."

생물학자는 고개를 끄덕여 그 지적을 받아들인 다음 덧붙였다.

"그것 말고는 안나 씨가 어떤 환경에서 어떤 공기를 마시며 살았는지를 짐작케 할 만한 흔적이 없어요."

그는 작은 플라스크 하나를 집어 들고 다시 안나에게 다가갔다.

"안나 씨의 혈구들은 내가 기대하던 기억들을 간직하고 있지 않아요. 이제 다른 검사로 넘어갑시다. 인체의 어떤 부위들은 외부 인자가 침입한 흔적이 아니라 외부 인자 그 자체를 극소량이나마 보존합니다. 그 '초소형 창고들'을 뒤져보겠습니다. (그는 플라스크를 내밀었다.) 이 용기에 소변을 받아 오세요."

안나는 아까 옷을 벗으러 들어갔던 작은 방으로 다시 갔다. 걸음걸이가 그야말로 몽유병 환자 같았다. 마틸드가 다시 나섰다.

"소변에서 뭘 찾아내려고 하시는 건지 모르겠네요. 우리는 교통사고 이전의 흔적들을 찾고 있어요. 1년 가까이 시간을 거슬러 올라가서······."

생물학자는 미소로 그녀의 말허리를 잘랐다.

"오줌은 필터 구실을 하는 콩팥에서 걸러집니다. 이 때 일부 결정들이 필터의 내부에 쌓이죠. 나는 이 결정들이 어떤 물질의 흔적인지 알아낼 수 있습니다. 때로 이것들은 몇 년 전에 생긴 것이라서 예컨대 환자의 식습관 같은 것을 우리에게 알려줄 수 있죠."

안나가 플라스크를 손에 들고 돌아왔다. 그녀는 자기를 대상으로 해서 벌이고 있는 그 작업에 점점 초연해지는 것처럼 보였다.

베네르디는 또 다시 원심분리기를 사용해서 오줌의 구성요소들을 분리해 낸 다음 세포 분석기보다 덩치가 큰 질량 분석기 쪽으로 돌아섰다. 그는 누런 액체를 기계의 내부에 넣고 분석 기능을 작동시켰다.

한 컴퓨터의 모니터에 푸르스름한 파동이 나타났다. 베네르디는 결과가 못마땅하다는 듯 쯧쯧 하고 혀를 찼다.

"이렇다할 만한 게 없어. 과거의 삶을 해독해 내기가 쉽지 않은 젊은이인걸······."

그는 느긋하던 태도를 바꾸어 작업에 정신을 더욱 집중했다. 다른 종류의 채취와 분석이 계속 이어졌다. 그는 그야말로 안나의 몸에 몰입해 있었다.

마틸드는 그의 일거일동을 지켜보면서 설명에 귀를 기울이고 있었다.

그는 먼저 치아 내부의 살아 있는 조직인 상아질을 아주 조금 채취했다. 이 상아질에는 항생제 같은 물질이 피에 실려와 쌓일 수 있다. 다음으로 그는 송과선에서 생성되는 멜라토닌에 관심을 가졌다. 그의 설명에 따르면, 주로 밤에 분비되는 이 호르몬의 수치를 검사하면 예전의 수면 습관을 알아낼 수 있다고 했다.

또한 그는 눈에 들어 있는 방수(房水)를 아주 조심스럽게 채취하기도 했다. 이 액체에 영양물의 미세한 잔재가 집적될 수 있다는 것이었다. 끝으로 그는 머리카락 몇 올을 끊었다. 머리카락은 외부에서 온 물질들에 대한 기억을 간직하고 있다가 나중에는 제가 그 물질들을 분비한다. 이것은 잘 알려진 현상이다. 예컨대 비소에 중독되어 죽은 사람은 사망 후에도 모근을 통해서 이 물질을 계속 분비한다.

탐색은 세 시간 넘게 계속되었다. 하지만 베네르디는 거의 아무것도 찾아내지 못하고 손을 들어 버렸다. 그가 옛날의 안나에 관해서 알아낸 것은 보잘 것이 없었다. 안나는 담배를 피우면서도 매우 건강한 삶을 살던 여자였다. 멜라토닌 수치가 불규칙한 것으로 보아 불면 때문에 고생한 적이 있었고, 방수에서 지방산이 검출된 것으로 보아 어린 시절부터 올리브유로 조리한 음식을 많이 먹었다. 마지막으로 그녀는 원래 적갈색을 띤 밤색이었던 머리카락을 갈색으로 물들였다.

알랭 베네르디는 라텍스 장갑을 벗고 실험대 안쪽에 파인 개수대에서 손을 씻었다. 그의 이마에는 작은 땀방울이 송골송골 맺혀 있었다. 실망하고 지친 기색이었다.

그는 다시 잠이 들어버린 안나에게 마지막으로 한 번 더 다가가서 주위를 빙 돌았다. 그 창백한 몸의 비밀을 풀 수 있는 어떤 흔적이나 징후를 아직 찾고 있는 듯했다.

그러다가 그는 갑자기 안나의 손 위로 몸을 숙였다. 그는 그녀의 손을 잡고 손가락들을 유심히 살피다가 그녀를 흔들어 깨웠다. 그녀가 눈을 뜨자, 그는 흥분된 마음을 가까스로 억누르며 물었다.

"손톱에 갈색 반점이 보이는데, 이게 무엇 때문에 생겼는지 알아요?"

안나는 초점 없는 눈길로 주위를 두리번거렸다. 그러다가 눈썹을 추켜올리며 자기 손을 바라보았다.

"모르겠어요. 니코틴 아닌가요?"

마틸드도 안나에게 다가가서 손톱 끄트머리에 미세한 황토색 반점이 있음을 확인했다.

"손톱을 얼마 만에 한 번씩 깎죠?"

"글쎄요. 한…… 3주에 한 번 정도요."

"손톱이 빨리 자라는 편인가요?"

안나는 대답 대신 하품을 했다. 베네르디는 "어떻게 이걸 보지 못했을까!' 하고 중얼거리면서 실험대 쪽으로 돌아갔다. 그는 작은 가위와 투명한 통을 집어 들고 다시 안나에게로 와서 갈색 반점이 배인 손톱 끄트머리를 잘라냈다.

"안나 씨 손톱이 정상적으로 자란다면, 각질로 된 이 끄트머리는 사고가 있기 전에 손톱 뿌리에 해당했던 부분이 자란 것입니다. 그러니까 이 반점은 안나 씨의 과거에 속하는 것이지요."

그는 기계들을 다시 켰다. 모터들이 윙윙거리며 돌아가는 동안, 그는 샘플을 용매가 들어있는 시험관에 넣어 녹였다.

"아슬아슬했군요. 며칠 차이로 이걸 구한 거예요. 안나 씨가 손톱을 깎아 버렸으면, 이 소중한 흔적을 잃고 말았을 텐데 말이에요."

그는 무균 시험관을 원심분리기에 넣고 분리 기능을 작동시켰다.

마틸드는 실례를 무릅쓰고 끼어들었다.

"만일 이게 니코틴이라면, 이것으로 무엇을 알아낼 수 있을지 모르겠네요······."

베네르디는 용액을 질량 분석기에 넣었다.

"안나 씨가 사고를 당하기 전에 무슨 담배를 피웠는지를 알아낼 수 있을지도 모르지요."

마틸드는 그의 흥분을 이해할 수 없었다. 사소한 반점 하나가 무어 그리 대단한 것을 가져다주랴 싶었다. 베네르디는 질량 분석기의 모니터에 펼쳐지는 형광 그래프들을 살펴보고 있었다. 그렇게 몇 분이 흘렀다. 마틸드는 더 참지 못하고 다시 나섰다.

"교수님, 저는 이해를 못 하겠어요. 제가 보기에는 정말 별 게 아닌데······."

"이거 굉장한데."

모니터 불빛이 그의 얼굴을 환히 비추고 있었다. 경탄의 기색이 역력한 얼굴이었다.

"니코틴이 아냐."

마틸드는 질량 분석기로 다가갔다. 안나도 금속 탁자 위에서 몸을 일으켰다. 베네르디는 두 여자 쪽으로 자기 의자를 돌렸다.

"헤나예요."

침묵이 바다처럼 깔렸다.

베네르디는 질량 분석기에서 막 인쇄되어 나온 1밀리 방안지를 잡아떼고, 컴퓨터 자판을 두드려 몇 가지 데이터를 입력했다. 그러자 모니터에 화학 성분의 목록이 나타났다.

"내가 가지고 있는 물질 목록에 따르면, 이 반점의 화학 성분은 어떤 식물이 특징적으로 보여주는 화학적 조성과 일치해요. 그 식물은 아주 희귀한 헤나입니다. 아나돌뤼[21] 평원에서 재배하는 염료 식물이죠."

알랭 베네르디는 안나에게 의기양양한 눈길을 보냈다. 오로지 이 순간을 위해서 살아온 사람처럼 보였다.

"안나 씨, 사고를 당하기 전에는 터키 사람이었군요."

---

21) '해뜨는 쪽'을 뜻하는 그리스어 아나톨리아에서 나온 터키 말. 원래는 비잔틴 사람들이 소아시아를 일컫던 이름이었고, 1923년부터는 아시아 쪽 터키를 가리키는 말이 되었다.

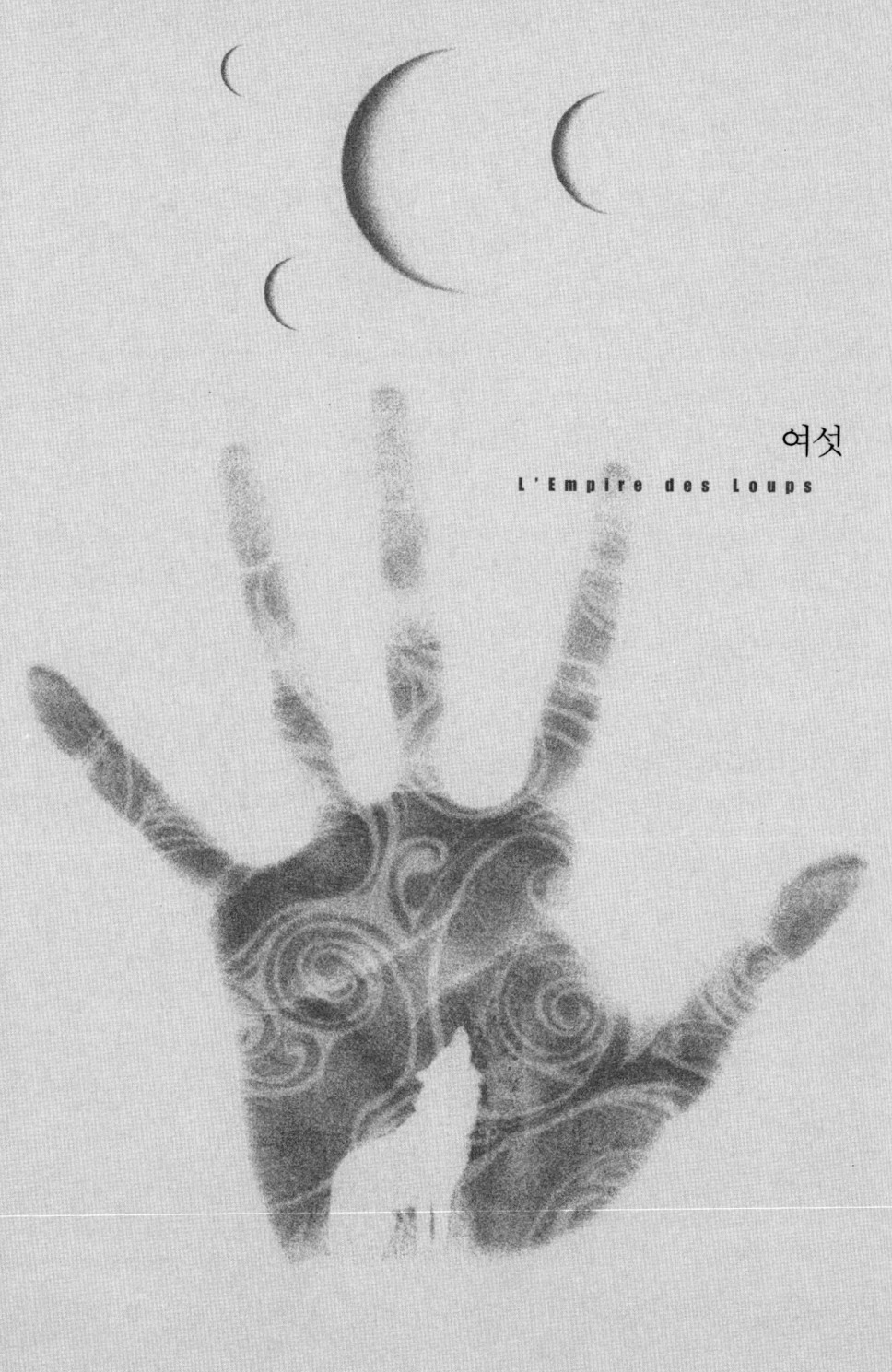

여섯
L'Empire des Loups

33

 악몽 뒤끝의 칼칼함.
 폴 네르토는 밤새 악몽에 시달렸다. 돌로 된 괴물, 파리 10구를 누비고 다니는 사악한 거인의 꿈이었다. 몰록[22] 신이 터키 타운의 지배자가 되어 희생물을 바치라고 요구하고 있었다.
 그의 꿈에서 괴물은 가면을 쓰고 있었다. 반은 사람의 형상이고 반은 짐승의 형상인 이 가면은 고대 그리스의 것이기도 했고 페르시아의 것이기도 했다. 괴물의 광물질 입술은 하얗게 달구어져 있었고 성기는 칼날처럼 뾰족하게 솟아 있었다. 괴물이 한 걸음 한 걸음 움직일 때마다 땅이 흔들리면서 먼지가 일고 건물에 금이 갔다.
 땀에 젖은 채 잠에서 깨어나 보니 오전 3시였다. 그는 자기 아파트에 누워 있었다. 침실 하나에 거실과 주방이 딸린 작은 아파트였다. 그는

---

[22] 고대에 이스라엘 사람들이 아이들을 제물로 바쳤던 신. 예언자들과 성경 편찬자들은 이 신을 숭배하는 자들에게 격렬한 분노를 표시하였다(구약성경 레위기 18장 21절과 20장 2-5절, 열왕기 하 23장 10절, 예레미야 32장 35절 등 참조).

커피를 끓여 마시고, 고고학과 관련된 새로운 자료들을 읽는 데에 몰두했다. 전날 저녁 보안방범대의 젊은 경관이 문 앞에 두고 간 자료들이었다.

그는 날이 밝아올 때까지 박물관 카탈로그며 관광안내 소책자며 학술 서적들을 훑어보았고, 거기에 실린 조각 작품들을 일일이 부검 사진들과 비교하면서—그리고 무의식적으로 꿈에서 본 가면과도 비교하면서— 자세히 살펴보았다. 안탈리아 고고학 박물관의 로마시대 조각 석관, 킬리키아 지방의 프레스코, 고대 유적지 카라테페의 양각, 에페소스의 흉상들…….

그렇게 여러 시대와 문명에 걸친 유물들을 조사해 보았지만 아무 소득이 없었다.

폴 네르토는 생클루 시문 근처에 있는 '대포알 세 방'이라는 카페 겸 레스토랑에 들어갔다. 커피 향과 담배 냄새가 코를 찔러 왔다. 그는 오감에 빗장을 채우고 욕지기를 억제하려고 애썼다. 기분이 몹시 고약했다. 단지 악몽 때문만은 아니었다. 그 날은 아이들이 학교에 가지 않는 수요일이었다. 수요일이면 거의 그랬듯이, 그는 새벽에 레나에게 전화를 걸어 셀린을 돌볼 수 없으리라는 사실을 알려야만 했다.

그는 카운터 끄트머리에 서 있는 장·루이 시페르를 보았다. 말끔하게 면도를 하고 바바리코트를 입은 모습이 생기가 있어 보였다. 그는 거드름을 피우며 크림 커피에 크루아상을 적시고 있었다. 그러다가 폴을 보자 활짝 미소를 지었다.

"잘 잤어?"

"끝내줬지요."

시페르는 폴의 구겨진 표정을 보았지만 군소리를 삼갔다.

"커피?"

폴은 고개를 끄덕였다. 가장자리에 갈색 거품이 떠 있는 진한 커피 한

잔이 카운터 위에 즉시 나타났다. 시페르는 커피 잔을 들고 창가의 비어 있는 식탁을 가리켰다.

"가서 앉지. 피곤해 보이는데."

그는 자리에 앉자마자 크루아상 바구니를 내밀었다. 폴은 사양했다. 무언가를 삼킨다고 생각만 해도 신물이 부비강까지 올라왔다. 그래도 시페르가 '친구' 처럼 구는 것을 아예 모른 척할 수는 없었다. 폴은 답례삼아 물었다.

"선배님은요? 잘 주무셨어요?"

"돌처럼 쓰러져 잤지."

폴은 너덜너덜해진 손가락들과 유혈이 낭자한 재단기를 다시 떠올렸다. 그 참극이 있은 뒤에 그는 시페르를 생클루 시문까지 바래다주었다. 시페르는 그 근처의 귀댕 거리에 아파트를 가지고 있었다. 그 때부터 한 가지 의문이 폴의 뇌리에서 떠나지 않았다.

"아파트가 있으면서(그는 창문 너머의 잿빛 광장을 가리켰다), 롱제르에는 뭐 하러 갔어요?"

"군거 본능이지. 경찰에 몸담았던 사람들하고 같이 있는 게 좋아. 혼자 살면 너무 따분하잖아."

진실성이 없어 보이는 해명이었다. 폴은 시페르가 자기 성이 아니라 자기 어머니의 결혼 전 성으로 양로원에 등록했음을 상기했다. 감사국의 한 친구가 귀띔해 준 정보였다. 이것 역시 하나의 수수께끼였다. 그는 숨기 위해서 양로원에 들어간 것이 아닐까? 그렇다면 누구로부터 도망치려고 한 것일까?

"신상카드 꺼내 봐."

폴은 폴더를 열어 터키어로 된 서류들을 식탁 위에 올려놓았다. 그것들은 원본이 아니라, 폴이 아침 일찍 사무실에 들러 복사해 온 것들이었다. 폴은 터키어 사전을 뒤져가며 그것들을 낱낱이 검토했다. 그럼으로

써 피살자들에 관한 주요 정보들을 파악해 냈다.

첫 피살자의 이름은 제이네프 튀텐길이었다. 그녀는 '파란 문' 이라는 하맘[23]에 인접한 공장에서 일했다. 공장주는 탈라트 귀르딜레크라는 자였다. 그녀는 27세였고 뷔르바 튀텐길과 결혼했으며 아이는 없었다. 주소는 피델리테 거리 34번지, 출신지는 터키 남동부의 가지안테프[24]라는 도시 교외에 있는 발음하기 어려운 이름의 마을이었다. 그녀가 파리에 온 것은 2001년 9월이었다.

두 번째 피살자의 이름은 뤼야 베르케스였다. 26세의 미혼녀로서 앙갱 거리 58번지에 있는 주거지에서 고자르 할만―가죽과 모피를 전문으로 하는 기업주로서 불법체류 노동자들을 고용한 혐의로 여러 차례 조사를 받았기 때문에, 폴이 조서에서 본 적이 있는 이름이었다―을 위해 일했다. 출신지는 터키 남부에 위치한 대도시 아다나였다. 파리에 온 지는 8개월이 되었다.

세 번째 피살자는 루키에 타뇰이었다. 30세의 미혼녀로서 앵뒤스트리 상가에 자리한 쉬렐리크라는 회사에서 재봉사로 일했다. 그녀가 파리에 온 것은 지난 해 8월이었다. 파리에 가족이 없었기 때문에 프티트 에퀴리 거리 22번지 여자 기숙사에서 살았다. 출신지는 첫 번째 피살자와 마찬가지로 가지안테프 지방이었다.

이 정보들에서는 중요한 의미를 갖는 공통점을 찾아낼 수가 없었다. 예컨대, 살인자가 어떻게 피해자들을 찾아냈는지 혹은 어떻게 피해자들에게 접근했는지를 밝혀낼 수 있을 만한 공통점이 전혀 없었다. 무엇보다 아쉬운 것은 피해자들의 생생한 면모였다. 터키 이름도 그녀들의

---

23) 터키식 공중목욕탕.
24) 원래 이름은 안테프였으나, 제1차 세계대전이 끝나살 무렵, 이 시역 주민들이 프랑스군에 맞서 저항했던 것을 기려 아타튀르크 대통령이 '가지' 라는 이름을 덧붙였다. '가지' 는 회교도의 성전에 참가한 전사에게 주는 칭호이다.

존재를 모호하게 만드는 데에 한몫을 했다. 폴은 그녀들이 실제로 존재했다는 것을 확신하기 위해 폴라로이드 사진을 자꾸 들여다보아야만 했다. 그녀들의 얼굴은 한결같이 너부데데했다. 모난 데 없이 동글동글한 얼굴 윤곽으로 보아 몸에도 살이 통통했으리라는 것을 짐작할 수 있었다. 폴이 어디에선가 읽은 바에 따르면, 터키에서는 보름달처럼 둥근 이런 얼굴이 바로 미인형이었다.

시페르는 안경을 코에 걸친 채 서류들을 계속 검토하고 있었다. 폴은 욕지기가 아직 가시지 않아서 식어가는 커피를 그냥 바라만 보고 있었다. 와자지껄한 목소리, 유리와 금속이 부딪치는 소리 때문에 머리가 어질어질했다. 특히 카운터에 달라붙어 있는 술꾼들의 말소리가 그의 뇌수를 후벼댔다. 술을 마시면서 선 채로 죽어가고 있는 그 밑바닥 인생들을 참고 볼 수가 없었다······.

그가 술집 카운터의 어두운 구석으로 아버지나 어머니를 찾으러 갔던 적이 얼마나 많았던가? 쓰레기와 담배꽁초로 덮인 바닥에서 그들을 일으켜 세우며 구역질을 참느라 애면글면했던 적이 얼마나 많았던가?

시페르가 안경을 벗고 결론을 내렸다.

"세 번째 여자가 다녔던 공장부터 가 보기로 하지. 가장 나중에 피살되었으니까, 증인들의 기억이 가장 생생할 거야. 그리고 나서 나머지 작업장들을 둘러보고, 주소지와 이웃집과 그녀들이 다니던 길을 가 보세. 범인은 어디선가 그녀들을 납치한 게 틀림없어. 누군가 본 사람이 있을 거야."

폴은 단숨에 커피를 삼켜 버리고, 마음이 놓이지 않아 다짐을 두었다.

"시페르, 다시 한 번 분명히 말하는데, 또 무슨 말썽을 일으키면······."

"날 쏘겠다고? 알았어, 걱정하지 마. 오늘은 다른 방법을 쓸 거니까."

그는 마리오네트의 실들을 조종하기라도 하듯 손가락들을 움직이며 덧붙였다.

"오늘은 부드럽게 할 거야."

그들은 회전 경보등을 켜고 외곽순환도로를 질주했다. 센 강의 잿빛 이 하늘과 강둑의 화강암 빛깔과 어울려 착 가라앉은 무채색 세상을 만들고 있었다. 폴은 권태와 슬픔이 무겁게 드리운 이런 날씨가 마음에 들었다. 강한 의욕을 지닌 경찰관이라면 날씨가 잠포록하다 해서 기운이 빠질 리 없었다.

도중에 그는 휴대폰의 음성 메시지를 들었다. 예심판사 보마르조가 수사의 진전 상황을 알고 싶어했다. 그의 목소리가 긴장되어 있었다. 폴에게 이틀을 더 주고 그 다음에는 강력범죄 수사대에 의뢰해서 수사팀을 보강하겠다고 했다. 노브렐 형사와 마트코프스카 형사는 자기들 나름대로 탐문수사를 계속하고 있었다. 전날 그들은 '잠함을 사용하는 일꾼들', 즉 파리의 땅속에서 일하다가 저녁이면 감압용 잠함에 들어가는 토목 기술자들을 만났다. 여덟 군데의 회사를 찾아가서 책임자들에게 물어보았지만 아무 소득이 없었다. 그들은 아르쾨유에 있는 대표적인 잠함 제조업체도 찾아갔다. 사장의 말에 따르면, 전문적인 기술교육을 받지 않은 사람이 잠함을 조종하는 것은 도저히 있을 수 없는 일이라고 했다. 그렇다면 살인자가 그 분야에 대한 전문지식을 가지고 있는 것이거나 그들이 수사의 방향을 잘못 잡고 있는 것이었다. 두 형사는 다른 분야의 기업체들을 상대로 조사를 계속하고 있었다.

샤틀레 광장에 다다랐을 때, 폴은 세바스토폴 대로로 접어들어 있는 순찰차 한 대를 발견했다. 그는 롱바르 거리에서 그 차를 따라잡고 운전자에게 정차하라고 신호를 보냈다.

"잠깐만 기다리세요."

폴은 시페르에게 그렇게 말하고, 글러브 박스에서 '킨더 서프라이즈'와 '카람바르'를 꺼냈다. 한 시간 전에 딸아이를 생각하면서 샀던 초콜릿과 막대 캐러멜이었다. 폴이 너무 서두르는 바람에 종이봉지가 열려서 내용물이 바닥에 쏟아졌다. 폴은 당황해서 얼굴을 붉히며 과자들을 주워 담고 차 밖으로 나갔다.

순찰차를 세운 정복 경관들은 두 엄지손가락을 혁대에 찔러 넣은 채 자기들 차 옆에서 기다리고 있었다. 폴은 자기가 원하는 바를 간단하게 설명하고 발길을 돌렸다. 그가 다시 운전석에 앉자 시페르가 막대 캐러멜 하나를 흔들면서 말했다.

"오늘은 수요일, 아이들의 날이로군."

폴은 묵묵히 차를 출발시켰다.

"나도 순찰대원들을 심부름꾼으로 이용하곤 했지. 내 여자친구들에게 선물을 전해주기 위해서 말이야."

"여자친구들이 아니라 선배님이 부려먹던 여자들이겠죠."

"그래, 꼬마야. 자네 말이 맞아······."

시페르는 막대 캐러멜을 까서 입안에 우겨넣었다.

"애가 몇이야?"

"딸 하나예요."

"몇 살인데?"

"일곱 살이요."

"이름이 뭐야?"

"셀린이요."

"경찰관 딸내미 이름치고는 속물적인걸."

폴도 같은 생각이었다. 그는 절대를 추구하는 마르크스주의자인 레나가 어쩌자고 핸드백 상표명에나 어울릴 그런 이름을 딸아이에게 지어 주었는지 이해할 수가 없었다.

시페르는 턱을 우악스럽게 놀려 캐러멜을 씹어댔다.

"애기 엄마는?"

"헤어졌어요."

폴은 빨간 신호 하나를 무시하고 달려 레오뮈르 거리를 통과했다.

다른 얘기는 몰라도 자기가 결혼생활에 실패했다는 얘기는 시페르에게 하고 싶지 않았다. 폴은 스트라스부르 대로의 초입을 알리는 맥도널드의 빨갛고 노란 간판을 보고 안도했다.

그는 자기 파트너에게 다른 질문을 던질 틈을 주지 않고 다시 가속 페달을 밟았다.

그들의 사냥터가 눈앞에 있었다.

34

오전 10시 무렵의 포부르 생드니 거리는 전투가 한창인 싸움터를 방불케 했다. 보도와 차도가 한데 합쳐져서 행인들의 격렬한 급류를 이루고 있었다. 행인들은 오도 가도 못 하고 경적만 울려대는 자동차들의 미로 속을 요리조리 빠져나가고 있었다. 물기를 잔뜩 머금은 채 방수포처럼 아래로 처져 있는 무채색 하늘은 금방이라도 터져서 물을 쏟아낼 듯했다.

폴은 프티트 에퀴리 거리 모퉁이에 주차를 하고 차에서 먼저 내려 걸어가고 있는 시페르를 뒤따랐다. 거리엔 사람들뿐만 아니라 짐들도 넘쳐났다. 등으로 져 나르는 종이상자들, 한 아름씩 안아 나르는 옷들, 카트 위에서 흔들리는 짐들. 시페르는 벌써 그 짐들을 헤치며 나아가고 있었다. 그들은 앵뒤스트리 상가로 접어들었다. 돌로 된 궁륭 아래로 들어서자 골목길 하나가 나타났다.

쉬렐리크 공장은 리벳으로 접합된 금속제 골조의 벽돌 건물이었다. 정면은 부러진 활 모양의 솟을각과 세모꼴 유리창을 낸 박공, 테라코타로 된 장식 띠로 눈길을 끌었다. 선홍색을 띤 이 건물에서는 어떤 열광이나 기업의 미래에 대한 발랄한 신념 같은 것이 느껴졌다.

문에서 몇 미터 떨어진 곳에 다다랐을 때, 폴이 갑자기 시페르의 바바리코트 깃을 잡고 그를 현관 아래로 떠밀었다. 그러고는 무기를 소지하지 않았는지 확인하느라고 경찰 근무수칙에 따른 몸수색을 했다.

전직 경관은 나무라듯 혀를 쯧쯧 찼다.

"이건 시간 낭비일세, 꼬마 경관. 오늘은 부드럽게 할 거라고 말했잖아."

폴은 말없이 다시 몸을 일으키며 공장으로 향했다.

그들은 철문을 함께 밀고 들어갔다. 아주 널따란 사각형 공간이 나타났다. 벽은 하얗고 시멘트 바닥에는 페인트가 칠해져 있었다. 모든 게 깨끗하고 반짝반짝 빛이 났다. 리벳이 점점이 박혀 있는 연초록색 금속 골조 때문에 건물이 한결 견고해 보였다. 커다란 창문들로 빛살이 비스듬하게 쏟아져 들어오고 각 벽을 따라 좁은 통로가 나 있어서 원양 항해선의 갑판에 올라와 있는 느낌이 들었다.

폴이 예상한 건 누추한 작업장이었는데, 그의 눈앞에는 창고를 개조한 예술가의 아틀리에가 펼쳐져 있었다. 남자들로만 이루어진 40명가량의 노동자들이 서로 상당한 거리를 두고 옷감과 뚜껑이 열린 골판지 상자들로 둘러싸인 채 재봉틀 앞에서 일을 하고 있었다. 작업복 차림의 그들은 전시에 작전 암호를 짜는 통신요원들처럼 보였다. 라디오카세트에서는 터키 음악이 흘러나오고 버너에서는 커피포트가 끓는 소리를 내고 있었다. 그야말로 의류 제조업계의 낙원이었다.

그의 마음을 읽기라도 한 듯, 시페르가 구두 뒤축으로 바닥을 두드리며 말했다.
"자네가 상상하는 것은 이 아래에 있어. 지하실에 말이야. 수백 명의 여성 노동자들이 빽빽하게 모여 있지. 모두가 불법 체류자일세. 우리는 공장 안에 들어오긴 했지만, 여기는 진열창일 뿐이야."

그는 폴을 작업대 쪽으로 이끌었다. 그들을 보지 않으려고 애쓰는 노동자들 사이로 지나가면서 그가 덧붙였다.

"이 친구들 귀엽지 않아? 모범적인 일꾼들이야. 근면하고 고분고분하고 규칙을 잘 지키지."

"그런데 왜 비꼬는 말투예요?"

"사실 터키 놈들은 근면하지 않아. 잇속만 챙기는 자들이지. 고분고분하지도 않아. 그냥 무관심하지. 또 규칙을 잘 지키는 것이 아니라 저희끼리 정한 규율만 따르지. 그야말로 고약한 흡혈귀들이야. 우리말을 배우려고 애를 쓰지도 않는 약탈자들이라고……. 말은 배워서 뭐 하겠어? 한껏 벌어서 되도록 빨리 뜨려고 여기에 온 건데. '무엇이든 가져가고 아무것도 남기지 말자.' 이게 이들의 슬로건이야."

시페르는 폴의 팔을 잡았다.

"우리를 야금야금 갉아먹는 자들이야. 아들아, 알겠니?"

폴은 사납게 그를 뿌리쳤다.

"다시는 나를 그 따위로 부르지 마세요."

시페르는 마치 폴이 총으로 위협하기라도 하는 것처럼 두 손을 들어올렸다. 눈에는 장난기가 그득했다. 폴은 그의 얼굴에서 그런 표정을 뽑아버리고 싶었다. 그 때 등 뒤에서 어떤 목소리가 울렸다.

"무슨 일로 오셨나요?"

깨끗한 청색 작업복 차림의 땅딸막한 남자가 콧수염 난 얼굴에 반드르르한 미소를 띠고 그들 쪽으로 다가오고 있었다. 그가 놀란 어조로 말했다.

"형사님 아니십니까? 오랜만입니다. 뵙고 싶었는데 자주 오시지 않고요."

시페르는 웃음을 터뜨렸다. 음악이 꺼지고 기계들이 멎으면서 그들 주위로 죽음과도 같은 침묵이 서려 들었다.

"이젠 '시페르'라고 부르지도 않고 친구처럼 대하지도 않네?"

공장 주인은 대답 대신 경계심 어린 눈초리로 폴을 흘깃거렸다.

"폴 네르토일세. 제1 수사부 팀장이야. 계급은 나보다 높지만 상관이기에 앞서 내 친구지. (그는 놀리는 듯한 표정을 지으며 폴의 등을 쳤다.) 이 친구 앞에서 이야기하는 것은 곧 내 앞에서 이야기하는 거야."

그리고 나서 시페르는 사내에게 다가가 한 팔로 그의 어깨를 감쌌다. 몸짓 하나하나가 발레 동작처럼 과장되어 있었다.

그가 폴을 보면서 말했다.

"아흐미드 졸타노이일세. 터키 타운에서 가장 훌륭한 공장주야. 이 작업복만큼이나 뻣뻣하긴 하지만, 심성은 착하다네. 여기에서는 다들 타노이라고 부르지."

터키 남자는 폴에게 허리를 굽혔다. 숯검정 같은 눈썹 아래의 두 눈에는 새로 온 사람이 친구인지 적인지를 가늠하는 기색이 역력했다. 그는 다시 시페르 쪽으로 돌아서서 기름을 바른 듯한 말투로 말했다.

"듣자 하니, 퇴직을 하셨다고 하던데요."

"부득이한 사정으로 다시 나왔네. 다들 급한 일이 생기면, 이 시페르 아저씨를 찾지. 안 그런가?"

시페르는 한 작업대의 천 조각들을 쓸어내고 루키에 타뇰의 사진을 올려놓았다.

"자네, 이 여자 알지?"

사내는 두 손을 호주머니에 찔러 넣고 엄지손가락만 권총의 공이치기처럼 내놓은 채 몸을 숙였다. 풀 먹인 작업복의 주름이 일그러질 듯

말 듯했다.

"본 적이 없는데요."

시페르는 사진을 뒤집었다. 하얀 가장자리에 그 피살자의 이름과 쉬렐리크 공장의 주소가 지워지지 않는 펠트펜으로 분명하게 적혀 있었다.

"마리우스가 다 불었어. 두고 보면 알겠지만, 이제 너희 모두가 털어놓지 않고는 못 배길걸."

터키인의 얼굴이 일그러졌다. 그는 머뭇거리며 사진을 집어 들더니 안경을 쓰고 자세히 들여다보는 시늉을 했다.

"아닌 게 아니라, 생판 모르는 얼굴은 아니네요."

"조금 아는 정도가 아니라 아주 잘 아는 얼굴일 텐데. 이 여자 2001년 8월부터 여기에 있었어. 맞지?"

타노이는 사진을 조심스럽게 내려놓았다.

"네."

"무슨 일을 했지?"

"재봉사였습니다."

"이 아래에서 일했나?"

공장주는 안경을 다시 집어넣다 말고 눈썹을 치켰다. 그들 뒤의 노동자들은 다시 일에 열중해 있었다. 경찰들이 자기들 때문이 아니라 사장 때문에 왔다는 것을 알아차린 모양이었다.

"아래요?"

"자네 지하실 말이야. 타노이, 정신 차리고 대답 똑바로 해! 안 그러면, 나 정말로 화낸다."

터키인은 몸을 좌우로 가만가만 흔들고 있었다. 나이가 지긋한데도 마치 잘못을 뉘우친 초등학생처럼 보였다.

"맞습니다. 아래 작업장에서 일했습니다."

"이 여자 어디 출신이지? 가지안테프인가?"

"정확히 말하면 가지안테프가 아니라 그 근처에 있는 한 마을입니다. 남부 사투리를 썼지요."

"이 여자 여권은 누가 가지고 있지?"

"여권은 없습니다."

시페르는 한숨을 내쉬었다. 또 거짓말을 할 줄 알았다는 투였다.

"피살자가 어떻게 실종되었는지 말해봐."

"말씀드릴 게 없어요. 목요일 아침에 퇴근했는데 집으로 돌아가지 않았다는 것밖에는 말입니다."

"목요일 아침이라고?"

"네. 6시에 퇴근했습니다. 철야 작업을 했거든요."

두 경찰관은 눈길을 주고받았다. 여자가 퇴근길에 기습을 당한 건 맞는데, 일이 벌어진 것은 새벽녘이었다. 시간을 거꾸로 생각한 것만 빼고는 그들의 추리가 맞아떨어진 셈이었다.

"피해자가 집에 돌아가지 않았다고 말했는데, 그 얘기를 누구한테서 들었지?"

"피해자의 약혼자한테서요."

"그들 두 사람이 함께 퇴근하지 않았나?"

"약혼자는 낮에 일했습니다."

"어디 가면 그를 만날 수 있지?"

"이젠 만나실 수 없습니다. 터키로 돌아갔거든요."

타노이의 대답은 풀 먹인 작업복만큼이나 뻣뻣했다.

"약혼녀의 시신을 거두어갈 생각도 안 하고 그냥 떠나 버렸단 말이야?"

"그는 체류증이 없었고, 프랑스어도 할 줄 몰랐어요. 슬픔을 안고 도망친 거죠. 그런 게 터키 사람의 운명이고 불법 이주자의 인생이죠."

"청승 떨지 마. 피해자의 다른 동료들은 어디에 있지?"

"어떤 동료들 말인가요?"

"함께 퇴근한 사람들 말이야. 그들을 신문했으면 하는데."
"불가능합니다. 모두 떠났어요. 사라져 버렸다고요."
"왜?"
"무서워서요."
"뭐가? 살인자가?"
"경찰이 무서워서요. 아무도 이 사건에 끼어들고 싶어 하지 않아요."
시페르는 뒷짐을 진 채 터키인을 마주하고 섰다.
"내가 보기에 자네는 훨씬 더 많은 것을 알고 있지만 이 이상은 말하고 싶지 않을 거야. 그러니까 같이 지하실로 내려가자고. 가 보면 이야기하고 싶은 게 생길지도 모르니까."
터키인은 움직이지 않았다. 재봉틀이 탈탈거리며 돌아가고 있었다. 강철 골조 아래로 음악이 흐느적거렸다. 그는 몇 초 동안 망설이다가 한쪽 통로 아래로 난 철제 계단을 향해 걸음을 옮겼다.
경찰관들은 그의 뒤를 따랐다. 계단을 다 내려가자 어두운 복도가 나왔다. 그들은 철문 하나를 지나 바닥이 흙으로 되어 있는 또 다른 복도로 들어섰다. 천장이 낮아서 몸을 숙이고 걸어야 하는 복도였다. 천장의 배관망 사이에 걸린 알전구들이 그들의 앞길을 비추고 있었다. 복도 양쪽으로 문들이 서로 마주보며 줄느런히 나 있었다. 분필 글씨로 번호가 매겨져 있는 널문들이었다. 그 창자 속 같은 통로 안쪽에서 윙윙거리는 소리가 들려왔다.
복도 한 모퉁이에서 그들의 안내자가 갑자기 걸음을 멈추더니, 용수철이 드러난 낡은 침대 밑판 뒤에 꽂아 두었던 쇠막대기를 움켜쥐었다. 그러고는 조심조심 나아가서 천장의 파이프들을 두드려대기 시작했다. 파이프들의 둔중한 울림이 복도로 퍼져나갔다.
그러자 돌연 눈에 보이지 않는 적들이 나타났다. 그들 머리 위의 무쇠 파이프에 쥐들이 달라붙어 있었다. 폴은 법의관의 말을 기억해 냈다.

두 번째 피해자는 달랐어요. 내 생각에는 범인이 어떤 살아 있는 동물을 사용한 것 같습니다…….

공장주는 터키말로 욕을 해대면서 있는 힘을 다해 쇠막대기를 흔들어댔다. 쥐들이 사라졌다. 진동이 통로 전체로 번져 나가면서 널문들이 흔들렸다. 마침내 타노이가 34번 문 앞에서 멈춰 섰다.

그는 어깨로 밀어가며 어렵사리 문을 열었다. 윙윙거리는 소리가 갑자기 귀로 몰려왔다. 작은 작업장에 불이 환하게 밝혀져 있고, 30명쯤 되는 여자들이 재봉틀 앞에 앉아 있었다. 재봉틀의 회전 속도가 엄청났다. 마치 제 속도에 겨워 미쳐 버린 것 같았다. 노동자들은 방문자들에게 조금도 관심을 보이지 않고 형광등 아래에서 몸을 숙인 채 재봉틀 바늘 밑으로 옷감을 밀어대고 있었다.

방의 면적은 20제곱미터를 넘지 않을 듯했다. 그런데 환기 장치가 전혀 없었다. 염료 냄새, 천의 미세 먼지, 용매 냄새 때문에 공기가 너무 탁해서 숨을 제대로 쉴 수가 없었다. 어떤 여자들은 스카프로 입을 가리고 있었다. 숄로 감싼 젖먹이를 무릎에 올려놓고 일하는 여자들도 보였다. 일꾼 중에는 아이들도 섞여 있었다. 아이들은 옷감 무더기 근처에 모여서 옷감을 접어 상자에 담고 있었다. 폴은 숨이 막힐 듯했다. 한밤중에 깨어나 자신의 악몽이 현실임을 깨닫는 영화 속 인물이 된 기분이었다.

시페르가 정의의 사도 같은 어조로 말했다.

"이게 쉬렐리크라는 기업의 참모습이야! 1일 노동시간이 12시간에서 15시간이고, 노동자 한 사람 당 매일 수천 벌의 옷을 만들고 있어. 터키식 '1일 3교대'야. 두 개의 작업조로 24시간 내내 기계를 돌리는 거지. 다른 지하실들도 여기와 매한가지라네. (그는 그 잔인한 광경을 즐기는 듯했다.) 하지만 한 가지 알아두어야 할 게 있어. 이 모든 일이 국가의 묵인 하에 이루어지고 있다는 사실이야. 모두가 알면서도 모른 척하는 거야. 의류 제조업계는 노예제도에 바탕을 두고 있어."

터키인은 부끄러워하는 기색을 보이려고 애썼지만, 그의 눈동자에서는 오히려 긍지의 빛이 번득이고 있었다. 폴은 노동자들을 살펴보았다. 몇몇 여자가 그의 시선을 맞받았다. 하지만 그녀들의 손놀림은 한시도 멎을 줄을 몰랐다. 아무것도 아무도 그 움직임을 중단시킬 수 없을 것만 같았다.

폴은 그녀들의 윤기 없는 얼굴에 피살자들의 길게 째진 상처들을 겹쳐 보았다. 살인자는 지하생활을 하는 이런 여자들에게 어떻게 접근했을까? 그자는 서로 닮은 여자들을 어떻게 찾아냈을까?

시페르는 소리를 고래고래 질러가며 신문을 다시 시작했다.

"작업조가 교대할 때, 배달꾼들이 와서 일해 놓은 것을 실어가지 않나?"

"맞습니다."

"퇴근하는 노동자들에다 배달꾼들까지 있으니, 오전 6시에는 거리에 사람들이 많아. 무언가를 본 사람이 아무도 없어?"

"맹세코 없습니다."

시페르는 블록 벽에 몸을 기댔다.

"함부로 맹세하지 마. 너희가 믿는 신은 나의 하느님보다 덜 관대하거든. 다른 피살자들의 공장주들하고 얘기해 봤어?"

"아뇨."

"또 거짓말이네. 하지만 상관없어. 이 연쇄 살인에 대해서 자네가 알고 있는 게 뭐야?"

"여자들이 고문을 당했고 얼굴에 심한 상처를 입었다고 하던데요. 그 이상은 아는 게 없습니다."

"자네를 만나러 온 형사는 없었어?"

"없었습니다."

"자네들 자경단은 뭐하고 있지?"

폴은 '자경단'이라는 말에 깜짝 놀랐다. 그런 것은 한 번도 들어본 적이 없었다. 그러니까 이 구역의 주민들이 자신들의 경찰을 보유하고 있다는 얘기였다. 타노이는 재봉틀의 소음을 이기려고 악을 썼다.

"모르겠어요. 아무것도 찾아내지 못한 모양이에요."

시페르는 노동자들을 가리켰다.

"이 여자들은 그 사건에 대해서 어떻게 생각하고 있지?"

"무서워서 밖에 나가질 않아요. 알라가 용서하시지 않을 거예요. 이 구역은 저주받았어요! 죽음의 천사 아즈라엘이 여기에 있어요!"

시페르는 싱긋 웃으며 터키인의 등을 다정하게 토닥이고 문을 가리켰다.

"잘 됐네. 덕분에 예전의 착한 심성이 되살아나겠는 걸……."

그들은 복도로 나갔다. 폴은 그들을 따라 나가서 널문을 닫았다. 재봉틀의 소음이 뚝 끊겼다. 그러기가 무섭게 숨이 막혀서 헐떡거리는 소리가 들려왔다. 시페르가 타노이를 배수관에 밀어붙인 것이었다.

"누가 여자들을 죽였지?"

"전…… 전 모릅니다."

"개자식들, 너희가 감싸고도는 놈이 대체 누구야?"

폴은 말리지 않았다. 시페르가 그보다 더한 행동으로 나아가지 않으리라는 짐작이 들었다. 그건 더 얻어낼 게 없다는 걸 알면서도 마지막으로 화를 한 번 내보는 것에 지나지 않았다. 타노이는 숨이 막혀서 눈알이 튀어나올 듯한데도 대답을 하지 않았다.

시페르는 멱살을 풀었다. 타노이가 시계추처럼 흔들거리는 알전구 아래에서 숨을 가누고 있을 때, 시페르가 나직하게 말했다.

"타노이, 이 모든 일은 자네 속에 가두고 빗장을 질러. 누구에게든 우리가 왔었다는 얘기를 하면 안 돼."

타노이는 시페르를 올려다보았다. 그의 얼굴에는 비굴한 표정이 벌써 돌아와 있었다.

"빗장은 오래 전에 질러 놓았습니다, 형사님."

35

두 번째 피살자인 뤼야 베르케스는 공장에 다니지 않고 앙갱 거리 58번에 있는 주거지에서 가내노동을 했다. 손재봉틀로 외투의 안감을 꿰매서 모피업자 고자르 할만의 창고에 납품을 했던 것이었다. 이 창고는 포부르 푸아소니에르 거리와 직각으로 만나는 생트세실 거리 77번지에 있었다. 그들은 피살자가 살던 아파트부터 가 볼 수도 있었지만, 시페르는 먼저 고용주를 신문하고 싶어했다. 보아하니 그와 고용주는 오래 전부터 알고 지내는 사이인 듯했다.

폴은 말없이 차를 몰면서 답답한 지하실에서 벗어나 가슴이 탁 트이는 기분을 맛보고 있었다. 하지만 또다시 그런 곳으로 들어갈 생각을 하니 벌써부터 걱정이 되었다. 포부르 생드니 거리와 포부르 생마르탱 거리를 벗어나자 진열창이 어두워지기 시작했다. 갈색 소재의 두툼한 옷들이 걸려 있기 때문이었다. 어느 가게에나 천으로 지은 옷 대신 가죽과 모피로 된 옷들이 진열되어 있었다.

폴은 오른쪽으로 돌아 생트세실 거리로 들어섰다.

시페르가 차를 세우라고 했다. 77번지에 도착한 것이었다.

폴은 이번엔 생가죽과 피가 엉겨 붙은 짐승우리와 고기 냄새로 가득 찬 불결한 작업장을 예상하고 있었다. 그러나 그가 마주친 것은 밝고 꽃이 만개한 작은 뜰이었다. 포석이 깔린 바닥은 아침 안개가 밀랍 칠을 해 놓고 간 것처럼 번들거렸다. 두 경찰관은 뜰로 가로질러 안쪽의 건물에 다다랐다. 창문들에 쇠창살을 질러 놓았다는 점만 빼면 공장의 창고라는 느낌이 들지 않는 건물이었다.

시페르가 문턱을 넘어서면서 말했다.

"한 가지 알아 둘 게 있어. 고자르 할만은 탄수 질레르의 열렬한 팬이야."

"그게 누군데요? 축구선수인가요?"

시페르는 쿡쿡 하고 실소를 흘렸다. 그들은 커다란 회색 나무 계단으로 올라섰다.

"탄수 질레르는 터키의 전 총리야. 하버드 대학에서 공부하고 외교관으로 활동하다가 외무부 장관을 지내고 나중엔 총리가 되었지. 입지전적인 인물이야."

폴은 심드렁하게 맞받았다.

"정치적 야심에 사로잡힌 남자의 전형적인 인생행로네요."

"미안하지만 탄수 질레르는 여자일세."

그들은 3층을 지났다. 모든 층계참이 널찍하고 성당의 제실처럼 어두웠다.

"터키에서는 남자가 여자를 모델로 삼는 경우도 흔히 있는 모양이군요."

시페르는 기어이 웃음을 터뜨렸다.

"자네처럼 눈치가 없는 사람을 경찰관으로 뽑은 게 잘한 일인지 모르겠어. 고자르 역시 여자야! 여기에서는 그 여자를 흔히 '테이제' 라고 불러. 이모라는 뜻이지만 넓게 보면 대모라는 뜻도 되지. 형제와 조카와 사촌들을 보살피고 자기를 위해 일하는 모든 노동자를 돌봐주는 여자일세. 그들의 체류 상황을 적법하게 만들어 주는 일도 하고, 그들에게 사람을 보내 집수리도 해 줘. 그들의 소포며 우편환 보내는 일도 맡아 주고, 그들이 경찰관들에게 시달리지 않도록 수시로 뇌물을 주기도 하지. 불법체류 노동자들을 값싸게 부려먹는 노예장수이기는 한데, 마음씨 좋은 노예장수지."

4층. 할만의 창고는 마룻바닥에 회색 페인트가 칠해져 있고 폴리스티렌 덩어리와 구겨진 박엽지가 여기저기 널려 있는 넓은 홀이었다. 한복판의 가대(架臺) 위에 놓인 널빤지들이 출납대 구실을 하고 있었다. 널빤지 위에는 골판지 상자와 아크릴 바구니, '타티' 사의 로고가 찍힌 분홍색 비시 면포 가방, 의복 덮개 따위가 죽 놓여 있었다.

거기에서 남자 일꾼들이 외투며 잠바며 여성용 어깨걸이를 꺼내고 있었다. 그들은 옷들을 만져보고 문질러보고 안감을 확인한 다음 옷걸이에 끼워 가로대에 걸어놓곤 했다. 그들 앞에는 여자들이 서 있었다. 머리에 스카프를 쓰고 긴 치마를 입은 차림에 얼굴이 나무껍질처럼 거무스레한 그녀들은 지친 표정으로 남자들의 평결을 기다리고 있는 듯했다.

4층의 중간에는 누각처럼 또 하나의 층이 꾸며져 있었다. 유리를 끼우고 하얀 커튼을 쳐 놓은 그곳에서는 아래가 훤히 내려다보일 법했다. 일하는 사람들을 살피기에 딱 좋은 자리였다. 시페르는 머뭇거리거나 누구에게 묻지도 않고 그 감시대로 올라가는 가파른 계단의 난간을 잡고 오르기 시작했다.

그들은 계단을 다 올라가 장벽처럼 버티고 있는 녹색식물들을 피해 방으로 들어갔다. 한쪽 벽이 비스듬하긴 하지만 아래의 홀만큼이나 넓은 방이었다. 양쪽 테두리에 커튼이 드리워진 창문들을 통해 점판암과 아연으로 이루어진 풍경, 즉 파리의 지붕들이 보였다.

이 방은 그 규모에도 불구하고 장식이 지나치게 많은 탓에 1900년대

쯤의 규방을 연상케 했다. 폴은 앞으로 나아가 장식물들을 살펴보았다. 천으로 된 깔개들이 곳곳에서 눈에 띄었다. 컴퓨터나 하이파이 오디오 세트나 텔레비전 같은 현대적인 기기들을 보호하기 위한 것들이 있는가 하면, 사진틀이나 유리로 된 잗다란 장식품이나 레이스 달린 옷에 파묻힌 커다란 인형들을 돋보이게 하기 위한 것들도 있었다. 벽에는 관광 포스터가 여기저기 붙어 있었다. 주로 이스탄불을 홍보하는 포스터들이었다. 칸막이벽에는 강렬한 색깔의 작은 킬림[25]들이 블라인드처럼 걸려 있었다. 방 안 곳곳에 종이로 된 터키 국기들을 꽂아놓은 것이 인상적이었다. 이 국기들은 나무 기둥에 핀으로 다닥다닥 고정시켜 놓은 우편엽서와 조화를 이루고 있었다.

방의 오른쪽을 차지하고 있는 것은 가죽 데스크패드로 덮인 참나무 원목 책상이었다. 한복판의 넓은 카펫 위에는 초록색 벨벳 소파가 버티고 있었다. 하지만 사람은 보이지 않았다.

시페르는 주렴에 가려진 문 쪽으로 가더니 밀어를 속삭이듯 간드러진 목소리로 말했다.

"공주님. 나요, 시페르. 굳이 꽃단장하려고 애쓸 것 없어요."

아무 대답이 없었다. 폴은 몇 걸음 걸으며 사진들을 가까이에서 살펴보았다. 어느 사진에서든 예쁘장하게 생긴 적갈색 단발머리 여자가 빌 클린턴, 보리스 옐친, 프랑수아 미테랑 등과 같은 저명한 정치인들과 함께 미소를 짓고 있었다. 이 여자가 아마도 시페르가 말한 탄수 질레르인 모양이었다.

폴은 달가닥 하는 소리에 고개를 돌렸다. 주렴이 열리면서 사진 속의 여자가 실물로, 그러나 한결 육덕이 좋은 모습으로 나타났다.

고자르 할만은 자신이 탄수 질레르 총리와 비슷하게 생겼다는 점을

---

25) 털이 없고 앞뒤 구분이 없는 카펫을 가리키는 터키 말.

더욱 두드러져 보이게 하려고 애쓴 듯했다. 자신의 권위를 더욱 굳건히 세우자는 뜻이 아닌가 싶었다. 검은 튜닉에 검은 바지를 입고 그저 약간의 보석으로만 치장한 옷차림은 검소한 느낌을 주었다. 몸짓과 태도도 매우 절제되어 있었다. 여성 기업인 특유의 도도한 거리 두기가 느껴졌다. 그녀의 외모가 그녀 주위에 눈에 보이지 않는 선을 그리고 있는 듯했다. 선의 메시지는 분명했다. 자신을 유혹하려는 일체의 기도를 용납하지 않겠다는 것이었다.

하지만 그녀의 얼굴은 또 다른 분위기를 풍기고 있었다. 거의 반대되는 분위기였다. '달에 홀린 피에로[26]' 처럼 크고 하얀 얼굴에 머리는 빨갛고 눈은 강렬하게 반짝였다. 눈두덩에는 펄이 들어간 오렌지색 아이섀도가 발라져 있었다.

그녀가 걸걸한 목소리로 말했다.

"시페르, 당신이 왜 왔는지 알아요."

"드디어 똑똑한 사람을 만났군!"

그녀는 무덤덤한 태도로 책상 위에 놓인 몇 장의 서류를 정돈했다.

"결국 경찰이 당신을 끌어들였군요. 이럴 줄 알았어요."

그녀에게서는 터키인의 말투가 별로 느껴지지 않았다. 다만 문장의 끄트머리를 가볍게 떨며 발음하는 버릇이 있어서 일부러 애교를 부린다는 느낌을 주었다.

시페르는 목을 긁는 듯한 소리로 두 사람을 서로에게 소개했다. 폴은 여자가 녹록치 않은 상대임을 직감했다.

시페르가 단도직입적으로 물었다.

"알고 있는 게 뭐지?"

---

[26] 벨기에 시인 알베르 지로의 시를 바탕으로 한 하르틀레벤의 가사에 쇤베르크가 곡을 붙인 연가곡.

"없어요, 아무것도."

그녀는 몇 초 동안 책상 위로 다시 몸을 숙이고 있다가 소파에 가서 다리를 살며시 꼬며 앉았다.

"주민들이 두려움에 떨고 있어요. 별의별 얘기가 다 떠돌아요."

"별의별 얘기라니?"

"소문이 무성해요. 앞뒤가 맞지 않는 풍문들이에요. 살인자가 당신네 사람이라는 얘기도 들었어요."

"우리 사람이라고?"

"네. 경찰관이라는 거예요."

시페르는 그 생각을 쓸어버리기라도 하듯 손을 내저었다.

"뤼야 베르케스에 관해서 얘기해 줘."

고자르는 소파의 팔걸이를 덮고 있는 레이스 장식을 쓰다듬었다.

"이틀에 한 번씩 우리에게서 주문 받은 물품을 가져오던 여자였어요. 마지막으로 온 건 금년 1월 6일이었어요. 8일이 아니고요. 내가 말할 수 있는 것은 그게 다예요."

시페르는 호주머니에서 수첩을 꺼내들고 무언가를 읽는 시늉을 했다. 폴은 그 동작이 그저 냉정을 잃지 않기 위한 것임을 짐작했다. '테이제'는 확실히 그에게 만만한 상대가 아니었다.

시페르는 수첩을 들여다보며 말을 이었다.

"뤼야는 두 번째 피살자야. 시신이 발견된 것은 1월 10일이지."

"하느님, 그 가엾은 영혼을 거두어주소서. (그녀는 여전히 레이스를 쓰다듬고 있었다.) 그런데 그게 나와 무슨 상관이 있죠?"

"당신들 모두와 상관이 있지. 그리고 나에겐 정보가 필요해."

그의 말소리가 높아지고 있었다. 하지만 폴은 두 사람의 대화에 묘한 친밀감이 배어 있음을 느꼈다. 수사와는 아무런 상관이 없는, 불과 얼음 사이의 묵계 같은 것이 있는 듯했다.

"말할 게 전혀 없어요. 주민들이 모두 쉬쉬하고 있어요. 다른 사건들이 터졌을 때 그랬던 것처럼 말이에요."

말의 내용이며 목소리며 말투 때문에 폴은 그 터키 여자를 더 찬찬히 살펴보게 되었다. 그녀는 오렌지색 아이섀도를 칠한 검은 눈을 시페르 쪽으로 주고 있었다. 폴은 오렌지 껍질을 속에 넣은 초콜릿 조각을 떠올렸다. 그 순간 그는 한 가지 암묵적인 진실을 알아차렸다. 고자르 할만은 시페르가 결혼 직전까지 갔다가 헤어졌다는 바로 그 터키 여자였다. 두 사람 사이에 무슨 일이 있었던 것일까? 왜 갑자기 일이 틀어졌을까?

모피 상인이 담배 한 개비를 꺼내어 불을 붙였다. 그러고는 지친 기색을 드러내며 파르스름한 연기를 길게 내뿜었다.

"알고 싶은 게 뭐죠?"

"그 여자가 납품하러 오는 때가 하루 중 언제였지?"

"저녁 무렵이었어요."

"혼자 왔어?"

"혼자였어요. 언제나."

"그 여자가 어떤 길로 다녔는지 알아?"

"포부르 푸아소니에르 거리예요. 그 시간대에는 사람들이 많죠. 당신이 알고 싶은 게 그것인지는 모르지만."

시페르는 일반적인 사항을 묻기 시작했다.

"뤼야 베르케스가 파리에 온 게 언제지?"

"2001년 5월이요. 마리우스를 만나서 얘기 다 듣지 않았어요?"

그는 그 질문을 무시했다.

"그 여자 어떤 유형이었지?"

"시골여자였어요. 하지만 도시 생활을 경험한 적이 있었어요."

"아다나 말이야?"

"처음엔 가지안테프, 그 다음에 아다나예요."

시페르는 고개를 숙여 수첩을 들여다보았다. 그 점에 흥미를 느낀 모양이었다.

"그 여자, 가지안테프 출신이었어?"

"네. 그렇게 알고 있어요."

그는 잗다란 장식품들을 스치듯 어루만지면서 이리저리 거닐었다.

"글을 읽을 줄 알았나?"

"아뇨. 하지만 현대여성이었어요. 전통에 매인 여자가 아니었죠."

"파리 시내에 자주 나갔나? 데이트도 하고 나이트클럽에도 가는 여자였어?"

"현대여성이라고 했지, 일탈한 여자라고 말하진 않았어요. 뤼야 베르케스는 모슬렘이었어요. 그게 무엇을 뜻하는지 나만큼이나 잘 알텐데요. 어쨌거나 그 여자, 프랑스어는 한 마디도 할 줄 몰랐어요."

"옷은 어떻게 입고 다녔지?"

"서구식으로요. (그녀는 어조를 높였다.) 시페르, 당신이 찾고 있는 게 대체 뭐예요?"

"내가 알고 싶은 건 그 여자가 어떻게 살인자에게 기습을 당했느냐는 거야. 집밖으로 나가지도 않고 남에게 말을 걸거나 한눈을 팔지도 않는 여자에게 접근한다는 건 쉬운 일이 아니거든."

신문은 순조롭게 진행되고 있었다. 한 시간 전과 똑같은 질문에 똑같은 대답이 이어졌다. 모두 예상했던 대답이었다. 폴은 작업장이 내려다보이는 유리창 앞에 서서 커튼을 살짝 들어올렸다. 터키인들은 일을 계속하고 있었다. 잠든 짐승처럼 웅크리고 있는 모피들 위로 돈이 오고 갔다.

등 뒤에서 시페르의 목소리가 계속 들려왔다.

"뤼야의 정신 상태는 어떠했지?"

늑대의 제국 265

"다른 여자들과 마찬가지로 '몸은 여기에 있지만 마음은 저쪽에 있다' 라는 식이었지요. 터키에 돌아가서 결혼하고 아이 낳고 행복하게 살겠다는 생각만 했어요. 여기는 그저 일시적으로 거쳐 가는 곳이었지요. 다른 두 여자와 두 칸짜리 아파트에 함께 쓰면서 재봉틀에 들러붙은 채 개미처럼 하루하루를 살았어요."

"뤼야와 함께 살았던 여자들을 만나고 싶은데……."

폴은 더 이상 듣고 있지 않았다. 그저 아래에서 이루어지는 거래를 지켜보고 있을 뿐이었다. 그 거래는 물물교환이나 조상 대대로 내려오는 어떤 의식처럼 물 흐르듯 착착 진행되고 있었다. 그 때 시페르의 말이 다시 그의 의식을 파고들었다.

"그런데 살인자에 관해서는 뭐 짚이는 거 없어?"

침묵이 흘렀다. 뜸을 너무 길게 들인다 싶어서 폴은 다시 그들 쪽으로 돌아섰다.

고자르는 자리에서 일어나 창문 너머로 지붕들을 바라보고 있었다. 그러다가 그렇게 돌아선 채로 나직하게 말했다.

"내가 보기에 이 사건은 한결…… 정치적이에요."

시페르는 그녀에게 다가갔다.

"그게 무슨 뜻이지?"

그녀가 돌아섰다.

"이 사건은 한 살인자의 사사로운 동기를 넘어선 것일 수도 있어요."

"고자르, 빌어먹을, 알아듣게 말해봐!"

"무어라고 설명할 건 없어요. 주민들은 모두 두려움에 떨고 있고 나 역시 예외가 아니에요. 아무도 당신을 도우려고 하지 않을 거예요."

폴은 전율을 느꼈다. 악몽 속의 몰록, 터키 타운을 지배하는 신, 터키 타운의 지하실과 누추한 작업장으로 희생물을 구하러 오는 돌도 된 신이 다른 어느 때보다 현실처럼 느껴졌다.

'테이제'가 말을 맺었다.

"시페르, 면담은 끝났어요."

시페르는 수첩을 호주머니에 집어넣고 순순히 물러났다. 폴은 거래가 진행되고 있는 아래쪽을 향해 마지막으로 한 번 더 눈길을 보냈다.

바로 그 때 그자가 폴의 눈에 띄었다.

콧수염이 거뭇하고 파란 아디다스 상의를 입은 배달원 하나가 골판지 상자를 안고 막 창고 안으로 들어왔다. 그는 무의식적으로 위쪽을 올려다보았다. 그러다가 폴을 보자 그의 표정이 굳어졌다.

그는 상자를 내려놓고 옷걸이 근처에서 한 일꾼에게 몇 마디 말을 건네고는 문까지 뒷걸음질을 쳤다. 그의 마지막 눈길이 다시 위쪽으로 쏠리는 것을 보고 폴은 자신의 직감이 옳다는 것을 확인했다. 그건 겁먹은 시선이었다.

두 경찰관은 아래쪽 홀로 내려왔다. 시페르가 말했다.

"고집불통 암탕나귀 같으니. 감질 나는 암시로 나에게 골탕을 먹이네. 빌어먹을 터키인들. 하나같이 음충맞고, 하나같이……."

폴은 걸음을 재우쳐 문턱을 뛰어넘었다. 계단통을 내려다보니 사내의 갈색 손이 난간 위로 미끄러져.가는 게 보였다. 사내는 잰걸음으로 달아나고 있었다.

그는 층계참으로 다가오고 있는 시페르에게 속삭였다.

"가요. 빨리."

36

 폴은 자동차를 세워둔 곳으로 달려갔다. 그러고는 운전석에 앉기가 무섭게 한 동작으로 시동열쇠를 돌렸다. 시페르는 차가 움직이기 전에 가까스로 올라탔다.
 "도대체 무슨 일이야?"
 폴은 묵묵히 차를 출발시켰다. 사내의 실루엣은 생트세실 거리의 끄트머리에서 오른쪽으로 비스듬하게 돌아간 뒤였다. 폴은 가속 페달을 밟아 사내가 들어선 포부르 푸아소니에 거리로 방향을 틀었다. 그들은 다시 차량 행렬과 인파에 맞닥뜨렸다.
 사내는 종종걸음으로 배달원들과 행인들과 크레이프나 피데[27]를 파는 가게의 연기 사이로 요리조리 빠져나가면서 연신 뒤를 흘끔거렸다. 그는 본 누벨 대로를 향해 가고 있었다. 시페르가 언짢은 기색을 보이며 말했다.
 "무슨 일인지 설명을 해야지. 안 그래?"
 폴은 기어를 3단으로 바꿔 넣으면서 중얼거렸다.
 "고자르의 창고에서 한 남자를 봤어요. 우리를 보자마자 달아나더라고요."
 "그래서?"
 "경찰 냄새를 맡았어요. 신문을 당할까 봐 겁을 먹은 거예요. 아마 우리 사건에 관해서 무언가를 알고 있을 거예요."
 사내는 왼쪽으로 돌아 앙갱 거리로 들어섰다. 다행히도 차량의 진행 방향으로 걷고 있었다.
 "체류증이 없어서 그런 것일 수도 있지."

---

27) 납작하게 구운 터키식 빵.

"고자르의 작업장에서요? 체류증 없는 사람들이 하나둘인가요? 그 자가 경찰을 두려워하는 데에는 특별한 이유가 있어요. 그런 느낌이 들어요."

시페르는 글러브 박스 밑으로 무릎을 들이밀며 퉁명스럽게 물었다.

"그자가 어디 있는데?"

"왼쪽 보도에요. 아디다스 상의를 입은 자예요."

터키인은 여전히 앙갱 거리의 낮은 번지 쪽으로 가고 있었다. 폴은 눈에 띄지 않게 따라가느라 애쓰고 있었다. 빨간 불. 아른아른 광택이 나는 파란 운동복이 하나의 반점처럼 멀어졌다. 폴은 시페르 역시 눈으로 그를 좇고 있음을 알아차렸다. 차내에 감도는 침묵이 특별한 의미를 띠기 시작했다. 그들의 의기가 투합한 것이었다. 그들은 똑같이 침착하고 주의 깊게 자기들의 표적에 눈길을 붙박고 있었다.

녹색등이 켜졌다.

폴은 차를 출발시키고 가속페달을 가만가만 밟아가며 사내를 따라갔다. 강한 열기가 두 다리를 타고 올라오는 느낌이 들었다. 터키인이 오른쪽으로 돌아 포부르 생드니 거리로 접어드는 것을 보자, 폴은 바로 가속페달을 밟았다. 사내는 여전히 자동차의 진행 방향 쪽으로 걷고 있었다.

폴은 교통의 흐름을 따라갔다. 하지만 도로의 체증이 점차 심해지고 있었다. 차량과 행인들의 북새통 속에서 아우성과 클랙슨 소리가 잿빛 공기로 퍼져나갔다.

폴은 목을 길게 빼고 눈살을 모았다. 자동차 지붕과 사람들의 머리 위로 '도매, 반도매, 소매' 따위의 말이 적힌 간판들이 포개져 있었다. 아디다스 상의는 어디로 사라졌는지 보이지 않았다. 폴은 훨씬 더 먼 곳으로 눈길을 돌렸다. 건물들의 정면이 매연 때문에 흐릿하게 보였다. 멀리 포부르 생드니 거리 초입에 서 있는 생드니 문의 아치가 뿌연 빛

속에서 아른거렸다.

"놈이 안 보여요."

시페르는 자기 쪽 차창을 열었다. 소음이 차내로 몰려 들어왔다. 그는 머리와 두 어깨를 차창 밖으로 내밀었다.

"저기, 오른쪽에 있네."

차들이 다시 움직였다. 파란 상의가 한 무리의 행인들 속에 섞여 있었다. 또 다시 차들이 멈춰 섰다. 폴은 교통 혼잡이 오히려 자기들에게 도움을 주고 있다고 생각했다. 차가 사람의 걸음을 따라가기 좋을 만큼 천천히 나아가고 있었다.

터키인이 잠시 시야에서 사라졌다가 두 대의 배달용 소형 트럭 사이에서 다시 나타났다. '르 쉴리'라는 카페 바로 앞이었다. 그는 계속 뒤쪽을 흘끔거리고 있었다. 미행당하고 있음을 알아차린 것은 아닐까?

"저자는 겁에 질려 있어요. 분명 무언가를 알고 있어요."

"그건 아무 의미가 없어. 설령 무언가를 안다 해도 우리에게……."

"날 믿어 보세요. 한 번만이라도."

폴은 기어를 다시 1단으로 넣었다. 목덜미가 후끈거렸다. 파카의 깃은 땀에 젖어 있었다. 포부르 생드니 거리의 어귀에 다다랐을 때, 그는 속도를 내서 터키인을 따라잡았다.

그런데 생드니 문의 아치 발치에서 사내가 갑자기 차도를 건너 그들의 코앞으로 지나갔다. 그들을 알아본 것 같지는 않았다. 사내는 달음박질을 쳐서 생드니 대로로 접어들었다.

"젠장. 일방통행인데 역방향으로 달아나고 있어요."

시페르는 다시 몸을 일으켜 앞을 살폈다.

"차 세워. 걸어서 계속 따라가게…… 빌어먹을. 놈이 지하철을 타는데!"

도망자는 대로를 건너 스트라스부르 생드니 역의 출입구로 사라져가고 있었다. 폴은 거칠게 방향을 틀어 생드니 문을 둘러싸고 있는 밧줄 안에 차를 세웠다.

시페르는 벌써 차 밖으로 나가 있었다.

폴은 경찰 표지가 찍힌 햇볕가리개를 내려놓고 골프 승용차 밖으로 튀어나갔다.

시페르의 바바리가 자동차들 사이에서 깃발처럼 펄럭이고 있었다. 폴은 자기 안에서 불길이 일 듯 갑자기 신열이 오르는 것을 느꼈다. 공기의 떨림, 시페르의 날쌘 동작, 그들을 하나로 묶어주는 결연한 의지 등이 한 순간에 포착되었다.

그는 자동차들 사이로 요리조리 내달아 지하철역 입구에서 시페르를 따라잡았다. 두 경찰관은 계단을 내려가 지하철역의 홀로 뛰어들었다. 오렌지색 궁륭 아래에서 군중이 바쁘게 움직이고 있었다. 폴은 눈빛을 번득이며 홀 안을 둘러보았다. 왼쪽에는 매표소, 오른쪽에는 지하철 노선도가 그려진 파란 표지판, 정면에는 승강장으로 통하는 자동문이 있었다.

터키인은 보이지 않았다.

시페르는 승객들 사이로 뛰어들어 마치 회전 활강을 하는 스키선수처럼 개찰구의 자동문 쪽으로 나아갔다. 폴은 까치발을 한 채로 도망자가 오른쪽으로 비스듬하게 돌아가는 것을 보았다.

그가 군중 속에 파묻힌 시페르를 향해 소리쳤다.

"4호선이에요!"

세라믹 통로 안쪽에서는 벌써 열차의 문들이 한숨을 토하듯 열리고 있었다. 불안의 파동이 군중을 술렁이게 했다. 무슨 일이지? 누가 소리를 치는 거지? 누가 떠미는 거지? 그 소란을 가르며 갑자기 외마디 포효가 터져 나왔다.

"문 열어!"

시페르의 목소리였다.

폴은 바로 자기 왼쪽에 있는 매표소 창구로 급히 달려가서, 유리창에 대고 소리쳤다.

"개찰구 자동문 열어요!"

열차의 출발을 알리는 사이렌 소리가 멀리서 들려왔다. 폴은 경찰 신분증을 유리창에 갖다 댔다.

"젠장, 문 열어 달라는데 뭐 해요?"

장벽이 제거되었다.

폴은 인파를 헤치며 개찰구를 통과했다. 시페르는 빨간 궁륭 아래로 줄달음을 놓고 있었다. 빨간 궁륭이 맥박처럼 팔딱거리고 있는 듯했다.

폴은 계단에서 그를 따라잡았다. 시페르는 한 걸음에 몇 단씩 성큼성큼 뛰어 내려갔다. 그들이 거리의 반을 주파하기도 전에 열차의 문들이 닫히는 소리가 울렸다.

시페르는 뜀박질을 멈추지 않고 소리를 질러댔다. 그가 승강장에 다다르려 할 때 폴이 그의 옷깃을 잡고 뒤로 물러서게 했다. 시페르는 낭패스런 표정으로 입을 굳게 다물고 있었다. 열차의 불빛이 그의 깊게 패인 주름을 비추며 지나갔다. 그는 미친 사람처럼 보였다.

폴이 그의 얼굴에 대고 소리쳤다.

"놈이 우리를 보면 안 돼요!"

시페르는 숨을 가누려고 애쓰면서 얼떨떨한 표정으로 그를 빤히 바라보았다. 열차가 경적을 울리며 멀어져 가고 있었다. 폴은 한결 나직한 소리로 덧붙였다.

"열차가 다음 역에 도착하려면 40초가 걸려요. 샤토 도 역에서 놈을 잡죠."

그들은 한 번의 눈짓으로 서로의 마음을 읽고 계단을 다시 올라갔다.

그런 다음 재빨리 대로를 건너 자동차 속으로 뛰어들었다.

20초가 지났다.

폴은 생드니 문을 돌아 차창을 내리면서 오른쪽으로 급히 방향을 틀었다. 그러고는 자동차 지붕에 회전경보등을 붙이고 사이렌을 울리면서 스트라스부르 대로로 돌진했다.

그들은 5백 미터를 7초 만에 주파했다. 스트라스부르 대로와 샤토 도 거리가 교차하는 지점에서 시페르가 하차하려고 했다. 폴은 다시 그를 붙잡았다.

"지상에서 기다려요. 출구가 두 개밖에 없어요. 대로의 짝수 번지 쪽과 홀수 번지 쪽에 하나씩 있어요."

"그자가 여기에서 내린대? 누가 그래?"

"20초가 지나도록 기다려요. 그자가 열차에 남아 있는 경우에는 다시 20초만에 동역으로 가서 놈을 잡으면 돼요."

"놈이 다음 역에서 내리지 않으면?"

"놈은 터키 타운 밖으로 나가지 않을 거예요. 어딘가에 숨으러 가거나 누군가에게 알리러 가겠지요. 어느 경우이든 여기, 우리 영역에서 일이 벌어질 거예요. 놈의 목적지까지 따라가야 해요. 놈이 어디로 가는지 알아야 한다고요."

시페르는 자기 손목시계를 들여다보았다.

"다음 역으로 빨리 가지."

폴은 좌우 출입구를 마지막으로 한 번 더 살피고 전속력으로 다시 출발했다. 땅속에서 달리고 있는 지하철의 진동이 혈관 속으로 전해져 오는 느낌이었다.

17초 후, 그는 동역 광장의 철책 앞에 차를 세우고 사이렌과 회전경보등을 껐다. 시페르가 뛰어나가려고 할 때, 폴이 다시 말했다.

"차 안에서 기다려요. 여기에서는 출구들이 거의 다 보여요. 중앙 출구는 역전 광장에 있고, 우측 출구는 포부르 생마르탱 거리에, 좌측 출구는 1945년 5월 8일 거리에 있어요. 다섯 출구 중 세 개는 여기서 살필 수 있는 거죠."

"나머지 두 출구는 어디로 나 있는데?"

"역의 양 옆에 있는 길로요. 포부르 생마르탱 거리에 하나가 더 있고, 알사스 거리에도 있어요."

"놈이 그 두 출구 중의 하나로 나오면 어쩌려고?"

"그 출구들은 승강장에서 가장 멀리 떨어져 있어요. 열차에서 내려 그리로 나오자면 1분이 넘게 걸릴 거예요. 여기에서 30초 동안 기다려요. 만약 놈이 나타나지 않으면, 선배님을 알사스 거리에 내려 드리고 저는 포부르 생마르탱 거리로 갈 겁니다. 휴대폰이 있으니까 서로 연락하는 데에는 문제가 없어요. 놈은 우리에게서 벗어나지 못할 거예요."

시페르는 침묵을 지켰다. 무언가를 생각하느라 이맛살을 찌푸리고 있었다.

"지하철 출구를 훤히 꿰고 있나 보지?"

신열이 오른 폴의 얼굴에 미소가 번졌다.

"다 외워 두었죠. 추격전이 벌어질 것에 대비해서."

잿빛 인비늘이 일어난 시페르의 얼굴에도 미소가 떠올랐다.

"만약 놈이 나타나지 않으면, 자네 머리통을 박살낼 거야."

10초, 12초, 15초.

한 순간 한 순간이 너무나 길게 느껴졌다. 폴은 세 출구에 번갈아 눈을 주면서 바람에 구겨지는 실루엣들을 살피고 있었다. 아디다스 상의는 보이지 않았다.

20초, 22초.

승객의 밀물이 단속적으로 쏟아져 나오고 있었다. 폴의 눈에는 그 물결이 자신의 심장 박동 리듬에 맞춰 흔들리는 것처럼 보였다.

30초.

그는 1단 기어를 넣고 말했다.

"알사스 거리에 내려 드릴게요."

그는 타이어의 마찰음을 내며 왼쪽의 5월 8일 거리로 접어들어 시페르를 알사스 거리 초입에 내려주었다. 그러고는 시페르가 무어라고 말할 틈도 주지 않고 차를 홱 돌려 포부르 생 마르탱 거리로 질주했다.

다시 10초가 흘렀다.

그 어름의 생 마르탱 거리는 터키 타운 쪽인 아랫부분과는 사뭇 달랐다. 주로 창고와 관공서 건물이 들어서 있는 지역이라서 보도가 텅 비어 있었다. 나오는 사람들을 감시하기에 딱 좋은 출구였다.

폴은 손목시계의 초침을 보고 있었다. 일 초 일 초가 흐를 때마다 초침이 살을 할퀴는 듯한 기분이 들었다. 익명의 군중이 흩어져 너무나 넓은 거리로 사라져 가고 있었다. 그는 역의 안쪽을 들여다보았다. 커다란 유리벽이 보였다. 그는 독초와 식충식물로 가득 찬 온실을 떠올렸다.

10초.

아디다스 상의가 나타나는 것을 보게 될 가능성이 거의 제로가 되어 가고 있었다. 그는 땅속을 달리고 있는 지하철 열차들과 야외로 흩어질 채비를 하고 있는 국철 역의 장거리 노선과 교외선 열차들, 역의 회색 골조 아래에서 잰걸음을 놓고 있는 무수한 사람들을 머릿속에 그렸다.

그의 생각이 틀렸을 리가 없었다. 이건 정말 있을 수 없는 일이었다.

30초.

여전히 아디다스 상의는 보이지 않았다.

그의 휴대폰이 울렸다. 시페르의 목을 긁는 음성이 들려왔다.

"바보 같은 자식."

폴은 알사스 거리의 한가운데를 자르는 계단—이 계단을 올라가면 동역의 광대한 선로망이 내려다보인다—의 발치로 시페르를 데리러 갔다. 시페르는 자동차에 올라타며 볼멘소리를 했다.

"멍청이."

"북역으로 한번 가 보죠. 혹시 모르잖아요. 그쪽으로……."

"바보 같은 소리 작작 해라. 이제 글렀어. 놈을 놓친 거야."

그러거나 말거나 폴은 속도를 내어 북역으로 향했다. 시페르가 말을 이었다.

"자네 말을 듣는 게 아니었는데. 경험도 없고 아는 것도 없는 애송이의 말을 듣다니. 자넨……."

"그자가 저기 있어요."

폴은 오른쪽으로 동역과 북역 사이에 있는 되가르 거리 끄트머리에서 아디다스 상의를 보았다. 사내는 철길 바로 위쪽으로 난 알사스 거리 상부에서 종종걸음을 치고 있었다. 시페르가 말했다.

"빌어먹을 자식. 국철의 바깥 계단을 이용했어. 국철 플랫폼을 거쳐 빠져나온 거야."

그러고는 집게손가락을 앞으로 내밀며 덧붙였다.

"직진해. 사이렌 울리지 말고 액셀도 살살 밟아. 다음 거리에서 놈을 잡자고."

폴은 기어를 2단으로 내리고 시속 20킬로미터의 속도를 유지했다. 운전대를 잡고 있는 손이 부들부들 떨렸다. 그들이 라파예트 거리의 교차로에 다다랐을 때, 1백 미터쯤 위쪽에 사내가 나타났다. 사내는 주위를 둘러보다가 굳어 버린 듯 멈춰 섰다.

"빌어먹을!"

폴은 자동차 지붕에서 회전경보등을 떼어내지 않았다는 것을 기억해 내고 그렇게 소리쳤다.

사내는 마치 아스팔트 바닥에 불이 붙기라도 한 것처럼 내닫기 시작했다. 폴은 가속페달을 힘껏 밟았다. 거대한 고가도로가 하나의 상징물처럼 그들 앞에 펼쳐졌다. 돌의 거인이 천둥비 품은 하늘을 향해 검은 십자형 구조물을 팔처럼 벌리고 있었다.

폴은 더욱더 속도를 내어 고가도로 한복판에서 터키인을 추월했다. 시페르는 자동차가 멈추기도 전에 밖으로 뛰어나갔다. 폴은 브레이크를 밟으면서 뒤보기 거울로 시페르를 보았다. 시페르는 난투라도 벌이듯이 터키인을 난간으로 밀어붙였다.

폴은 욕설을 내뱉으며 엔진을 끄고 골프 승용차에서 내렸다. 시페르는 벌써 도망자의 머리를 움켜쥐고 철책 난간에 찧어대고 있었다. 폴은 재단기 칼날 아래 있던 마리우스의 손을 떠올렸다. 다시는 그런 일이 없어야 했다.

폴은 두 남자 쪽으로 달려가면서 글록 권총을 빼어들었다.

"그만해요!"

시페르는 이제 사내를 철책 위쪽으로 밀어올리고 있었다. 그의 힘과 민첩성은 엄청났다. 아디다스 운동복을 입은 사내는 두 철책 사이에 끼인 채 다리를 버둥거리고 있었다.

폴은 시페르가 곧 사내를 허공에 내던질 거라고 확신했다. 하지만 시페르는 사내 옆으로 기어 올라가 십자형 돌난간을 잡더니 일거에 사내를 돌난간으로 끌어올렸다.

불과 몇 초 사이에 벌어진 일이었다. 시페르의 괴력은 그의 악명만큼이나 대단했다. 폴이 두 남자가 있는 곳에 다다랐을 때, 그들은 이미 그의 손이 미치지 않는 콘크리트 난간의 구멍에 올라가 있었다. 도망자는 고문자가 자신을 허공으로 밀어대자 주먹과 발을 마구 내지르고 터키말로 욕을 하면서 발악을 했다.

폴은 철책을 기어오르다가 도중에서 멈추었다.

"보즈쿠르트! 보즈쿠르트! 보즈쿠르트!"

터키인의 외침이 축축한 공기를 타고 울려 퍼졌다. 폴은 처음에 살려달라고 외치는 소리로 여겼다. 그런데 시페르가 사내를 놓아주는 것이 보였다. 시페르는 자기가 기대하던 것을 얻기라도 한 것처럼 사내를 보도 쪽으로 떠밀었다.

폴이 수갑을 잡는 사이에 사내는 절뚝거리며 달아나고 있었다.

"가게 내버려둬!"

"뭐, 뭐라고요?"

시페르도 보도로 뛰어내렸다. 그는 왼쪽 옆구리를 문지르며 얼굴을 찡그리더니, 한쪽 무릎을 바닥을 대고 몸을 일으켰다. 기침을 쿨룩거리며 그가 내뱉었다.

"저 녀석은 할 말 다했어."

"뭐라고요? 저자가 뭐라고 했는데요?"

시페르는 다시 일어섰다. 숨을 헐떡이며 왼쪽 겨드랑이를 쥐고 있었다. 보라색으로 변한 그의 살갗 여기저기에 하얀 반점이 나타나 있었다.

"저 녀석은 뤼야가 살던 건물에 살고 있어. 계단통에서 그들이 뤼야를 납치해 가는 것을 보았대. 1월 8일 오후 8시에."

"그들이라뇨?"

"보즈쿠르트 말이야."

폴은 무슨 말인지 도통 이해할 수가 없었다. 그는 시페르의 크롬 빛이 도는 파란 눈을 뚫어져라 바라보며 '페르'라는 그의 또 다른 별명을 떠올렸다.

"회색늑대들[28]."

"뭐라고요?"

---

28) 터키 말로 보즈는 '회색', 쿠르트는 '늑대'라는 뜻이다.

"회색늑대들. 터키 극우 세력의 한 파벌이야. 터키 마피아와 결탁한 살인자들이지. 우리는 처음부터 완전히 잘못 짚었어. 여자들을 살해한 것은 그놈들이야."

37

아스라이 펼쳐진 선로들 때문에 눈앞이 어질어질했다. 딱딱한 쇠붙이들이 복잡하게 얽혀 있는 모습에 정신과 감각이 옹색해지는 듯한 기분이 들었다. 철조선처럼 눈동자를 파고드는 강철 선로들. 자신은 리벳이나 쇠붙이에서 절대로 벗어나지 못하면서도 열차를 새로운 방향으로 이끌어주는 선로전환기들. 지평선으로 빠져 달아나는 듯하지만 여전히 역에 뿌리를 박고 있다는 느낌을 주는 철길. 그리고 더러운 돌로 된 것이든 검은 금속으로 된 것이든 그 계단과 난간과 채광창으로 이 풍광을 더욱 복잡하게 만드는 육교들.

시페르는 통행이 금지된 계단을 이용해서 철길로 내려갔다. 폴은 침목에 발목을 접질리면서 그를 따라잡았다.

"회색늑대들, 그들이 누구예요?"

시페르는 느릿느릿 흐르는 공기를 들이마시면서 묵묵히 걷고 있었다. 그의 발밑에서 검은 돌들이 굴렀다. 이윽고 그가 입을 열었다.

"설명하자면 너무 길어. 터키 현대사와 관련이 있는 이야기거든."

"젠장, 말해요! 당연히 저에게 설명을 해야죠."

시페르는 여전히 왼쪽 옆구리를 주무르면서 계속 걸어가다가, 굵직하게 울리는 목소리로 말을 이었다.

"1970년대에 터키에서는 유럽에서와 똑같은 과열된 분위기가 맹위를 떨치고 있었어. 좌익 사상이 광범위한 지지를 얻고 있었다네. 프랑스의 68년 5월 사태 같은 것이 터지기 직전이었지……. 그런데 거기에서는 전통이 언제나 가장 강하다네. 일군의 반동세력이 형성된 거야. 알파슬란 튀르케스라 불리는 남자를 지도자로 삼아 한 무리의 극우파가 결집했네. 그들은 처음엔 대학에서 작은 조직들을 결성했고, 나중에는 시골에서 젊은이들을 모집했어. 그들은 새로 모집한 이 젊은이들을 '보즈쿠르트', 즉 '회색늑대들'이라고 불렀어. 때로는 '윌퀴 오자클라리', 즉 '젊은 이상주의자들'이라 부르기도 했지. 얼마 지나지 않아 그들은 폭력을 주된 설득 수단으로 삼게 되었어."

폴은 신열이 나고 있음에도 턱이 울리는 소리가 들릴 정도로 덜덜 떨고 있었다. 시페르의 설명이 이어졌다.

"1970년대 말에 극우파와 극좌파가 맞붙었어. 서로 테러와 약탈과 살인을 자행했다네. 그 시기엔 매일 30명 가까운 사람들이 죽어 나갔어. 그야말로 내전이었네. 회색늑대들은 캠프에서 훈련을 받았어. 신병들의 나이가 갈수록 어려지고 있었지. 그들은 사상교육과 군사훈련을 통해 살인 기계로 변해갔네."

시페르는 레일 위를 계속 성큼성큼 걸었다. 그의 숨결이 한결 차분해졌다. 생각의 방향을 잡으려는 듯 시선은 번쩍거리는 레일에 붙박고 있었다.

"1980년, 마침내 터키 군부가 권력을 장악했네. 질서가 되돌아오고, 두 진영의 전사들이 체포되었지. 하지만 회색늑대들은 이내 풀려났어. 그들의 신념이 군인들의 신념과 동일했기 때문이라네. 문제는 그들이 실업자가 되었다는 것일세. 훈련소에서 양성된 그들이 할 줄 아는 거라고는 살인밖에 없었네. 그런 그들이 하수인을 필요로 하던 자들의 밑으로 들어간 건 당연한 일이었지. 우선 정부가 그들을 고용했네. 정부로서는 아르메니아나 쿠르드족의 지도자들을 몰래 제거해 주는 자들을 구하게 되어 반색을 했겠지. 그 다음에는 터키 마피아가 그들과 손을 잡았네. 당시 '황금 초승달[29]' 지대의 아편 거래에서 강자로 부상하고 있던 터키 마피아에게는 회색늑대들이 덩굴째 굴러들어온 호박이었지. 회색늑대들은 강력하고 경험이 풍부한 군대인데다가 권력의 동맹군이었으니까 말일세. 그 때부터 회색늑대들은 계약을 이행하기 시작했네. 1981년에 교황을 저격한 알리 아그자도 회색늑대들의 일원이었어. 오늘날 그들의 대다수는 정치적 이념을 버리고 용병이 되었지. 하지만 가장 위험한 자들은 광신도로, 무슨 짓이든 할 수 있는 테러리스트로 남아 있네. 터키 종족의 우월성과 터키 제국의 위대한 회귀를 맹목적으로 믿는 자들이지."

폴은 얼떨떨한 기분으로 듣고 있었다. 그로서는 멀리 터키 땅에서 벌어진 그 일들과 자기의 수사가 무슨 상관이 있는지 이해할 수가 없었다.

"그러니까 그자들이 여자들을 죽였다는 건가요?"

"아디다스 상의를 입고 있던 아까 그 녀석은 뤼야 베르케스가 놈들에게 납치되는 것을 보았어."

"그들의 얼굴을 봤답니까?"

"놈들은 특공대 복장에 복면을 쓰고 있었다네."

"특공대 복장이요?"

시페르는 냉소를 흘렸다.

"이봐 애송이, 놈들은 전사야. 시정의 무뢰배가 아니란 말일세. 놈들

---

29) 아프가니스탄, 파키스탄, 이란의 접경 지역에 걸친 주요 아편 생산지.

은 검은 세단을 타고 다시 떠났다더군. 아까 그 터키 녀석은 차량번호도 차종도 기억하지 못하고 있어. 기억하고 싶지가 않은 거겠지."

"그자는 무슨 근거로 그들이 회색늑대라고 확신하는 거죠?"

"그들은 자기들의 구호를 외쳤어. 또 그들에게는 독특한 표지가 있지. 의심의 여지가 없네. 이건 다른 정황들과도 아귀가 맞는 얘기야. 터키 타운의 침묵이며 고자르가 '정치적인 사건'이라고 말했던 것과도 일맥상통하지. 회색늑대들이 파리에 온 거야. 그래서 터키 타운 주민들이 공포에 떨고 있는 거라고."

"그런데 그들이 왜 그런 폭력을 휘두르는 것일까요?"

시페르는 는개 속에서 번들거리는 레일을 계속 따라가고 있었다.

"그들은 먼 나라에서 왔네. 고원과 사막과 산들이 많은 그곳에서는 그런 종류의 고문이 관행처럼 되어 있지. 자네는 한 명의 살인자가 연쇄적으로 범행을 저지르고 있다는 가정에서 출발했어. 스카르봉의 검안서를 바탕으로 자네는 피살자들의 상처에서 범인의 심리적인 동기와 트라우마의 흔적 따위를 엿볼 수 있다고 생각했지……. 하지만 스카르봉과 자네는 가장 단순한 해답을 잊고 있었어. 살인 전문가들이 그 여자들을 고문했다는 사실 말이야. 범인들은 아나톨리아의 캠프에서 양성된 전문가들일세."

"그럼 피해자들이 죽은 뒤에 가한 그 상처들은 어떻게 설명할 수 있죠? 얼굴의 그 흉한 상처들 말이에요."

시페르는 어떠한 가혹 행위가 있었든 그게 뭐 대수냐는 듯 심드렁하게 손을 내저었다.

"놈들 중 하나가 다른 자들보다 더 심하게 미친 게지. 아니면 그저 피해자들의 얼굴을 알아보지 못하게 함으로써 자기들이 찾고 있는 것을 비밀로 남겨두고 싶었던 것일 수도 있고."

"그들이 뭘 찾고 있는데요?"

"이 친구 뭐가 어떻게 돌아가는지 아직 이해를 못 했군. 회색늑대들에게는 계약이 하나 있어. 놈들은 어떤 여자를 찾고 있는 거야."

그는 피로 얼룩진 바바리코트를 뒤져 폴라로이드 사진들을 내밀었다.

"얼굴이 이렇게 생기고, 적갈색머리에 재봉사이고 불법체류자이며 가지안테프 출신인 여자를 찾고 있단 말일세."

폴은 그의 주름진 손에 들려 있는 사진들을 말없이 바라보았다.

모든 것이 분명하게 틀이 잡혀 가고 있었다.

"그 여자는 무언가를 알고 있고, 그들은 그 여자에게서 자백을 받아내야 해. 이미 세 차례나 그들은 그 여자를 잡았다고 생각했어. 세 번 다 실수였지."

"그걸 확신할 수 있나요? 그들이 그 여자를 찾아내지 못했다는 것을 어떻게 확신할 수 있죠?"

"세 여자 중에 그들이 찾는 여자가 있었다면, 그 여자는 틀림없이 자백을 했을 거야. 그러면 그들이 사라졌겠지."

"선배님은…… 사냥이 계속될 거라고 생각하세요?"

"그야 물론이지."

시페르의 처진 눈꺼풀 아래에서 홍채가 빛나고 있었다. 폴은 그 눈을 보면서 문득 은으로 만든 총알을 떠올렸다. 전설 속의 늑대인간을 죽일 수 있다는 그 은탄환을.

"이봐, 애송이. 자네는 수사의 방향을 잘못 잡았어. 자네는 한 명의 살인자를 찾고 있었어. 피해자들의 무고한 죽음을 애도하면서 원수를 갚아주려고 했지. 하지만 자네가 찾아내야 하는 사람은 살아 있는 여자일세. 회색늑대들이 뒤를 쫓고 있는 그 여자 말일세."

그는 팔을 크게 내저어 철길 주위의 건물들을 가리켰다.

"그 여자는 저기 터키 타운 어딘가에 있네. 지하실이나 다락방에 있을 수도 있고, 무단 거주지나 기숙사에 있을 수도 있어. 그 여자는 자네가 상상할 수 있는 가장 악질적인 살인자들에게 쫓기는 중이야. 그리고 자네는 그 여자를 구할 수 있는 유일한 사람이야. 하지만 그녀의 목숨을 구하자면 서둘러야 해. 빨리, 아주 빨리 달리지 않으면 안 돼. 자네가 맞서 싸워야 할 놈들은 훈련이 잘 되어 있고 터키 타운에서 무엇이든 저희들 마음대로 할 수 있는 자들이기 때문이야."

시페르는 폴의 두 어깨를 잡고 그를 뚫어지게 바라보았다.

"그리고 나쁜 일은 언제나 겹쳐 오는 법이니, 자네에게 재수 없는 일이 또 하나 있다는 것을 미리 알려주겠네. 자네가 이 사건을 해결하자면 나와 함께 할 수밖에 없다는 게 바로 그것일세."

〈2권에 계속〉

Jean-Christophe Grangé

작가 소개

1. 플로베르 연구자에서 세계를 누비는 르포 기자로

장·크리스토프 그랑제는 자신의 문학적 천재성을 뒤늦게 발견한 작가에 속한다. 1961년 파리에서 태어난 그는 어머니와 외할머니 슬하에서 자란 내성적인 젊은이였다. 소르본 대학에서 문학을 공부하고 플로베르에 관해 석사논문을 쓸 때까지도 그는 자기가 진정으로 잘 할 수 있는 일이 무엇인지를 깨닫지 못하고 있었다. 그가 읽는 것은 조이스나 프루스트나 플로베르 같은 작가들뿐이었고, 프랑스를 벗어나 그가 가 본 곳이라곤 이웃나라 에스파냐밖에 없었다. "당시에 나는 위대한 작가들이 세상을 이끌어 간다고 생각하고 있었다. 그러다가 오메[1] 같은 사람들이 세상을 지배하고 있음을 깨달았다. 현실을 모르는 채 문학 연구에 마음을 쏟고 있는 자신을 발견한 것이었다. 플로베르에 관한 연구로 석사 학위를 받았을 때, 나는 이미 결혼한 상태였고 광고 회사에 취직하

---

[1] 『보바리 부인』에 나오는 약사. 저속한 현실주의를 상징하는 인물.

여 의약품의 효능을 선전하는 소책자들을 만들고 있었다. 나의 미래는 불안하였다."[2]

스물여덟 살 나던 해인 1989년, 그는 광고회사를 나와 카메라르포 제작 대행사의 기자가 되었다. 자기가 '플로베르처럼 방에 틀어박혀 원망을 곱씹기 위해 태어난 사람이 아니라 행동하기 위해 태어난 사람' 임을 어렴풋하게 깨달아 가던 그에게 일대 전기가 찾아왔다. 사진 작가 피에르 페랭이 세계의 유목 부족들을 탐방하러 가는 긴 여행에 그를 데려가기로 결정한 것이었다. "우리는 1년 동안 에스키모, 피그미, 사하라 사막의 투아레그족, 집시, 몽골의 순록 사육자들을 따라다녔다. 그 여행에서 돌아왔을 때 나는 옛날의 내가 아니었다."[3] 이 여행을 통해서 그는 세계를 알게 되었다. 추리소설의 참맛을 알게 된 것도 이때였다. 끊임없이 비행기를 타고 다니면서 숱한 걸작을 섭렵한 덕택이었다.

이 때부터 그는 〈파리 마치〉〈선데이 타임즈〉〈내셔널 지오그래픽〉등과 같은 신문·잡지의 특파원으로서 세계 곳곳을 돌아다니며 수많은 르포 기사를 썼다. 프리랜서 저널리스트가 되어 L&G라는 자신의 에이전시를 만든 뒤에도 그의 세계 여행은 끊이지 않았다. 그가 주로 관심을 가졌던 주제는 자연, 환경문제, 폭력, 과학계의 새로운 발견 등이었다. 참신성과 생생한 현장성, 깊이 있는 문제의식을 두루 갖춘 르포들 덕분에 그는 세계 언론계의 큰 상을 받기도 했다. 1991년에는 산림 파괴 문제를 다룬 「숲의 위기」로 로이터 상을 받았고, 이듬해에는 「가마우지의 발라드」로 월드 프레스 상을 받았다.

그랑제가 적도에서 북극에 이르기까지 세계를 두루 다니면서 경험한

---

2) 주간 〈렉스프레스〉 2003년 1월 22일자에 실린 올리비에 르 나이르의 대담 기사.
3) 같은 기사.

것은 르포나 다큐멘터리의 형태로 나타났을 뿐만 아니라, 이후에 그가 소설을 구상하는 데에도 중요한 영감의 원천이 되었다. 예를 들어, 한 도시의 혼란상을 그린 르포 「캘커타, 지옥의 도시」와 황새의 이동 경로를 추적한 「가을 여행」은 첫 소설 『황새의 비행』의 배경을 설정하고 줄거리를 짜는 데에 긴요하게 활용되었다. 「유목민, 대지의 나그네」라는 르포를 쓰기 위해 시베리아 국경 근처의 몽골에 갔을 때 한 작은 부족의 샤먼들을 만난 경험은 그의 소설 가운데 환상적인 성격이 가장 짙은 『돌의 집회』에 반영되었다. 인체의 3D 영상에 관한 르포 「환상 여행」과 최면, 자기(磁氣) 요법, 침술 등에 관한 르포 「신비의 의술」 역시 『돌의 집회』에 크게 영향을 미쳤다. 그런가 하면, 1993년에 발표한 「마피아의 아이들」과 1995년에 발표한 「뇌 속으로 가는 여행」은 네 번째 소설 『늑대의 제국』을 구상하는 데에 결정적인 역할을 하였다.

2. 르포 기자에서 프랑스식 스릴러를 대표하는 거장으로

장·크리스토프 그랑제가 처음으로 소설을 구상한 것은 황새의 이동에 관한 르포를 쓸 때였다. 그 뒤로 2년 동안 그는 매일 새벽 일터로 나가기 전에 소설을 썼다. 그렇게 완성한 원고를 프랑스 유수의 출판사 로베르 라퐁과 알뱅 미셸과 갈리마르에 보내자, 세 출판사 모두 책을 출간해 주겠다고 나섰다. 이리하여 한 작가가 탄생했다. 1993년, 그의 나이 32세 때의 일이었다.

이 첫 소설은 이듬해에 출간되어 평론가들의 비상한 관심을 모았다. 신인 작가의 첫 소설치고는 대중의 호응도 적지 않은 편이었다. 그랑제 자신은 이 소리 없는 성공에 만족했다. 폭발적인 반응이 있었던 것은 아니지만 소설을 읽은 사람이면 누구나 찬사를 아끼지 않았기 때문이었다. 그러나 알뱅 미셸 사람들의 아쉬움은 컸다. 그들이 보기에 그랑제는 국제적인 경쟁력을 갖춘 서스펜스의 달인이었다. 그들은 안이한 홍보 방식 때문에 그랑제의 진면목이 독자들에게 제대로 알려지지 않았다고 평가하고 새로운 전략을 짰다. 그랑제의 두 번째 소설『크림슨 리버』를 스티븐 킹과 메리 히긴스 클라크 등이 포진해 있는 〈스페셜 서스펜스〉 총서에 포함시킴으로써 대중의 눈에 더 잘 띄게 만들자는 것이었다. 이 새로운 홍보 전략이 주효했는지는 확실치 않지만, 1998년에 나온『크림슨 리버』는 프랑스 대중의 열렬한 호응을 얻었다. 프랑스 언론은 영미의 추리작가들을 능가하는 프랑스식 스릴러의 거장이 나왔다며 그의 성공을 적극적으로 지원하였다. 이탈리아와 독일의 독자들뿐만 아니라 영미와 일본의 추리소설 애호가들도 그랑제를 주목하기 시작했다. 이 소설은 2년 뒤에 영화로 만들어지기도 했다. 마티외 카소비츠가 감독을 맡았고, 시나리오는 그랑제가 감독과 함께 직접 썼다. 이 영화 역시 3백만 이상의 관객을 동원하는 대성공을 거두었다.

  그랑제는 2000년에 세 번째 소설『돌의 집회』를 발표했다. 환상적인 요소가 가미된 점을 놓고 찬반양론이 일긴 했지만[4], 이 작품 역시 서스펜스와 반전으로 가득 찬 치밀하고 박진감 넘치는 플롯으로 독자들을 사로잡았다. 그로부터 3년 뒤에 나온 작품이 바로 이 소설『늑대의 제국』이다. 그랑제는 현실과 역사와 과학에 바탕을 두고 가공할 상상력을 발휘한 이 작품으로 프랑스식 스릴러의 최고 거장임을 다시 한번 입증하였다. 이 소설은 2003년에 프랑스에서 두 번째로 많이 팔린 소설로 기록되었고[5], 세계 전역에 걸쳐 30여개 나라에서 번역 출간될 예

---

4) 애독자 웹 사이트(rivieres.pourpres.free.fr)의 요청을 받아들여 이루어진 최근의 한 인터뷰에서, 그랑제는 이 소설에 환싱직인 요소가 많이 늘어간 이유를 영화 작업의 경험에서 찾고 있다. 시나리오를 많이 쓰다 보니, 영화에서 거부감 없이 허용되는 환상 기법을 소설에 적용하게 되었다는 것이다.
5) 주간 〈렉스프레스〉 2004년 3월 8일 기사.

정이며, 프랑스 문학 역사상 가장 많은 저작권료를 받고 영화로 각색되었다[6].

 장·크리스토프 그랑제를 세계에서 손꼽히는 스릴러 작가로 만든 요인은 무엇일까? 독자의 마음을 사로잡는 그의 마력은 어디에서 오는 것일까? 그의 소설은 기존의 허다한 스릴러들과 어떤 점에서 다른가?

 그런 물음의 답을 찾기 위해 먼저 『늑대의 제국』에 대한 프랑스 언론의 평가를 살펴보자.

- 그야말로 마약과 같은 소설이다. 마약에 취한 듯이 따라가 보라. 당신은 식사도 건너뛰게 될 것이고, 자녀를 돌보는 일도 소홀히 하게 될 것이며, 독서를 방해하는 자들에게 인상을 쓰게 될 것이다. 〈르 주르날 뒤 디망슈〉
- 전체가 악보처럼 빈틈없이 짜여져 있다. 거기에 할리우드 최고 걸작 영화의 리듬과 그리스 고전 비극의 장엄미를 갖추고 있다. 〈르 피가로〉
- 이 소설은 천둥처럼 우리를 뒤흔든다. 책을 읽다가 전기가 나간다면 손전등 불빛을 비춰서라도 끝까지 읽게 되는 작품이다. 〈르 파리지앵〉
- 만일 급한 일이 있다면, 맛보기로 한 장(章)만 읽어보겠다는 생각 따위는 아예 하지 말아야 한다. 이것 역시 그랑제의 소설이다. 한 번 잡으면 다시는 놓을 수 없다. 〈엘〉
- 악마적인 재능, 환각을 불러일으키는 엄청난 상상력, 격렬한 리듬. 독하고 진한 소설이다. 뜨겁게, 설탕을 넣지 않고, 한 번에 마시는 터키 커피 같다. 〈마리 프랑스〉
- 그랑제는 반전과 파란이 많은 이야기를 짓는 기술, 독자들을 휘어잡고 자기가 원하는 곳으로 이끌어가는 재능에서 타의 추종을 불허한

---

6) 〈르 피가로〉의 2004년 5월 4일 기사에 따르면, 프랑스의 대표적인 영화사 고몽은 『늑대의 제국』의 원작료로 그랑제에게 1백10만 유로(약 15억 원)를 지불했다고 한다.

다. 〈르 마가진 리테레르〉

• 속도감 넘치는 완벽한 스릴러. 짤막짤막한 장(章)과 숨 가쁜 리듬, 연출 감각, 갈마드는 이야기들, 거기에다 문체까지 갖추고 있다. 그랑제의 직선적이면서도 사려 깊은 문체에서는 품격과 묘사력과 하나의 세계를 창조하는 데에서 오는 기쁨이 느껴진다. 그의 글을 통해서 독자들은 색다른 문학 여행을 경험하게 된다. 〈리르〉

문예월간지 〈리르〉의 문체에 대한 평가와 〈르 피가로〉의 고전 비극의 장엄미에 대한 언급을 제외하면 주로 치밀한 구성, 거듭되는 반전, 속도감, 긴박감 등을 최대의 장점으로 꼽고 있다.

하지만 그런 것들은 스릴러라면 반드시 갖추어야 할 기본적인 덕목에 속한다. 그랑제의 진정한 특성은 그런 것들을 넘어선 곳에 있다.

흥미진진한 이야기를 만들어내는 그랑제의 천부적인 재능은 현실의 악을 추적하는 치열한 현장성과 소재에 대한 철저한 연구로 더욱 빛을 발한다. 이 점은 위에서 말한 그의 저널리스트 경력과 무관하지 않다. 『늑대의 제국』은 한 여인에게 가해진 범죄조직과 정치권력의 폭력을 다룬 소설이다. 여기에는 참혹한 살인과 훼손당한 시신, 불법체류 노동자들의 비참한 삶, 마약, 극우 민족주의 조직, 터키 마피아, 테러, 권력의 음모, 부패한 경찰관들이 있다. 현장답사와 정밀한 조사 작업 없이는 다루기 어려운 소재들이다. 그랑제는 기자 시절에 폭력의 구조를 해부하겠다는 생각으로 세계의 범죄 집단에 관해 조사한 적이 있었다. 시칠리아의 마피아, 중국의 삼합회, 일본의 야쿠자, 터키의 보즈쿠르트 등이 그의 조사 대상이었다. 이 작업을 통해 그가 깨달은 것은 이것들이 단순한 조직범죄 단체가 아니라 극우의 정치 이념을 가진 사이비 정치 집단이기도 하다는 사실이었다. 그래서 그는 민족적인 또는 국가적인 대의를 내세우며 불법적이고 폭력적인 행위를 자행하는 자들에게 더욱 관심을 갖고 연구하게 되었다. 이와 같은 연구·조사 작업에 면밀한 현장답사가 더해져 그랑제가 그리는 악의 얼굴은 더더욱 현실적인 모습으로 우리에게 다가온다. 역자는 작년 여름, 파리에서 터키에 이르기까지 소설의 무대를 두루 돌아보았다. 주인공들의 행로를 따라서 파리의 터키 타운과 수많은 거리, 페르 라셰즈 공동묘지는 물론이고 이스탄불과 보스포루스 해협 연안의 무대들도 답사했다. 이 여행을 하는 동안 역자는 수도 없이 경탄했다. 작가가 이 소설을 쓰기 위해 얼마나 많은 공을 들였는지 두 눈으로 직접 확인했기 때문이었다. 상상력과 현실의 절묘한 결합이라는 장점은 『늑대의 제국』뿐만 아니라 다른 모든 작품에도 해당된다.

장·크리스토프 그랑제 소설의 또 다른 강점은 플롯의 기이함을 첨단의 과학지식으로 정당화한다는 것이다. 그의 소설에서는 과학계의 새로운 현상이나 첨단의 연구 성과가 자주 활용된다. 『황새의 비행』은 의학과 이식수술의 문제를 다루고 있고, 『돌의 집회』는 물리학과 초심리학 실험의 근거지였던 토카막을 주요 소재로 삼고 있다. 그런가 하면, 『늑대의 제국』에서는 뇌 지도 작성과 기억 조작이라는 주제가 다루어져 있다. 그가 취재 활동을 통해서 획득한 이런 지식들은 이야기의 의외성을 과학적으로 뒷받침할 뿐만 아니라, 때로는 이야기의 출발점이 되기도 한다.

인간 사회의 폭력과 고독, 자아의 정체성이라는 주제에 대한 깊은 천착 역시 그랑제 소설이 지닌 중요한 특성 가운데 하나다. 그랑제는 인간의 폭력과 파괴 충동에 대해 병적인 불안감을 가지고 있는 작가다. 이런 불안감은 살인자들이 저지른 끔찍한 악행의 결과를 매우 사실적으로 묘사하는 것으로 나타난다. 허구의 세계에서나마 악마의 얼굴을 정면으로 들여다보고 그의 악행을 응징해 보려고 하는 것이다. 『늑대의 제국』은 안나 에메스라는 여주인공이 자신의 진정한 얼굴과 기억을 되찾아가는 이야기라고 볼 수도 있다. 자아의 정체성은 그랑제가 가장 즐겨 다루는 주제 가운데 하나다. "나는 진정 누구인가라는 물음의 답을 찾는 것이야말로 서스펜스의 본질이다"라는 게 그의 생각이다.

3. 스릴러 작가에서 장르를 초월한 대작가 그랑제로

『늑대의 제국』을 출간한 이후로 그랑제는 저널리스트와 시나리오 작가의 활동을 그만두고 소설 창작에만 전념하고 있다. 이 소설은 그의 작가 경력에서 또 다른 분기점을 이루었다. 알뱅 미셸의 〈스페셜 서스펜스〉 총서에서 다시 빠져 나오면서 스릴러 작가의 꼬리표를 떼어 버린 것이다. 알뱅 미셸 책임자의 설명은 이러하다. "우리가 그를 〈스페셜 서스펜스〉 총서에 포함시켰던 것은 독자들에게 그를 널리 알리기 위해서였다. 하지만 그랑제는 특정 장르의 작가가 아니다. 그는 그냥 작가다. 그래서 우리는 그를 이 총서에서 다시 빼기로 했다. 독자들은 그의 세계가 방대하다는 것을 알고 있다. 한 가지 예를 들어보자.『크림슨 리버』의 말미는 다소 모호했다. 하지만 독자들은 이 소설을 있는 그대로 받아들였다. 만일 미국에서 그리샴 같은 작가가 구성에 허점을 보였다면 아무도 그것을 용서하지 않았을 것이다. 그랑제의 경우는 다르다. 그에게는 자기만의 세계와 강박관념과 문체가 있다."[7]

처음엔 그랑제를 스티븐 킹이나 존 그리샴 같은 영미권의 스릴러 작가들과 비교해서 말하는 사람들이 더러 있었다. 그러나 이젠 아무도 그런 무례를 범하지 않는다. 그렇다고 그랑제 자신이 스릴러를 비주류 장르로 생각하고 있다는 얘기는 아니다. 그는 여전히 스릴러를 열렬히 좋

---

[7] 주간 〈렉스프레스〉 2003년 1월 22일자 올리비에 르 나이르의 대담기사.

아하고 있으며, 앞으로도 서스펜스로 가득 찬 소설을 계속 쓸 것이다. 그는 현재 악의 기원을 추적하는 세 편의 소설을 쓰고 있다. 그 중의 첫 권인 『검은 선』은 이미 2004년에 출간되어 프랑스 문학계에 강한 돌풍을 일으킨 바 있다.

 그랑제는 파리의 라틴 구역에 있는 옛 수도원 건물에 살고 있다. 홍예문 형태의 나무문과 중세풍의 현관이 있는 하얀 건물이다. 파리 한복판에 있는 이 간소하고 평온한 은둔처에서 악마적인 속도감을 지닌 무시무시한 소설 『늑대의 제국』이 태어난 것이다. 그는 매일같이 꼭두새벽에 일어나, 다른 사람들이 신을 향해 첫 기도를 올릴 때 악마의 실체를 규명하기 위한 글쓰기를 시작한다. 살인과 폭력의 공포에서 완전히 벗어날 때까지 그는 이런 고독한 작업을 계속할 것이다.

2005년 여름
이세욱